アガサ・クリスティー賞
殺人事件

Yoichi Misawa

三沢陽一

早川書房

アガサ・クリスティー賞殺人事件

装画　北見 隆
装幀　ハヤカワ・デザイン

目次

道行1　柔らかな密室

深い絶望の果ては黄泉路《よみじ》へと繋がっていた。黄泉路の始まりは霞んだ青空だった。

本州最北端の駅、下北駅《しもきた》へと向かう電車から見える空は温かさに煙っていて、いかにも春らしいのどかな色をしている。のどかなのは空だけではない。二両ばかりの列車内ものんびりとした空気が流れていて、都会では味わえないゆったりとした空間が広がっていた。

午後一時近くに野辺地《のへじ》を発ってから三十分ほどが経過しているから、真昼間である。しかし、車内には学校をサボったらしき女子高生が何人かいて、澄んだ笑い声をあげていた。周囲を気にしない嬌声は確かに現代の女子高生っぽいが、やけに長いスカートや素っ気ないソックスは青森らしい素朴さを感じさせる。

魚が透けて見えるビニール袋を提《さ》げている老婆もいれば、買い物袋を傍らに置いて眠っている老人もいる。そういえば、野辺地で乗り換えの際に売店を覗いたのだが、雑誌やお菓子などに混じって、生ホタテや生魚を売っていた。こういった風景を見ると、自分が青森にいるのだということを再認識させられる。

ゆっくりとした速度で列車は北へ向かっている。遮るもののない果てしない空の広がりに均《なら》されているのか、田んぼと畑の土色が何の起伏もない平坦さで、やはり果てしなく広がっていた。

その先にわたしが人生最後の旅の出発点にしようと決めた恐山《おそれざん》がある。下北の人々は、「人は死ねば魂は恐山に行く」と云っているらしいが、わたしが人生の終焉の始まりを恐山に決めたのには特に理由はなかった。ただ、一度、観てみたいと思っただけである。

しかし、今になってみると、無意識が恐山を選んだのには理由があるように思えてくる。わたしは半分、死んだような人間だからだ。

わたしはわたしを棄てた。名前も、家族も、友人も、総てを棄てた。残っているのは牛革張りの黒いトランクと、いくつかの黒い服と、数冊の愛読書だけである。

恋人に棄てられたわけでも、不治の病に罹ったわけでもないわたしが死出の旅をしているのはおかしな話かもしれない。けれども、もう十年近くも作家を目指して投稿を続けているのに、一向に賞を受けることができない自分の才能のなさに絶望したのだ。いや、ないのは才能だけではない。運もない。よく、最終候補に残ればあとは運次第、という云い方をするが、わたしは計六回も新人賞の候補に残っているのに、一度たりとも受賞したことがない。神から見放されているとしか云いようがなかった。

絶望はやる気を殺《そ》ぐ。力作が次々と落選していくのを見て、わたしは自分の胸の中が空っぽになったのを感じていた。小説を書くという行為は、自らの中にある創造の泉から湧き出てくるものを形にする作業だと常々思っているのだが、どうやら、その泉は度重なる絶望で枯渇したらしい。

歌を忘れた金糸雀《カナリア》は……という歌があった。小説の書けなくなった作家志望など、生きていても仕方ない。金糸雀ならば、月夜の海に浮かべれば忘れた歌を思い出すのかもしれないが、心の泉の枯れた作家志望は二度と筆を執ることはできない。

死のう――。

ある日の夕暮れ、ベランダで空気を吸っているときに、そんな言葉が口から出かかった。声には出なかったが、確実に咽喉元まで来ていた。

そのとき、濁った視界の端にあるものが見えた。ベランダの手すりに置いた手のすぐ傍に、一羽の蜉蝣《かげろう》がとまっている。西陽を薄衣のように纏《まと》った蜉蝣は、薄い羽を透かしながら、ずっとそこに静止している。まるで、ずっと胸の中で燻《くすぶ》っていた死という単語が蜉蝣の形となって現れた気がした。

死んでいるのかもしれないと思って手を伸ばすと、その指先を掠めて蜉蝣は飛翔し、中空を滑るように暮色の漂っている前方へと消えて行った。蜉蝣の曳いた幻の筋がいつまでも目に残っていて、わたしの指先と日の沈む彼方を見えない糸で結んでくれたように見える。

その瞬間、わたしは旅に出る決意をしたのだった。死を決意した、というよりはそのときの蜉蝣を追ってみたいと思ったのである。

出口のない現実と死への誘惑の狭間で揺れていたわたしの心が、ようやく安定した。鬱屈した気分はすっかり晴れ、無邪気に蜉蝣を追えばいいのだと思うと心が落ち着いた。蜉蝣が去って行った先に自然と答えが転がっているような気がした。

手許に残っている現金からして、日本一周は無理だとしても、それなりの旅はできる。手持ちの金が尽きたときが死ぬときだと決め、わたしは清々しい気持ちで旅に出たのだった。

少し訛りのある声で、次は下北駅だとアナウンスされた。

わたしは頭上の棚からトランクを下ろすと、その中に、読んでいた有栖川有栖の『月光ゲーム』を入れて降車の準備をした。やがて、電車は速度を落としながら、片面だけのホームへと滑り込んだ。

降り立ったホームは閑散としていた。「よく来たにし心温ったり下北半島」と書かれた木製の看板が寂しげに翳を落としている。それ以外は地方の駅といった雰囲気である。特別な装飾のない殺風景さが駅構内に足音を響かせた。

改札を潜ったあと、わたしはふと立ち止まった。この駅から恐山へはどうやって行けばいいのか判らなかったのだ。駅前のロータリーにはタクシーが三台ほど停まっているのが見えたが、運転手に告げれば恐山まで連れて行ってくれるだろうか。

駅員に尋ねてみようと思い、窓口に向かって、すみません、と声をかけると、二十代後半くらいの若い駅員が丸い顔を覗かせた。

「恐山へ行きたいのですが」

わたしが云った瞬間、駅員は苦笑いを浮かべた。

「お客さん、恐山は今は閉山中ですよ。開山するのは五月に入ってからです」

「えっ」

驚いた声をあげると、

「恐山に行くバスも今の時期はありませんよ。引き返すか、どこかに宿を取って市内を観光するしかないでしょうね」

わたしが青森県民でないことに気づいたのか、駅員は標準語で丁寧に付け加えてくれた。

「そうですか……ありがとうございました」

肩を落としながら、礼を述べて、わたしは窓口の前に並べられた椅子に腰かけた。建て替えたばかりなのだろうか、木の匂いが鼻腔を擽《くすぐ》る。よく見ると、天井が高く作られており、そこから零れ落ちる柔らかな光が落ち込んだわたしを優しく包んでくれた。

トランクを隣の椅子に置き、どうするべきか考え始めた。このまま引き返すのも面白くないが、恐山以外でどこか観光するアテがあるかといわれると何もない。携帯でも持っていれば調べることができるかもしれないが、わたしはそれさえも所持していない。

どこかに宿を取り、そこでいろいろ訊いてみるか、と思っていると、

「どうかしたんですか？」

声のした方を見ると、金髪の青年が立っていた。背はそれほど高くないのだが、背筋がぴん、とし

ているので高く見える。青い作務衣を着ているところを見ると、何かの職人らしい。

青年はもう一度、わたしに、

「何かお困りですか？　観光の方……ですか？」

「まあ、そんなところですかね……」

死を覚悟した旅の途中だとは云いにくく、言葉を濁す。

「もしかして、恐山目当てでいらっしゃったんですか？」

「ええ。でも、閉山しているらしくて……」

すると、青年は、真っ白な歯を見せて、

「そういう方、結構いるんですよ。五月開山だということがあまり知られていないみたいで」

「参りました。ここらへんで他に観るところはありますか？」

青年は数秒、黙り込み、考えているようだったが、

「温泉はありますが……他にはこれといってないですね。恐山くらいしかない街ですから」

自嘲地味な口調になった。東北の人間は自分の住んでいる集落を卑下して語ることが多いというが、この青年にもそれは当てはまるらしい。

「困ったな。このまま帰るのも何だし。どこかいい旅館でもありませんか？」

「旅館やホテルもありますが、ここ、というところは判りませんね。お役にたてず、申し訳ないです」

見た目は今どきの若者だが、言葉の端々に歳には似合わない丁重さが覗いている。顔立ちも整っていて、細い眉には上品さがあった。だが、物腰が柔らかいため垣根のようなものは感じさせず、人懐っこさがある。田舎というと閉鎖的な空間を想像してしまうわたしにとって青年は意外な存在で、つい、まじまじと顔を見つめてしまった。

すると、青年の方もわたしが気になったようで、すっ、と視線を這わせたのが判った。

「都会ではそういう恰好が流行っているんですか？」

幼さの残る目をしてわたしを見ている。わたしは少し笑いながら、

「いや、今は黒は流行っていないと思うよ。あと、これはわたしの趣味」

黒いお釜帽に手を遣る。黄泉路に合わせたというわけではないが、今日のわたしの恰好は頭の先から爪先まで全部黒である。黒いシャツに黒いジャケット。黒いスラックスパンツに黒い革靴。遠くから見たら、影絵のようにしか見えないかもしれない。

「これもね」

古めかしいトランクを持ち上げて答えた。トランクも黒である。

「そうなんですか。実は真っ黒の人がいるなあ、と思って、興味を持って入ってきたんです。有名人の葬式でもあるのかなあ、なんて思ったりして」

「葬式か。ある意味ではそうかもしれないけど……」

わたしはまた言葉を暈《ぼか》すと、青年は触れてはいけない話題だったのか、と思ったらしく、強引に話

を変えた。

「行くところがないんなら、うちに寄っていきませんか？　ただの酒屋ですけど、東北の日本酒の品揃えだけは下北で一番の自信がありますよ」

「なるほど、酒屋さんだったのか」

わたしは青年の服装を見て、納得した。よく見ると、前掛けにはオレンジ色の刺繍で、三上《みかみ》酒店と書いてある。

「日本酒はお好きですか？」

「まあ。人並みには」

嘘だった。人並み以上に日本酒は好きである。若い頃に入り浸っていた店が純米酒に拘《こだわ》っている店で、そこで日本各地の銘酒を飲み漁った。そのため、人よりは日本酒に詳しいはずである。

興味を持ったわたしは、

「お言葉に甘えてお邪魔してもいいかな？」

湯に浸かるよりは、酒瓶を見ていた方が楽しめると判断したのだった。

青年はにっこりと微笑み、

「それじゃあ、こっちへ。すぐそこに車を停めてあるんです」

わたしを駅の外へと案内した。空は晴れ渡りながらも、眩しいというよりはまだ冬らしさを残した静かな陽光がひとけのないロータリーに降り注いでいる。わたしが住んでいた街にはない、北の果てらしい澄んだ色があった。

その清められた光が奇怪な殺人事件へと結びついているとは思いもせず、わたしは三上直純《なおずみ》の運転するライトバンに乗り込んだのだった――。

※

「何の変哲もない街ですけど、ここらへんは戦時中、空襲を受けたらしいです。近くの大湊《おおみなと》っていうところが帝国海軍の軍港だったらしくて」

直純の言葉通り、車窓を流れる街並みは車通りや人通りが少ないことを除けば他の街と変わりがないように見える。わたしの住んでいた街と大して変わらない。ただ、云われてみると、整列していることと以外は、ウニやあわびといった海産物を売りにしている飲食店が派手な看板を出しているかのように真っ直ぐに走っている道からは軍靴の音が聞こえてくるような気がする。

「もっと昔は、盛岡藩の代官所が置かれていたらしいです。ここらへんは大昔、死んだばあちゃんに聞いただけなんで俺にもよく判らないですけど」

云いながら、直純はアクセルを踏む。対向車は時折あるが、前には車は一台もいない。駅前にあった大きな建物もほとんどなくなり、他の地方都市のように寂れている。だが、それが小さな旅情となっていて、わたしには心地よかった。

「ところで、失礼ですが、金田《かねだ》さんはおいくつなんですか？」

金田、と云われてもすぐには返事ができなかった。数秒して、そういえば直純には金田耕一《こういち》と偽名を名乗っていたな、ということに気づいた。

「何歳くらいだと思う？」

咄嗟《とっさ》にわたしは質問で返した。名前は数分前に適当に決めていたが、年齢はまだ設定していなかった。この際、直純に決めてもらおう。

「そうですね。俺よりは上に見えますけど、オジさんっていう感じはしないなあ。ぎりぎり二十代ってところじゃないですか？」

本当はとっくに三十を越えているのだが、お世辞だとしても若く見られると嬉しくなってしまうものだ。

「それじゃあ、二十九くらいにしておこうかな」

わたしは誤魔化し、わざとらしくポケットからハンカチを出して、首元を扇ぐ真似をした。暑くはない。むしろ、窓から流れてくる風には春とは思えない冷たさがある。

「金田さんは不思議な人ですね。あまり歳の差を感じません」

「直純くんは何歳なの？」

自然と砕けた調子になった。

直純は頬を人差し指でかいたあと、

「二十一です。老けて見えるって云われるから、わざと髪を染めてるんですけど……」

確かに二十一にしては落ち着いている。酒屋の前掛けをしているからかもしれないが、それよりもどことなく日本酒が似合う和風な顔立ちをしているせいだとわたしは思った。

「直純くんは若いうちから酒を飲まされたでしょ？　酒飲みは若く見られないからね。そのせいじゃないかな。初めて日本酒を飲んだのはいつ？」

「きちんと飲んだのは小学四年のときです。正月に関乃井《せきのい》を飲まされたのが初めてでした」

「関乃井か。下北の酒蔵だったよね？　一度だけ飲んだことがある。フルーティーな香りと芳醇な味わいでいい酒だった」

するとと、直純はまるで自分のことを褒められたかのように喜んだ声で、

「知っていますか。嬉しいです。地元じゃ有名なんですけど、他で飲んでるって人は聞いたことがなかったんで」

「そういえばあまり見かけないね。地元で消費されちゃうタイプの地酒なのかな？」

「そうですね。ほとんど県外には出ないと思います。他にはどんなお酒を飲まれるんです？」

心なしか先刻よりも車の速度が上がったような気がする。頬を掠める風が鋭さを増した。

「青森だと、田酒《でんしゅ》が一番有名なんだろうけど、わたしは陸奥《むつ》八仙《はっせん》が好きかな。夏と冬に出る、どぶろっくを楽しみにしてるよ」

「八仙のどぶろっくですか。判ってますね。飲み口がいいからついつい飲んじゃうんですよね」

酒屋の息子だけあり、直純もかなり酒を飲むクチらしい。

直純の家は江戸時代から続く酒屋らしく、百六十年の歴史があるという。元々は酒好きの先祖が始めた店で、酒を買いに行くのが面倒だから自分の店を持ったという話が伝わっているらしい。その先祖の血は脈々と受け継がれているようで、直純もかなりの酒好きのようだ。

「俺、生まれてこの方、医者に掛かったことがないんですよ」

ふとそんなことを云った。体が丈夫なのかと思ったが、どうやら違うらしい。

「病院に行くくらいだったらたまご酒でも飲め、っていうのが家訓でして。それで実際に病気が治るんだから、うちの家系は酒の神様に愛されてるんだと思いますよ。酒は百薬の長です」

「それはすごいね。ひょっとして怪我のときにも？」

「もちろんです。俺が右手を骨折したときも、病院には行かせてもらえず、毎日たまご酒を飲まされました。でも、治りは早かったですよ」

三上家はだいぶ風変わりな一家のようだ。心酔といえばいいのか、文字通り、酒に酔っている。

「だから、我が家にとって酒は生活になくてはならないものなんです。といっても、一人だけ例外がいますけど……」

直純が少しだけ引っかかる云い方をした。しかし、あまり詮索するのも悪いと思い、わたしはそのままにし、

「まあ、酒を飲めば大抵のことは解決するからね。嫌なことも酒を飲めば忘れてしまうし」

「そうですよ。酒は万物の頂点に立つ物質です」

　そんなことまで云い、またわたしたちは日本酒の話で盛り上がった。さすが酒屋の倅《せがれ》だけあって、知識が豊富で次から次へと話題を出してきてくれる。聞いていてまったく飽きが来ない。

「金田さんは酒の神様って見たことありますか？」

「酒の神様って、神社で祀られている神様のことかい？」

　奈良県の大神《おおみわ》神社は酒造りの神社として全国に知られていて、大物主大神《おおものぬしのおおかみ》と少彦名神《すくなひこなのかみ》といった酒の神様を祀っている。また、京都の梅宮大社《うめのみやたいしゃ》は酒解神《さけとけのかみ》、酒解子《さけとけのみこ》を主神とした酒の神様を祀る神社である。直純はそういう神様のことを云ったのだと思ったのだが、首を振り、

「いえ、そういう神様じゃなくて、何て云うんですかね、妖精みたいな小さな神様がいるんです」

「どこに？」

「うちの店です。信じてもらえないかもしれないんですけど、初めて日本酒を飲んだ日の夜、酒が並んでいるうちの倉庫で見たんです。七福神の恵比寿みたいな恰好をした、小さな人がちょろちょろと酒瓶の間を歩いていたんです」

　わたしが苦笑すると、

「ほんとなんです。俺も半信半疑だったんですけど、父に話したら、同じものを何度か見たことがあるらしく、それは酒の神様だ、酒を愛している人の家にはいらっしゃるんだ、という話をしてくれたんです。どうやら、じいちゃんも見たことがあるらしくて。ずっとうちにいらっしゃるみたいです」

「それは面白いね。酒の神様か。酒屋に酒の神様がいれば怖いものなしだね」

わたしは軽い気持ちでそう云ったのだが、不意に、直純が顔色を曇らせた。

「でも、商売はきつくって。今の若い人は日本酒を飲まないようなんですよね。うちの酒屋もいつまで続けられるか。神様のいる酒屋は絶対に守りたいと思ってるんですけど」

暗い声になった。日本酒に限らず、今の子たちは酒をあまり飲まないらしい。日本酒という世界に誇れる文化があるのにもったいないことだ。幸いにも日本にはその酒に合う肴も豊富で、酒飲みとしては文句のつけようがないのだが、その感覚が若い子たちにはないらしい。恐らく、美味い酒を知らないのだと思う。学生が行くような、飲み放題〜円、という店ではなかなかいい酒は出してくれない。安くても美味しい酒はいくらでもあるのだが、そういう店では何故か決まって不味《まず》い酒ばかりを出してくる。不味い酒ばかり飲まされればどんな人だって嫌いになってしまうのは道理だ。だから、わたしは少しだけ今の若者に同情している部分があった。

「うちはできるだけ美味しい日本酒を安くたくさんの人に飲んでもらいたいから、利益がほとんど出ない経営をしてるんです。そのせいで、結構、借金を抱えちゃってるんですよね」

今はインターネットで酒を買う人も多い。店舗だけの経営は難しいのかもしれない。直純の着ている服をよく見てみると、ところどころに綻びが見えて、そこに貧しさが覗いている。

「辛気臭い話になっちゃいましたね。すみません」

直純が謝ったとき、ちょうど車が停まった。

「着きました。ここです」

漆黒の瓦屋根に白い壁をした古めかしい建物が目に飛び込んできた。豪胆な勢いで三上酒店と書かれた看板だけが新しい。隣に建っている建設会社らしきビルが立派すぎるせいか、貧相な店構えに見えたが、玄関に酒瓶を詰めた箱が置いてあるのを見ると、古ぼけた建物も風情があるように見えてくる。

「小さい酒屋でしょう？　でも、中身はしっかりしていますから」

直純に案内されるまま、ガラス戸を開けて中へ入る。入ってすぐのところにはレジがあり、空になった酒瓶が飾られていた。

「酒が置いてあるのはこっちです」

店を入ってすぐ左手のところにもう一つ扉がある。張り紙がしてあり、「ここには酒しかありません」と書かれているのが可笑しかった。

扉を開けると、窓のない小部屋に出た。入ってみると、ひんやりとした空気が頬を伝ってくる。温度調整がしっかりとしてあるらしい。

「日本酒の敵は光と温度ですからね。光は遮って、温度も五、六度くらいに保っておかないと」

若いくせにしっかりしている、と感心しながら、わたしは木で作られた三段棚に並べられている酒瓶に目を走らせる。直純の云う通り、東北の銘酒がずらり、と並んでいた。山形の十四代《じゅうよんだい》や岩手の南部美人《なんぶびじん》といった有名どころはもちろん、秋田の刈穂《かりほ》の超辛口や福島県の会津中将《あいづちゅうじょう》まで置かれている。

下北一の品揃えというのは満更嘘でもないようだ。

「これだけ並んでいると壮観だね。さすがの品揃えだ」

わたしが褒めると、直純は照れたように笑い、

「でしょう？　そう云って頂けるとうちの両親も喜ぶと思います」

「日本酒は瓶とラベルも味わい深いから見ていて飽きないね」

「そうなんですよ。日本酒はそれぞれの蔵元さんが瓶やラベルにも拘ってますからね。見ているだけで面白いです」

「八仙なんかはラベル違いが多いし」

「ええ。青だったり、赤だったり、ピンクだったり」

わたしたちが酒棚を見ながら話をしていると、後ろから、

「直純、帰っていたのか？」

わたしたちが振り返ると、髪の半分を白く染めた男が一人、立ってこちらを見ていた。直純と同じ前掛けをしているからすぐに父親だと思ったが、それよりも、意志が強そうな、シャープな眉が直純とよく似ていた。それでいて冷たい感じを与えず、人当りのよさが感じられるあたりも直純そっくりだった。

ただ、顎の線が角張っていて、少し武骨な印象がある部分は似ていなかった。そこと、切れ長の目が、酒屋の店主、といった雰囲気を醸し出している。

その目がわたしを不審げに見て、

「直純、こちらの方は？」

「金田さん。駅で困ってらしたから」

わたしが帽子を取って、頭を下げる。

「金田さん、とおっしゃるんですか。わたしは直純の父の守康《もりやす》と申します。こんな辺鄙《へんぴ》なところへよくもまあ……もしかして、恐山目当てですか？」

守康にも見抜かれているらしい。わたしは恥ずかしさで顔を赤くしながら、

「ええ。でも、閉山中みたいで……」

「それで引き返そうとしていたところを俺が引きとめたっていうわけ。今晩、泊めてあげたいんだけど、大丈夫かな？」

わたしは慌てて、

「いや、泊めて頂くなんて、そんな」

そこまで厄介になるわけにはいかない。どこか泊まる場所を紹介してくれるだけで充分である。

そう云おうとしたのだが、守康は、ははは、と豪快に笑って、

「もちろんいいよ。泊めてあげなさい」

「はあ。本当によろしいんですか？」

「いいですよ。狭苦しいところですが、どうぞ。日本酒ならたくさんありますから、飲んでいってく

ださい」

「これは恐縮です。では、申し訳ありませんが、よろしくお願いいたします」

恭しく頭を下げる。ホテルや旅館に泊まるよりも随分安上がりで済みそうである。それに加え、日本酒がたくさん飲める。わたしが拒む理由は毛の先ほどもないように思われた。

「わたしはこれから配達があるから、お前は奥に行って金田さんを接待していなさい。母さんもいるはずだから。せっかくだから豊盃《ほうはい》の純米大吟醸でも出して飲もう」

豊盃は青森の酒である。定番商品の値段はそれほど高くないが、純米大吟醸となると、一本七千円くらいはするはずである。日本酒にしては高価な部類だ。

「判った。俺たちは先にやってるから、父さんは後から合流してよ」

口振りからして、直純は今から飲むつもりらしい。時計は持っていないので判らないが、太陽はまだ頭上で騒がしく輝いている。店から見える緑も陽光を透かして健全な昼の色をしていた。酒には似合わない状況である。

しかし、直純は飲み気を抑えるつもりはないらしく、表に出してあった三上酒店の看板を中へ入れてしまった。随分と早い店仕舞いだ。

わたしは直純の案内のまま、カウンターの後ろの空間へと導かれた。どうやら、店舗と住居を一緒にしているらしい。奥には十二畳ほどの広間があって、わたしはそこへ通された。トランクを横に置いて、部屋の中の調度品に目を向ける。やはり日本酒がらみのものが多く、希少な酒瓶や日焼けした古いラベルが額に収まって飾ってあった。

「じいちゃんの頃からのものが多いです。うちのじいちゃんも酒には目がなかったもので」

深緑の瓶をしたじょっぱりと、黒い駒泉《こまいずみ》が目の前に置かれた。どちらも一升瓶である。さらに、四合瓶の八仙が二本出てきた。青いラベルに白抜きの文字で八仙と書かれているものが一本。白地にピンク色で同じく八仙と書かれたものが一本である。守康が戻ってきたら、ここに豊盃が一本追加されるはずだ。まさかこの量を三人で飲み切るつもりだろうか。

困惑しているうちにも宴の準備が整っていく。お猪口よりも一回りも二回りも大きい、白いぐい呑みが用意されたかと思えば、直純の母である幸恵《さちえ》がキッチンからせっせと肴を運んでくる。酒屋に嫁ぐくらいなので、幸恵も酒が好きなのだろう。日本酒によく合う肴を手際よく作って、童女のようなにこやかな笑顔と一緒にこちらに持ってきてくれる。お陰で大きなテーブルはあっという間に酒の席になった。

外の明るいうちから、直純と酒を酌み交わすこととなってしまった。出会いに乾杯、と直純が云ったところから宴会が始まった。鮭とばに始まり、平目・マグロ・ホタテといった刺身、津軽漬けなどを肴にしつつ、直純と世間話をすることとなった。

直純は県外からの客を招くのは久しぶりだ、と云いながら、あれやこれや質問を投げてきた。何かを云うたびに瞳を輝かせるから、つい、こちらも答えてしまい、酒を飲み始めて一時間くらいのうちに、実名と旅の理由と職業以外はベラベラと喋ってしまっていた。

守康が宅配を終えて戻ってきた頃にはもうじょっぱりも駒泉も三分の一は空いていた。八仙は二本とも微量しか残っていない。わたしはそれほど飲まなかったのだが、直純はまるで水でも飲むかのようにぐいぐいと杯を空にしてはそこに新しい酒を注ぎ込むから、今までに経験したことのない早さで進んだ。

「父さん、金田さんは携帯も持ってないんだってぇ」

さすがに酔いが回っているのか、酒気で赤く染まった声をしている。言葉も蹌踉《よろ》めいていて危なっかしい。

守康はわたしと直純の真ん中くらいに座り、

「ほう、金田さんは携帯をお持ちでないんですか。わたしも持ってはいるんですが、どうにも扱えなくて」

直純の酩酊具合を気にすることなく話に入ってくると、でん、と豊盃の一升瓶を置いた。そして、自分でそれを開けると、手酌で杯になみなみと注いだ。

くい、と飲むと、中年太りの始まった肥えた頬が少し赤らんだ。守康は顔に出やすい性格らしい。

「まあ、携帯なんてのはなくても生活できますからね。十五年くらい前はなかったんだ。別に持っていなくても問題ないですよ」

守康の云う通りだった。わたしも前は携帯を持っていたが、ほとんど使っていなかった。

「そうは云うけどね、父さん。携帯一つ扱えないんじゃ現代人とは云えないよ」

「携帯如きでごちゃごちゃ云うな。あ、金田さん。この、なかよし、っていうやつが美味いんですよ」

携帯電話の話をぶつ切りにして、守康がテーブルの上の長方形の白いものを指差した。

「なんですか、これは？」

「八戸港に水揚げされたイカを使った、ここらへんじゃポピュラーなツマミです。干しイカでデンマーク産チーズを挟んでいるんです。酒が進みますよ」

一つ、摘まんで口に運んでみる。瞬間、口の中に爽やかな塩気が広がり、濃厚なチーズの匂いが追いかけてくる。

「美味いですね。日本酒に合います」

「でしょう？　でも、そればっかり食べていると口の中がまったりしてくるので、こちらと交互に食べることをオススメしますね」

出されたのは、赤カブの漬物である。食べてみると、普通の赤カブの漬物と違い、酢の中に優しい甘味がある。

わたしがそう告げると、

「よく判りましたね。これはリンゴ酢を使ったものなんです。爽やかでいいでしょう？」

わたしは頷き、もう一枚、赤カブを口に入れた。その間に、わたしの杯が空になっているのを見ていた直純が、新たに酒を注いでくる。人に強要するのは絶対に駄目だが、酒飲みの集まりでは他人の杯が空になったら注いであげるのが優しさである。直純は若いのに、そこらへんの酒飲みの作法を心得ているようだった。

そんな調子だったから、窓の外に夜が滲むように広がったのにも気づかなかった。トイレに行き、廊下の先の窓が暗くなっているのを見て、ようやく時間の経過に気づいた。都会では夜になると車のライトやネオンのせいで、逆に闇が薄まって昼間のように明るく見えるのに、青森はきちんと墨色が流れている。三上家の前の道路を通る車もそれほど多くなく、小窓から見える闇はじっと固まっていた。

欠伸《あくび》をしながらかけてある大きな柱時計を見ると、八時を回っている。朝早くからバスと列車に揺られ続けていたのでわたしは疲れていた。それに、五時間以上飲みっぱなしで、さらにこれだけの量を飲酒すれば眠くなって当たり前である。

幸恵も酒を飲み始めたのか、大広間の方からは三人の賑やかな声が漏れてきた。酒屋らしい家族の団欒が始まったようだが、わたしは先に寝床につくことにした。

大広間の襖を開け、トランクを手にすると、

「すみませんが、わたしはそろそろ抜けさせて頂きます」

酒の席の中座は難しい。大抵、引き留められるからだ。だが、三上家の面々はわたしの申し出を快く受け止めてくれて、

「そうですか。長い時間、お付き合いさせてしまってすみませんでした。今日は楽しかったですよ。狭いところですけど、ゆっくり休んでください。おい、お前」

守康が隣にいた幸恵に声をかける。すっと、黄ばんだ割烹着を着た幸恵が立ち上がった。

「部屋に案内しますわ。こっちです」

ふらふらと手を振る直純に見送られるようにして、わたしは幸恵のあとに続いた。

三上家は二階建てである。一階が店舗と倉庫、二階がそれぞれの部屋になっているらしい。わたしは一階の奥まったところにある八畳ほどの客間に通された。

幸恵が壁のスイッチを入れると、暖色の燈が灯り、白い和紙のランプシェードに笹の模様が黒色で浮かび上がった。その明かりの下には、桜の花柄が華やかに散っている。一組の布団が、崩すのも躊《ため》躇《ら》われるほどぴっちりと行儀よく敷かれていた。

恐縮しながら礼を云い、おやすみなさい、と挨拶をすると、幸恵は部屋を出て行った。

それを確認し、ほっと息を吐くと、わたしはトランクを畳の上に置いた。そして、中からミネラルウォーターを出して、一口含んだ。

わたしには入眠儀式がある。といっても、本を読むだとか、ウィスキーを飲むだとかではない。睡眠薬を飲むのだ。昔、精神を病《や》られて以来、どんなに疲れていようとも、どんなに泥酔していようとも、薬を飲まずには熟睡できなくなってしまったのである。また、睡眠薬で得られる快感は一度経験すると手放したくないものであり、すっかり虜《とりこ》になってしまった。

トランクから薬瓶を四つ取り出す。わたしくらい睡眠薬に慣れてしまうと、一つでは効かないので、四つの薬を併用する。ゾルピデムという黄色の錠剤、同じく黄色のリフレックス、白いフルニトラゼパム、薄い青色のトリアゾラムの四つを一度に飲むのだ。そうしないと快眠は得られない。

これらの薬の処方には医者の許可がいる。また、今はこういった類の薬は一ヶ月あたり決まった量以上を出してはいけないことになっている。なので、本来ならば小瓶に溜まるほどの量を集めることは不可能だ。

しかし、医者も厳密に一ヶ月の量を把握しているわけではない。そのためわたしは、月に二回通院して二週間分の薬をもらうところを、三回病院に足を運び、同じ量を頂戴してきて、少しずつ溜めたのだった。それがいつしか小瓶いっぱいの量になった。

この旅のため、というわけではない。通院が億劫《おっくう》になる日もあるし、何らかの状況で病院に行けなくなることもあるかもしれない。そういった事態に陥ったときのことを考慮して溜め込んでいたのだが、まさかここで役に立つとは思わなかった。

わたしは四つの錠剤を口に入れ、一気に水で流し込んだ。五分もすると、アルコールから生じる眠気と、薬から来る倦怠感がまるで温水のようにわたしの体を柔らかに包み込んだ。ふわふわと体が浮かんでくるような快楽がある。

ふらふらとしながら寝間着に着替え、わたしは布団に入ると電気を落として、深い眠りに落ちて行った——。

※

翌朝、わたしの眠りを破ったのは二人の男の声だった。

障子に朝陽が滲んでいるが、淡い橙色からしてまだ早朝のようである。瞼の裏にはまだ眠気が粘りついているのだが、烈しく云い合う男たちの声が大きく、二度寝はできそうにないと判断したわたしは声のする方へ行ってみた。

店の入り口とは逆にある玄関から声がする。廊下へ出て、そちらに足を向けると、二つの人影があった。

一人は上り框《かまち》に腰かけていて、立っているもう一人がそれを見下ろしている。声からして一人は守康だと判ったが、もう一人は誰だろう、と思いながらそっと近づいたわたしは驚いた。守康がもう一人いたのである。

まだ夢の中にいるのかと思ったが、立っている方の守康が、

「賢吉《けんきち》の云うことも判るが、時代が時代だ。あの山に固執するのはよくないだろう」

と云ったので、座っている方の名が賢吉であり、守康とは別人だということが判った。

賢吉と呼ばれた、森のような迷彩色の服を着ている方は、髪型や顔立ちや背格好は守康そっくりだが、口調がまったく違った。太鼓のような声を張り上げ、

「兄さんは金が目当てなんだろ？　俺はそういうのは大嫌いなんだ。ご先祖さまに申し訳ないと思わないのか？」

「そうはいっても道路を通すために山を売るんだ。大きな道が通ればここらへんは廃れずに済む。その方が人々のためだ」

　すると、賢吉は鼻で笑い、

「道路一本通ったくらいで過疎化は止められねえよ。土建屋を喜ばせるだけだ」

「そんなことはない。巨大ショッピングモールもできるという噂もある。そうすればここらへんは栄える」

「あり得ねえな。兄さんは現実を見た方がいい」

「現実を見ていないのはお前の方だろう？　先祖代々の土地とはいえ、いつまでそれに拘っているんだ」

「歴史は金に換算できないって何度云ったら判るんだ。それが判らないなんて、兄さんは相変わらず頭が悪いな」

　吐き棄てるような口振りに、守康は堪らず、

「頭が悪いとはなんだ。それが兄に向って云う言葉か」

　昨日とは別人のような怒声に、わたしの体が反応してしまった。僅かな衣擦れの音に守康は気づいたらしく、ちらり、とこちらを見たあとで、

「もういい。お前の意見は聞かん。あの山は売る」

「結局、いつもの結論か。兄さんはやっぱり自分の店を守りたいだけなんだ。知ってるぜ、方々から

金を借りまくってるんだって？　そろそろ返済しないと店を差し押さえられるらしいな。山を売りたがってるのはそのせいだろ？　売った金で補塡しようって腹づもりだろ？」

「……」

図星だったのか、守康が黙った。

「この店もご先祖さまが始めた歴史ある店だから、その気持ちも判る。でもな、兄さん。それは高々、百数年の歴史だ。でも、山の方はもっと前からの歴史の積み重ねがあるんだよ。そっちの方を優先するってのが筋ってもんだろう？」

「……お前が何と云おうと、あの山は売る。そして、この店を守る。その方がご先祖さまは喜ぶ」

「それが独り善がりだって云うんだよ。まったく、兄さんは」

がりがりと頭を搔きむしりながら賢吉は云うと、腰を上げて、守康にずい、と顔を近づけ、

「俺はあそこを立ち退く気はないからな。それだけは憶えておいてくれ」

先刻までのような大きな声ではないが、炎のような熱さを持った声で云い、ぴしゃ、という扉の閉まる音を残して賢吉は去っていった。

守康が肩で溜息を吐くのが判った。下がった肩のまま、守康がこちらに振り返った。

逃げ出すのもおかしいと思ったわたしは、動揺しながら、おはようございます、と頭を下げた。

守康は微笑で表情を取り繕うと、

「おはようございます。起こしてしまいましたか。すみません」

「いえ、起きてましたので……」

わたしは小さな嘘を云い、

「今のは弟さん……ですか？」

「そうです。双子の弟の賢吉です。お恥ずかしいところをお見せしてしまいましたな」

微笑が苦笑に変わった。

直純が昨日の車中で一族の例外と云っていたのは賢吉のことだろう。賢吉だけは酒屋よりも、先祖代々の山に固執していた。明らかに直純や守康とは立場が違う。

守康と賢吉の諍《いさか》いの原因が山にあるらしいことは会話から判ったが、詳細を訊くのは躊躇われた。他人の家の騒動にわたしのような部外者が口を出すべきではない。人生経験は浅いが、この手のことに口出しするとロクなことにならないことをわたしは知っていた。

だから、なるべく早くに三上家を辞そうとしたのだが、そうは巧くことは運ばない。朝食の席で、わたしは思いも寄らぬ頼みごとをされてしまった。

わたしはつい数時間前に絞めたばかりだという鶏《にわとり》の肉を頬張っていた。軽く炙《あぶ》られてポン酢をかけられただけの鶏肉はツマミのような感覚で、昨夜の酒の席の延長上にいるような気がして何となくぼんやりとしているとき、徐《おもむろ》に守康がこう切り出してきた。

「金田さん。無理を承知で頼みたいことがあるんですが、聞いてもらえますかな？」

「え、ああ、はい。何でしょう？」

肉を飲み込み、わたしは守康の方に視線を折る。何だか嫌な予感がした。直純も幸恵も、守康の言葉を待つように、箸を止めている。

「実は賢吉を説得して頂きたいのです」

「は？　説得……ですか？」

嫌な予感は的《あた》った。二日酔いではないはずなのに、不意に頭がぐらり、とした。

「うちは小さな山を持っています。今、その山を掠めるようにして大きな県道が通ることが検討されているんです。それで、山を売ってくれ、という話が来ているんですよ」

「はあ。そうですか」

「わたしたちは賛成しているんですが、賢吉のやつが承知しないんです。先祖代々の山を売るなんてけしからん、と云って、その山にテントを張って、そこで生活をしながら抗議をしているんです」

「それはまた体を張った抗議ですね」

わたしはできるだけ興味なさげに答えた。だが、守康の声は一層、熱が帯びた。

「さすがに弟の生活している山を売るわけにはいかない。そこで、追い出そうとしているんですが、なかなか……。そこで、金田さんにお力を貸して頂きたい」

「わたしですか？　わたしには何もできませんよ」

箸を食卓の上に置き、手をぱたぱたと振る。

「他人の声、というのが必要だと思うんです。朝の口喧嘩を聞いて頂いた通り、身内の話に耳を傾けようとしないんですよ」

「いや、しかし、わたしは完全な部外者ですし」

「それは重々承知しています。しかし、わたしたちもほとほと困り果てているんです。このままあの山に籠城されては今回の話は水に流れてしまうかもしれません」

守康だけでなく、直純と幸恵もじっとわたしを凝視《みつ》めて、はい、と答えるのを待っているようだった。

結局、わたしは折れた。守康の熱意に押されたというよりは、一宿一飯の恩があったせいである。去年の末に亡くなった祖母の、親切にされたらお礼をきちんとするんだよ、という言葉が頭に響いていた。

※

朝食を済ませ、守康が配達に出るのを見送ったあと、わたしは直純の運転する車にトランクと一緒に乗り込んだ。直純と幸恵は山道を歩くときに邪魔になるから置いていった方がいいとアドバイスしてくれたのだが、これが手許にないと心細くなってしまうので持ってきたのだった。

それが裏目に出る。三上家の所有する山はちょうど恐山とは逆の方向にあり、山道の入り口はコンビニや商店どころか、田畑さえ途切れた寂しい場所にあったのだが、想像以上に荒れていた。下草が伸びていて、緑の絨毯というよりは洪水のように押し寄せてきてわたしの足を掬《すく》った。片手にトランクを持っているせいで、わたしは何度も転びかけた。

車に乗っているとき、直純に、

「遠回りだけど歩きやすい道と、獣道だけど近い道、どっちにします？」

と訊かれて、日頃運動不足のわたしは前者を迷いなく選んだのだが、直純は何を基準に二つの道を分けたのだろう。道は確かに幅が広いし、勾配も厳しくないが、わたしにとってはこちらの道も充分に歩きにくい。

汗がシャツに滲み、不快感をもって肌に貼りついてくる。全身が黒いせいか、やたらと陽射《ひざし》を集めてしまい、暑い。わたしはトランクからハンカチを取り出し、汗を拭いながら、賢吉のテントを目指した。

道は緩やかに上り坂を描いている。数百メートル進むと左に曲がり、また数分歩くと今度は右に曲がる。そして、またしばらく歩いたのちに左へ曲がる。それの繰り返しだった。あまりに似た光景が続くので、わたしは狸や狐に化かされているのではないかと疑いながら歩を進めた。

両脇には高さの揃っていない雑木林が続いていて、小道はその林に沿ってわたしを賢吉のテントへと運んでいった。樹々が特有の香りときらきらとした陽射の欠片《かけら》を春の大気に漂わせている。傍らの梢からヒバリがピーチュルと囀《さえず》りながら飛び立ち、何度目かに道を折れたとき、木立に囲まれた賢吉の黄色いテントが見えてきた。

山道を通せんぼするような形で正三角形のテントが張ってある。入り口付近には、薬缶や鍋が無造作に転がっていて、妙に生活感があった。炊事用に使っているのか、焚火をした跡がある。消した直後なのだろう、煙が少し立っていた。

人が二人くらいしか寝られないような小さなテントの入り口は、ファスナーで固く閉じられている。わたしはその前に立ち、深呼吸してから、

「賢吉さん。いらっしゃいますか？　わたし、三上さんのところでお世話になっている金田と申します。ちょっとお話ししたいことがあって参りました」

しかし、中からは何の返事もない。しん、と静まり返っていて、微風に揺れる樹々の音が響いている。

「賢吉さん？」

わたしはもう一度声をかけ、入り口を開けようとした。しかし、大きめの黄色いファスナーが動かない。何度やってみても下のシートが一緒に動いてしまい、ファスナーは開かなかった。

仕方がないので、わたしは雑草をかき分けて、テントの左に回った。こちら側は山の斜面に面していて、樹々や雑草が緑の壁となってテントに迫っている。それと相対するように、小窓があるのが見えた。

小窓は開かれていて、緑のメッシュ越しに内部が見えた。寝袋やリュックサック、そしてインスタント食品などが並べられている。陽射が小窓から射し込んでいて、リュックサックの熊のキーホルダ

ーを光らせている。だが、そんなものよりもわたしの目を奪ったものがあった。真紅の血である。

「ひっ」

わたしの口から小さな悲鳴が漏れた。同時にわたしの左手から、がしゃん、という音とともにトランクが地面に落ちた。

黒いシートの上に大きな血溜まりができていて、背中からナイフの生えた賢吉がこちらに背を向けて倒れている。服は今朝見たのと同じ迷彩色の服だったが、その柄を汚すように生々しい血が滲んでいた。ナイフが抜かれていないため、それほど血は飛び散ってはいないが、シートの半分くらいは血で染められている。

「賢吉さん！」

叫んでみるが、微動だにしない。人の死体を見るのは初めてなので確証は持てなかったが、死んでいるのだと思った。

わたしは後退《あとずさ》り、だが、その前に、もう一度テントの中を見た。賢吉を刺した犯人がいるのではないか、と思ったからだ。しかし、薄暗いテントの中には人影がない。

ということは密室殺人か――？

わたしの中の冷静な部分がそう推理した。入り口のファスナーは完全に閉じられているし、唯一の窓もメッシュがしっかりとかかっている。そして、中には誰もいない。テントとはいえ、完全な密室である。

ただ、推理はそこで途切れた。死体を見た恐怖と、早く警察に報せなければならないという義務感が冷静さを押し流したのだった。

わたしはトランクを置きっぱなしにしたまま、一目散で来た道を引き返した。何かあったらすぐに連絡してください、と、別れ際に直純に云われていたことを思い出したが、携帯電話を持っていないわたしには連絡のしようがない。携帯電話を持っていないことを烈しく後悔しながら、わたしは必死になって走った。呼吸が乱れ、ハッカを吸ったときのように咽喉がヒリヒリとしている。

汗をだらだらと流しながら下山し、アスファルトの道へ出ると、わたしは人を探した。警察を呼んでもらおうと思ったのだ。だが、昼間だというのに道には人の影がない。田畑ばかりで人家もなかった。

焦りながら走っていると、先に交番らしきものがぽつんと建っているのが見えた。わたしは足を縺《もつ》れさせながらそこへ飛び込んだ。

「大変です！　人が、人が死んでるんです！」

書類を眺めている巡査の一人にわたしは息を切らせながら訴えかけた。

「人が死んでる？　どこで？」

四十くらいだろうか、がっしりとした体格の巡査は少しも動じることなくそう返事をした。警官という職業はそういうものなのか、死んでいる、ということを聞いても取り乱す様子は見られない。

「あっちの、あの山の山頂へ向かう途中のテントです」

わたしは今、降りてきた山の方を指差した。

「あそこは三上さんの山だな」

「ええ、そうです。三上賢吉さんが死んでいるんです」

「賢吉さん？　双子の弟の方か。本当かね？」

わたしの言葉が本当かどうか疑っているようだったが、さすがに尋常ではない様子を察知してくれたらしい。

「よし、案内してくれ」

もう一人の若手の巡査に声をかけ、わたしたち三人はパトカーで現場へと向かうことになった。若い方が運転し、助手席にわたしと話をした巡査が乗った。わたしは後部座席である。二人の話を聞いていると、わたしの話を聞いてくれた方は巡査長らしい。

騒がしいサイレンを鳴らしながら、山へと近づいていく。やがて、田畑が途絶え、あたりは樹々だけになった。

だが、あのテントの場所までは車では入ることができない。先刻、直純に送ってきてもらったあたりまでパトカーで入り、それからはまた歩く羽目になった。

さすがに警官だけあって、二人の歩みは力強く、わたしよりも早かった。青い制服の警官二人が先行し、数メートル空けてわたしがついていく恰好になる。遅いぞ、というように、何度か警官が冷たい眼差しをわたしに向けてくるのが判った。

同じ道筋を辿っているはずなのに、体が疲れているせいか、道が長く感じられた。無理もない。わたしはもう一年分以上の運動をしているのだ。

何度目かのカーヴを曲がった末に、ようやくあのテントが見えてきた。折り紙で折ったような正三角形の黄色のテントである。

「あれだね？」

前方にあるテントを指差しながら、巡査長がわたしに訊ねる。息切れの烈しいわたしは声が出ず、こくん、と頷きだけを返した。

雑草をかき分けながらゆっくりと近づいていくと、そこには一人の人影があった。

「直純くん！」

わたしの咽喉の奥から声が出た。直純がテントの横に回り込んでいて、例の小窓から中へ入ろうとしている。その足許には、わたしが先ほど落としたトランクが木漏れ日を反射させながら転がっていた。

「金田さん！　中で叔父さんが……」

些《いささ》か興奮した口調で直純がわたしを見る。

わたしが頷くと、すっと、巡査長が直純に近寄り、

「キミは三上さんちの直純くんか。どうしてここに？」

「あ、いえ、金田さんから連絡がないので、気になって……」

「中へ入ってしまったのかね？」

小窓のメッシュが破れているのが見える。巡査長は目敏《めざと》くそれを見つけたらしい。

直純は汗の浮いた顔を二度ほど左右に振り、

「いえ。入ってはいません。今から入ろうとしてたんです」

「本当かね？」

人を疑うのに慣れた、いかにも警官らしい鋭い目つきになり、じろりと直純を見る。直純は顔を蒼《あお》褪《ざ》めさせながら、

「本当です。入ってはいません」

きっぱりと答えた。

「ならばいい。中へはわたしが入るから、キミたちは外で待っていなさい」

そう云い、岩のような体を縮こまらせて、メッシュに何度か引っかかりながら、小さな窓からテントの中へ入っていった。そして、一分も経たないうちに小窓から顔を出し、顔色一つ変えずに、ぽつり、とこう云った。

「駄目だ。賢吉さんはもう死んでいるよ」

※

わたしの担当になった刑事の声は、ただの声としか云いようのない特徴のない声をしていた。新聞の活字に似た無色の乾いた声が次々とわたしに問いを投げる。無個性な声だが、刑事らしい人を見下すような傲慢さがあってわたしは不快感を持った。

警察はわたしの本名が金田でないことを見抜いていたようだったが、その理由まではさすがに判らないようでわたしを問い質《ただ》した。だが、わたしは巧く説明できなかった。最初から事情を説明すればよかったかもしれないが、旅の理由を話すのは抵抗があった。その怪しさに、わたしを尋問していた刑事は不審さを感じたらしく、危うくわたしは第一容疑者にされかけた。

殺人で捕まるわけにはいかない、と思い、情けないことだが、結局は総てを明かして、ここに来た理由を話した。銀縁の眼鏡をかけた、常識からあまり外れたことのなさそうな刑事は、何度も、本当ですか、と訊いてきたが、わたしが何もかもを棄てて旅をしているのは真実である。

身元調査が一段落すると、賢吉の遺体を発見したときの状況説明に入った。凶器は登山用のナイフで、死亡推定時刻は九時から十時の間らしい。わたしは時計も携帯電話も持っていないから、死体を発見した正確な時刻は判らなかった。ただ、直純と別れたときに車の時計をちらっと見たが、九時手前だったことは憶えている。そこから三十分以上歩いたのは確かだから、わたしが賢吉の死体を見つけたのは九時半くらいだろうか。ちなみに、わたしが交番に駆け込んだのは十時十四分だったと記録されていた。

辻褄は合っている。わたしは賢吉が殺された直後にあのテントを訪れたのだろう。

そこからがまた面倒だった。刑事は執拗《しつこ》く、入り口のファスナーは閉じられていたのか、と訊いてきた。刑事がそこに拘る理由も判る。わたしの考えた通り、現場は密室だったからだ。刑事もそこに頭を悩ませているらしかった。

容疑者は直純と守康である。わたしは正直に今朝の守康と賢吉の口喧嘩のことを話したのだが、刑事は土地を巡る確執は既に知っているようだった。動機は充分にある。だが、現場の状況が奇妙すぎた。

わたしを容疑者圏外に置いた刑事は、少しずつ親しげな口振りになり、状況を説明してくれた。現場となったテントは横幅が一一〇センチ、奥行きが二二〇センチ、高さが一〇六センチの一人用テントだった。入り口のファスナーは南京錠で下に敷かれているシートと繋がっていて、外からは開けることができないようになっていたらしい。入り口のファスナーの引き手は内部と外側の二か所にあるが、南京錠がかかっていたのは内部の方である。内部のファスナーの引き手と、下のシートの金具が南京錠で繋がっていたようである。

現場の写真を見せてもらったが、わたしが小窓から覗いたときとまったく同じ光景が広がっていた。殺害現場だと知っているせいか、薄暗いテント内には死臭が澱《よど》んでいるように見える。

何か変わったところはないか、と問われたが、特に変わりはないように思えた。寝袋にリュックサックにインスタント食品——それらに変化はない。ただ、わたしは言葉にはできないが、何か違和感を覚えた。わたしの顔が曇ったのが判ったのだろう、刑事が、何か気づいた点でも、と訊いてきたが、言葉にできなかった。具体的にどこに違和感を持ったのか判らなかったからだ。

話はさらに続いて、刑事は小窓から覗いたときに、中に犯人はいなかったか、と訊いてきた。あの密室を破る方法は限られている。一つの方法としては、犯人は賢吉を刺し殺したあと、入り口を閉め、わたしが来るのを待つ。内部を目撃させたあと、立ち去るのを待って、小窓を突き破って外に出る。そして、発見者を装って、たった今、窓を破いたように見せかける、というものだ。自動的にあの場にいた直純が犯人ということになるが、そのトリックは実現不可能だ。わたしはあのとき、しっかりと、中に誰もいないことを確認している。そう証言すると、刑事は露骨に、そうですか、と落胆した。直純を庇《かば》う気はないし、刑事には悪いと思ったが、嘘を吐くわけにはいかない。

中に犯人がいなかったとすれば他の可能性である。わたしは刑事に、テントの設営状況を訊ねた。荒唐無稽な考えだが、殺人を犯したあと、犯人がテントの入り口だけに鍵をかけ、それ以外を解体して外へ出たのではないか、と思ったのだった。しかし、刑事はその可能性をきっぱりと否定した。シートとそれ以外の部分は密接に繋がっていて、取り外しのできるものではないらしい。シートは各所にピンが打ってあって簡単に動かせるものではないらしいし、また、地面を掘り返した跡もないそうだ。さらに、ミステリ好きの刑事がいるのか、テントの布地の縫い目を解《ほど》いて、そこから出て、また縫い直す、という可能性も出たようだが、そういった痕跡がまったくないことから却下されたらしい。

そうすると、一つしか解答はないように思えた。外から賢吉を刺す、のである。

テントは柔らかい。普通の建物とは違い、外から内部に干渉できる。つまり、中にあったナイフを布越しに外から摑み、賢吉を背中から刺す。手を離せば、ナイフはテントの内部に置かれる、という仕組みだ。テントならではのトリックである。

わたしは自分の頭に浮かんだトリックを必死に刑事に説明した。刑事は一度は興味深そうに瞳を光らせたが、すぐに顔色を曇らせ、わたしの考えを否定した。それならばテントの布地の部分に血の跡が残っていなければならないが、そういったものはまったく発見されていないらしい。さらに、布地には皺らしい皺がなく、外から力を加えられた痕跡はないそうである。

畳み掛けるように、刑事はわたしの仮説を否定しにかかってきた。もしも、わたしの説が正しいとすれば、犯人はテント内部にいる賢吉の位置を正確に把握していなければならない。そうしなければ、たとえ、布越しにナイフを摑んだとしても、賢吉を刺すことはできない。どうやって犯人は賢吉の居場所を正確に知ることができたのだ、と訊ねられ、わたしは詰まってしまった。

もしも、賢吉が何か探し物をしていて、テントに凭《もた》れるような恰好をしていればそこだけ膨らむので場所は判る。刺すことも可能かもしれない。だが、賢吉はそんなことをしていた様子はない。それに、賢吉はテントの中央で倒れていた。鑑識によると、テントに凭れているところを刺されたわけではないらしい。

小窓を破った直純が犯人、という説はわたしの証言から否定され、外からナイフを摑んで賢吉を刺したというトリックは警察の検証から不可能とされてしまった。他にあの密室を破る方法はあるのだろうか。

念のため、わたしは自殺や事故の可能性はないか訊いてみた。ナイフの刺さっていた角度からして賢吉は真後ろから刺されたものらしく、だとすれば自殺は不可能だ。シートの上にたまたま刃が上になったナイフが転がっていて、そこに賢吉が倒れたのだとしたら、凹みといった跡が残っていないとおかしいが、そういったものもないらしい。

刑事が現場から見つかったもののリストを見せてくれた。外にはカセットコンロ、ガス、薬缶、鍋、そして焚火をしていた場所から服のようなものを燃やした痕跡が発見された。中に置かれていたのは、寝袋、リュックサック、毛布、タオル、インスタント食品、ミネラルウォーター、紙の皿とコップ、プラスチックのフォーク、割りばし、包丁、ランタン、懐中電灯、カッパ、洗面用具、新聞紙、だけだった。密室を作り上げるのに使えそうなものはないかと探したが、それらしいものは見当たらない。怪しいのは焚火の跡くらいのものだが、これは返り血を浴びた犯人が着ていた服を焼却したのだろうと推測され、そこから新しい手掛かりは見つからなかったらしい。

わたしと刑事は一緒に頭を抱え込んでしまった。賢吉はどうやって殺されたというのだろうか。柔らかだが、堅牢な密室がわたしたちの行く手を阻んでいた。わたしと刑事は、薄暗い取調室で店屋物の天丼を食べながら頭を悩ませたが、それ以上、何も思いつかなかった。

途中でわたしは指紋の有無について訊いてみた。発見された賢吉のテントからは、本人のものと直純と守康の指紋が検出されたらしい。ただ、直純と守康も賢吉のテントには行ったことがあるようで、犯人だと断定する決定的な証拠にはならない。

最後に、わたしは直純と守康のアリバイについて訊ねた。二人とも、確固たるアリバイはないらしい。直純はわたしを送ったあと、家には戻らず、山の付近をドライブしていたと証言しているらしいし、守康は配達に行ったあとは同じように気晴らしに車を走らせていたと話しているようである。

わたしが取調室から出たときにはもう夜が始まっていた。直純と守康も同じように釈放され、警察署の廊下で顔を合わせた。わたしへの嫌疑は晴れたようだったが、そのまま街を離れるのは逃亡をするようで嫌だったので、どこかに泊まろうと思っていた。

「もう一晩、うちに泊まっていってください。わたしたちが巻き込んだのだから」

守康の申し出に甘え、わたしはまた三上家に厄介になることになった。刑事は当初、わたしが三上家に逗留することに難色を示した。身柄の安全を心配したのである。しかし、さすがにこの状況で殺されたりでもしたらこの親子は捕まるだろう。そんな危険な真似はしないように思われたし、何よりわたしは密室を証言している重要な証人である。殺すはずがないとわたしは思った。刑事も同じことを思ったのか、最終的には賛同してくれた。

途中の車中の雰囲気は暗かった。運転をしている直純も、助手席で腕を組んでいる守康も無口で、何も喋ろうとしない。車内は一足早く訪れたお通夜のように静かだった。わたしは二人がいつ、わたしが犯人なんです、と告白してくるのかと緊張していたし、逆に直純と守康は、あなたたちのどちらかが犯人ですね、と云われることに怯えているように思えた。

いつの間にか雨が降り出し、わたしたちの会話の代わりをするかのように、騒がしくフロントガラスを叩いている。その音だけが車中に響き、賢吉の死を嘆いていた。

三上家に着くと、ますます雨は酷くなった。庭の闇にナイフで傷でもつけるかのように雨粒が流れている。少し濡れながら玄関に着くと、心配そうな顔をした幸恵がわたしを迎えてくれた。

「妙なことに巻き込んでしまい、本当に申し訳ありません」

タオルと一緒にそんな言葉をわたしにかけた。まるで直純か守康が犯人で、その犯行にわたしを利用したかのような口振りだった。真実を知っているかのようにも思えたし、家族ならではの絆がある種の勘を働かせているのかもしれないとも思った。どちらにせよ、幸恵は惨劇の真相に近いところにいるような気がした。

「いえ……」

とだけわたしは答え、タオルで濡れた頭を拭いてから、風呂を借りられるか訊いた。思えば昨日も風呂に入っていない。汗や嫌な思いやいろいろな雑念をお湯で洗い流したかった。

「もう沸いております」

と幸恵は答え、わたしを浴室に案内してくれた。トランクを部屋に置いてから、わたしは風呂に入ることにした。

ゆったりとした湯船に浸かりながら、わたしは事件のことを考えていた。

動機からして、直純と守康が第一容疑者なのは確かのように思われた。直純はわたしと別れてから険しい近道を通って賢吉のところへ向かえば間に合うし、守康は時間的には随分余裕がある。二人とも犯行は可能だろう。ただ、その方法が判らなかった。どちらが犯人にせよ、あの奇妙な密室を作り上げなければならないのだ。

　外から布越しにナイフを摑んで賢吉を刺し殺す、という仮定が崩された以上、外からの犯行は不可能だろう。そうなると、犯人はテントの中へ入り、あの場で賢吉を刺したのだ。警察の現場検証もそう物語っている。

　だとすれば、犯人はどうやって出たのか。入り口から出たのだとすれば、南京錠に何らかの細工をした可能性があるが、刑事に訊ねたところ、何の痕跡も見つからなかったらしい。

　一つの方法がある。南京錠を入り口付近に置いて外へ出る。そして、かなり困難だが、外から布越しに南京錠を操作して、鍵をかけるという方法だ。ところが、入り口付近の布からはそういった類の痕跡は一切、見られなかったという。テントは真新しく、布地に不自然な皺はまったくなかったのだ。

　そもそも、南京錠にはしっかりと賢吉の指紋が残っていたという。外から布越しに南京錠に細工をしようとすれば、その指紋を拭き取ってしまうことになる。つまり、賢吉の指紋がはっきりと残っている以上、それはあり得ないのだ。刑事が断言していたが、南京錠は間違いなく賢吉の手で内部からかけられたものらしい。

　まだ雨が降り続いているのか、静かな浴室には雨音がしんみりと響いてくる。風呂に入っているから体は温かいのだが、本州の北端で聞く雨音は寒々しく、雨が冷たさを持って音だけで浴室に忍び込んできて、わたしの体を濡らしているような気がした。

風呂から上がったわたしは、

「お先にお風呂を頂きました」

広間にいる三人に声をかけた。さすがに今晩は酒を飲んでおらず、直純たちは疲弊し切った顔で番茶を啜っていた。重苦しい空気が落ちているのが判った。

守康が立ち上がってわたしの方に向き直ると、

「金田さん、今日は本当にすみませんでした。大変なことに巻き込んでしまい、申し訳ないと思っております」

深々と頭を下げた。幾本かの白髪が光を弾いて銀色に輝いた。それを見た瞬間、急に守康が哀れに思えた。守康が犯人だとしても、実の弟を手にかけなければいけなかったのは辛かっただろうし、これから先は困難が待っているだろう。直純が犯人だったとしても同じだ。どちらにせよ、容易な道ではない。

だからといって、わたしが励ましの言葉をかけるのは間違っている。わたしは言葉を選びながら、

「いえ……わたしに対する容疑も晴れたようですし。気にしないでください。それではお先に失礼いたします」

わたしは頭を下げ返して、昨日と同じ客間へと引っ込んだ。

トランクから薬とミネラルウォーターを取り出して、いつもの入眠儀式に入る。しかし、普段は薬を飲めばすぐに眠気が濁流のように襲いかかってきてわたしの意識を飲み込んでいくというのに、今

日は違った。瞼を閉じると、暗闇の中に賢吉の遺体と黄色いテントの残影がちらついて、わたしの睡眠を妨害した。あの密室の謎を解け、と云われているような気がする。

だが、わたしの推理は行き詰っていた。総ての可能性は浚《さら》った気がする。これ以上、わたしに何ができるというのだろうか。後は犯人が名乗り出てくるのを待つしかない。

そうは頭で判っていても、どうしても事件のことが頭から離れない。雨音が闇を深め、真っ暗な客間の中で、床の間の山吹だけが白い影のようにぼうっと浮かび上がって見える。わたしはその白さだけに溺れるようにして、何とか眠りに落ちた――。

※

夢の中は白かった。本当に白山吹の白さに包まれているような気がしたのだが、すぐにそれはわたしを覆っている白い靄《もや》だということに気づいた。

夢である。夢であることを夢の中で気づくのは初めてだったから、わたしは戸惑った。それに、夢だと気づいたあとも、不思議なことに目が覚めない。白い靄だけが支配する安っぽい天国のような場所にわたしは立っていた。

やがて、目の前の白い靄をスクリーンにして、黄色いテントが映し出された。賢吉が死んでいたあのテントである。さらにその隣には背中を向けた賢吉の遺体が映っていた。

夢とは無意識からの囁きかけだと云われる。わたしはそれをあまり信じてはいないが、もしそうだとすると、わたしは無意識の中でまた事件のことを考えていることになる。だからこそ、テントと賢吉の死体が夢の中で出て来たのだろう。

寝ているときくらいは事件のことを忘れていたい、と思ったが、そうもいかないようだ。それほどまでにあの事件の印象は強かったということだろう。

わたしを取り囲んでいる靄は、夢ならではの朧《おぼろ》な意識に溶けながら、賢吉の死骸を白い影に包み、やがて霧に散らせた。だが、そこからが普通の夢とは違った。今度は何故か、昨夜直純たちと飲んだ、陸奥八仙が現れたのだった。青ラベルとピンクラベル、その二本がはっきりとした像を結んでわたしの眼前に現れた。

わたしは夢の中で首を捻《ひね》った。テントが夢に出てくるのは判らないでもない。昼間の事件が脳裏に焼きついていて、寝ているときも脳が考えてしまっているのだろう。だが、八仙については理解できなかった。どうして八仙が、霧なのか煙なのか判らないものに取り巻かれて茫漠《ぼうばく》とした奇妙な像を結んでいるのだろう——?

そう思っていると、また黄色いテントが現れた。今度はどうしてか賢吉の遺体はない。それと八仙の酒瓶が並んでわたしに迫ってきた。

夢は、わたしの無意識は、一体何を訴えかけようとしているのだろうか。まさか、夢の中で事件を解決しろ、とでも云うのだろうか。

夢に試されているような気分になって不快だったが、これもわたしの意識の一部である。夢という形をもって出てきている以上、何か意味があるはずである。少なくともわたしの無意識は意味があると捉えているようだった。

ならば、と思い、夢の中で思考を巡らせてみる。あの密室を解く鍵が八仙にあるとは到底思えない。だが、夢の啓示によると、それが鍵になっているようである。テントと八仙——共通するものは何もない。二、という数字から想起するのは、直純と守康親子である。あの二人が共犯という可能性は充分にある。

あるが、それでもあの密室の謎は解けない。二人が協力していたとして、どうやってあの完璧な密室を作ったのか。

テント内に倒れている賢吉を発見したあと、わたしはあの場を立ち去っている。その後、直純と守康が何かをして密室を作ったのか。いや、わたしが賢吉の死体を発見する前に二人で協力して何かをしたということも考えられる。二人でなければできなかったこと——？

二人、二人、二人……わたしは夢の中で何度も呟いた。呟くたびに靄が広がり、色を深めて、わたしを白い闇で包んだ。

何度目だっただろうか、二人、と呟いたとき、わたしはあることに気づいた。

もしかしたら——。

わたしは白い幻の中で目を見開いた。夢を見ているというのにおかしな話だが、確かに瞠目した。

そうか。犯人が二人いれば、直純と守康が共犯だとすれば、あの密室の謎が解けるかもしれない。しばらく考えたのち、わたしは思わず夢の中で声を挙げた。この方法ならば密室を生み出せる——。

直純と守康、この二人が賢吉を殺した犯人だ。わたしはそう確信した。

動機は山の売買に関するものだろう。口論をしていたときの賢吉の言葉を思い出す。酒屋に愛着のある守康と直純は山を売り、借金を補塡しようとしていた。しかし、賢吉は頑《かたく》なに反対していた。その対立が殺人を生んだのだ。

初めて直純と会い、車中で日本酒について話していたときのことが懐かしく思い出されてくる。酒の神様まで見る守康と直純が、愛している酒屋を手放すはずがない。店のためならば、身内といえど人を殺《あや》めることはしそうだ。

あのときから——いや、直純がわたしを下北駅の椅子に座っているのを見たときから、この殺人計画は動き出していたのだろう。

二人が行ったトリックは実に巧妙だった。直純と守康はわたしが思っていたよりも、ずっと前からこの計画を練っていたはずだ。そして、わたし、という適任を駅で見つけたとき、何もかもが動き出したのである。

あの密室トリックには、他者の協力が必要だった。ただ、他人といってもいくつかの条件がある。その第一条件は、携帯電話を持っていないこと。いや、持っていてもいいが、充分に扱えない人間であることが条件だ。何しろ、携帯電話が存在すると、密室が簡単に解かれてしまう。その点、わたしは適任すぎた。酒の席で直純がわたしの携帯電話の不所持を指摘したが、あれが決定的な一打となったはずだ。このトリックにとって携帯電話は天敵である。仕立てる目撃者は携帯電話を持っていてはいけなかった。

あともう一つ、わたしが選ばれたのには理由がある。それはいかにも運動が不得意そうな人間だという点である。直純はわたしが山に登るときに近道の存在を匂わせたが、彼にはそちらは選ばれないだろうという考えがあった。運動不足で山登りに慣れていないわたしは、彼らの目論見通り、遠回りの険しくない道を選んだ。もしも、近道を選ぼうとしたら、いろいろと理由をつけて止めさせただろう。

この二つの条件をクリアしたわたしは見事に事件に巻き込まれた。直純と守康からしたら、打ってつけの目撃者が見つかったと喜んだことだろう。

わたしを引き込んだ二人は着々と計画を進める。今朝、守康が賢吉と喧嘩をしたのも計画の一部だろう。あれだけ煩《うる》さければわたしも目が覚める。あの会話はわたしに賢吉をしっかりと目撃させることにあった。賢吉という存在をわたしに知らしめることが密室を構成する重要な要素だからだ。

そして、二人の計画は進む。守康は配達に行くと云って先に家を出る。本当は山へ行き、とある準備を進めていたのだろう。その間に直純はわたしを山へ誘い出し、遠回りの道へと案内する。

わたしを山の麓《ふもと》で降ろした直純はそのまま獣道を使って、山へと登った。そのまま、賢吉のテントまで行き、守康からの連絡を待つ。守康の計画が巧くいった場合だけ、賢吉を殺したのだろう。今回の場合、守康の、とある行動が成功したので、そのまま殺人は実行された。直純は賢吉に、じっくりと話したいことがある、とでも云って、まずは内部から鍵をかけさせる。その後、賢吉をナイフで背中から刺し殺したのだった。そして、小窓を破って外へ出る。これが直純の行った行動の総てだ。だが、それでは今回の密室は完成しない。何しろ、わたしは賢吉の死体を発見したとき、小窓が破られていないことと、中に誰もいないことを確認している。それに間違いはない。けれども、直純は間違いなくこの方法で賢吉を殺したのだ。ただし、守康が魔法をかけることによって、ただの殺人が不可思議な密室殺人へと変わる。

守康の行動を追う前に、わたしの動向を先に確認しておかなければならない。わたしは直純と別れたあと、一人で山道を登り、賢吉のテントに辿り着いた。そこで完全な密室となったテントの中で賢吉が刺し殺されているのを発見。そこで間抜けにもトランクを落として、懸命に交番まで駆けた。そして、警官二人と一緒に再び賢吉のテントを訪れ、直純と一緒に賢吉の死体を再び発見した——。

これがわたしの行動である。しかし、この中に一つだけ大きな間違いがある。間違い、というよりは守康にかけられた魔法が混じり込んでいるのだ。そこにさえ気づけば、密室の謎は解ける。

わたしは先刻まで白い靄の中に浮かび上がっていた八仙を思い出した。事件の構造は八仙と同じだったのだ。つまり、同じ銘柄でも二つのラベルがある八仙のように、あの事件現場も二つあったのだ。正確に云えば、わたしが賢吉の死体を見つけたテントと、その後に警官たちと駆けつけたテントは別物だったのだ。

守康の行動を追うとすればこうだろう。先に山に到着していた守康は、本物の賢吉のテントよりも数百メートルくらい前に、同じ形のテントを張る。距離は気にしなくてもいい。要は山道を登ってくるわたしに、そのテントが賢吉のテントだと錯覚させればいいのだ。

守康は賢吉のテントの様子をそっくりそのまま真似した。外に転がっているカセットコンロや、焚火の跡も、テント内部の様子なども、総てだ。真似したのはテントだけではない。守康は今朝の賢吉と同じ格好をした。あの特徴的な迷彩服を着たのだ。そして、背中に緩衝剤か何かを入れて、ナイフを刺す。もちろん、血も模した。あのときわたしが見た血は鶏のものだろう。思えば、今朝の食事には鶏を炙ったものが出ていた。それから取った血で現場を作り上げたのだ。

守康はこうして完璧に死体を演じた。あとはわたしが来るのを待てばいい。

目論見通り、わたしは守康の張ったテントを発見し、賢吉のものだと思い込んだ。さらに、中で死体のフリをしている守康を賢吉だと錯覚してしまう。こちらには背を向けていたし、何より惨劇の印象が強くて、わたしには区別がつかなかった。そもそも、賢吉のテントだという刷り込みがあったせいで、まさか守康が賢吉の死体のフリをしているとは気づかなかったのだ。わたしは完璧に守康の術中にはまっていたのだった。

わたしが立ち去ったあと、守康は直純に連絡を入れる。そのあと、守康は急いでテントを片付け、焚火跡も始末する。巧妙だったのは、わたしが落としたトランクもきちんと回収した点だ。あれがあったせいで、わたしは現場が二つあったということになかなか気づけなかった。

テントは普通の建物と違い、すぐに片づけることができる。いや、すぐでなくてもいい。わたしが警察を呼んで戻ってくるまでに、何もない山道にしておけばいいのだ。

守康はそのままわたしのトランクを持って、数百メートル先の賢吉のテントへと行く。直純は賢吉を殺したあとだっただろう。テント内部の状況を、わたしが見た現場と同じようにセッティングさせ、ご丁寧にもわたしのトランクを小窓付近に置いて、守康はその場を離れる。あとは直純が小窓のメッシュを破って外へ出れば密室の完成だ。もちろん、賢吉を殺したときには返り血を浴びたはずだから、服はテントの外の賢吉の使っていた炊事用の火を使って処分する。わたしと警官が到着したら、直純は何食わぬ顔で、小窓を破って今から中へ入ろうとしていた、と云えばいい。

このトリックを成立させていた要因の一つは山道の特徴のなさである。それがなければ、いくら鈍感なわたしでも、二つのテントの距離の違いからトリックに気づいていた可能性が高い。つまり、わたしが直純と別れたあとに偽物の黄色いテントまで歩いた距離と、その後、警官と一緒に本物のテントに辿り着くまでに歩いた距離は違うのだ。だが、似たような山道のせいで、わたしは同じテントに向かっていると錯覚してしまった。いや、警官と走っているとき、道が長く感じられたが、あれはわたしが疲れていたせいではない。実際に長かったのだ。しかし、それに気づけないほどに山道は平坦だった。

密室は密室だった。けれども、どうやって密室を作り上げたかや、密室でどうやって殺人を犯すか、といった点が問題になるタイプものではなかった。本質は、現場が二つあり、テントが密室だと錯覚させる点にあったのだ。一つはわたしに目撃させてテントが完璧な密室だったことを証明するためだけの密室。もう一つは本物の現場となった小窓が破けている不完全な密室。もしも、本物の現場だけがただ単に発見されたとしたら、すぐに直純が逮捕されただろう。小窓を破って外へ出て、再度入る真似をしていた、という程度のトリックを見抜けないほど今の警察は馬鹿ではない。

しかし、完全な密室を目撃している、わたし、という証人がいた。それが事件に不可能性を与え、密室という幻を生み出したのである。

証拠らしい証拠はない。ただ、一つだけわたしの記憶の中に証拠がある。それは現場の写真を見せてもらったときに覚えた違和感だ。今になって、その正体が見えてきた。あれは、光っているキーホルダーだ。わたしが小窓から見たときには確かにあったのに、警察に見せてもらった写真にはなかった。多分、二つの現場を作るときに、守康は他の荷物は似せることに成功したのだが、キーホルダーだけは見落としていたのだろう。

現場がテントでなければ成り立たない密室トリックである。きちんとした建物だったならば、このトリックは不可能だ。テントという、柔らかな密室だからこそ成し得た不可能犯罪だったのである。

総てを知ったあとで、ふとわたしは思う。もしもわたしがこの街に来なければ、今回の殺人は起こらなかっただろうか。賢吉は殺されず、また、あの親子も殺人犯にならなかったのだろうか……。

いや、それでもあの二人は近いうちに計画を決行しただろう。携帯電話を持っていない人間を見つけさえすればいいのだ。高齢者は携帯電話を所持していない人が多い。そういえば、山に登る前に、トランクは置いていった方がいい、と云われたが、携帯電話以外にも連絡手段があったら困る、と思ったから直純はそう云ったのではないか。

総ての謎が氷解し、総てが悲しく思えた。その瞬間、一陣の風が走ったかと思うと靄が一気に吹き払われ、わたしは突然夢から覚めた。

※

本来、夢と現実は完全に切り離されている。境目は曖昧ではなく、明瞭としている。そのはずであるし、今まではそうだった。しかし、夢の中で事件の推理を行ったわたしは、眠って夢を見た気がしなかった。ずっと夢と現実の狭間で彷徨《さまよ》っていて、その先に答えを見つけたような感じがしたのだった。

かつん、という微かな音でわたしは完全に目を覚ました。障子をほんの僅か開けて、庭を見ると、雨はだいぶ細くなっていて、地上を煙雨となって這っている。煙雨は周囲の色を融かし込んで淡い緑色となっている。

その中に人影が見えた。守康である。守康が人目を盗んで、こそこそと、物置から何かを取り出していた。気づかれたらまずいと察知したわたしは身を縮こまらせ、細長い障子の隙間から盗み見ることにした。

店の裏の方には、広大とはいえないがそれなりの広さの庭が広がっている。松や梅が植えられており、苔むした岩がそれらの根本に座っている様子は旧家という感じがした。物置は私の部屋から見て、右手の奥にあり、白いプレハブ小屋の中にいろいろなものが詰まっているようだった。

守康はそこからあるものを取り出していた。コンパクトに折り畳まれた、黄色の筒状のものである。守康はそれを重たそうに持ち上げて、庭先につけた白いライトバンに運び込んでいた。

見た瞬間、わたしにはそれが何だか判った。

テントだ――。

賢吉が持っていたのと同型のテントに違いない。わたしが夢の中で考えたトリックが行われたとすれば、三上家にも賢吉のものと同様のテントがあるはずである。二つのテントがなければトリックは成立しないからだ。そして、それが現在残された唯一の、そして決定的な証拠である。

賢吉を装っていたときに着ていた服は燃やすなり、地中に埋めるなりしてすぐに処分できる。他の荷物は持っていても不自然ではないから処分する必要がない。ただ、テントだけは持っていると不都合が生じる。だから守康はそれを今になって処分しようとしているのだ。できることならば昨夜のうちに何とかしたかったのだろうが、警察の目があって無理だったのだろう。

唯一の証拠が車に運び込まれ、どこかへと持ち去られていく。どこか、警察の目に届かないところに遺棄するか、燃やして処分するつもりなのだろう。これでこの犯罪を暴くだけの証拠は消えてしまった。いや、唯一あるとしたら、警察が押収してあるだろう、賢吉のテントのファスナーにわたしの指紋がついているか否かである。わたしは最初に発見したテントのファスナーには触っているのだから、もしもテントが一つしかないとしたら、警察の証拠品のテントからわたしの指紋が検出されないとおかしい。いや、頭の働く親子のことである。その証拠すらも消し去っている可能性が高い。直純が、入り口が閉まっていたのでファスナーに触って中へ入ろうとした、と証言すればいいだけである。そして、指紋は直純のものしか検出されない。一つの犯罪の完成である。

他に証拠らしい証拠はないように思えた。守康の車を追いかけ、詰問すれば犯行を白状するかもしれないが、わたしにはそこまでする勇気もなければ義理もない。

守康の運転する車が去っていく音を聞きながら、わたしは早く三上家から出ようと思っていた。ただ、事件の渦中に巻き込まれたというのに、思い出すのは守康が演じていた賢吉の遺体ではなかった。何故か、最初の晩に三上家の面々と酌み交わしていた酒たちだった。とりわけ、あのときの二本の八仙。あれがいつまで経ってもわたしの脳裏から離れようとしなかった——。

道行2　炎の誘惑

炎は生き物のように蠢《うごめ》き、土蔵だけでなく、そこに染みついた寺の歴史ごと飲み込もうとしている。堆積した数百年もの時の流れが一瞬のうちに灰になっていく。夜空の底を焦がしながら総てを燃やし尽くしていく炎は赤い悪魔のように残忍に見えた。

そんな風に感じるのは、わたしがあの土蔵の中に、とある秘仏があると知っているからだろう。この寺の精神的支柱とも云える貴重な仏像——。それが土蔵とともに炎に奪われようとしているのだ。そのことを思うと遣る瀬無い気持ちになってくる。

だが、わたし以上に衝撃を受けているのはこの寺の和尚である。代々受け継がれてきた仏像が目の前で焼失しようとしているのだ。自分の無力さを恨むように、いや、そんな気持ちさえも劫火《ごうか》に燃やされてしまったのか、横顔を赤く染めて、ただ呆然と消防隊の活躍を見守っている。説法を行ったり、お経を唱えている和尚といえど、巨大な炎の前では一介の人間に過ぎない。今は火が沈静化するのをじっと待つしかない。

わたしと和尚は無言のまま、炎の行方を見守っていた。そうすることしかできなかった。勢いを増した炎は闇を舐めながら、自由奔放に流れている。烈しく動く炎は獲物を食らい尽くす猛獣に似ていた。燃え盛る火は土蔵だけでなくわたしの記憶まで焼き、脳裏に一生の焦げ跡を残すこととなる——。

※

けたたましい音で夢が壊れ、弾かれるように窓の外を見ると、電車は鉄橋を渡っていた。

これから暖かくなることを予感しているのか、空に向かって勢いよく伸びた葦《あし》が川原に生い茂っている。川は動きなどないかのようにゆったりと流れていて、水の色には春というよりは初夏と云った方がよさそうな澄んだ色が滲んでいた。ただ、何艘かの舟が結んである場所だけが暗く見える。柳の陰になっているせいか、水もそこだけ澱んでいるようだった。川の付近では風が吹いているようだが、柳の細い枝が光を切って、雨でも降っているかのように見えた。

盛岡へと向かう電車は昼間の陽光を取り込みながら、ゆったりと走っている。その緩めの速度がわたしには心地よかった。

というのも、わたしは八戸から盛岡へ出る際に、慣れない新幹線を使ったせいで、乗り過ごしていた。本当ならば盛岡で降りるつもりだったのだが、気づくと車両は北上駅のホームに滑り込んでおり、わたしは慌てて下車した。そこからは東北新幹線とほぼ並行して走る東北本線でのんびりと盛岡へと戻っているのである。

青森での一件があったせいで、わたしは疲れていた。疲労が澱のように体に沈んでいて、わたしの眠気を誘う。危うくまた盛岡を通り過ぎるところだったが、北上川にかかっている鉄橋のお陰で目が覚めた。顔の上には手垢のついた有栖川有栖の『孤島パズル』がのっている。

盛岡に着いたときには二時を回っていた。街を流れる空気が、着いたばかりの客にはよそよそしく感じられる。青森での一件の疲れが残っているせいもあるが、その空気がわたしの気持ちを重たくしていた。

盛岡の空は雨上がりでもないのに、洗われたように澄んでいる。そのせいで、その下に連なっている街並みは少しくすんで見えた。建物は近代化されているし、そこらじゅうに派手な看板が掲げられていて賑やかなのに、どこか暗さがある。表面の色が剥がれ落ち、下書きの粗い線だけが目立つようになった古い絵を見ているような気分になった。

ちぐはぐな街だ――ふとそんな感想が胸に湧いた。観光客を歓迎しているようでもあり、違うようでもある。また、現代的な建物が多いのに、その下には古めかしさが隠れている。表と裏の顔を次々に見せられているような気がして、わたしは戸惑ってしまった。

いや、ちぐはぐなのはわたしの心の方なのだろう。最後の旅だと思っているくせに、心のどこかでまだ生きたがっている。蜉蝣《かげろう》を追った先にある終焉を受け入れるつもりなのに、生への執着が残っている。そんな中途半端さを盛岡の街は見透かしているのだった。そういう意味で、盛岡という街は人の本心を感じるだけの敏感なアンテナを持っているようだった。

当て所《ど》なく歩いていたわたしの足は無意識のうちに、駅前にある啄木の歌碑を選んでいた。枝垂れ柳を被った石碑には確かに歴史の面影が染みていて、石碑に彫られた歌が一段と心に絡んでくる。その歌を小さく口に出して詠んだとき、初めて旅情のようなものを感じた。啄木が東京朝日新聞に勤めていた時代に故郷を懐かしんで詠んだ歌らしいが、郷愁がわたしの胸に生まれたわけではない。啄木の歌を詠んで、逆に解放感が生まれたのだった。

足の軽くなったわたしは駅から一番近いところにある店で冷麺を食べた。入ってみると、観光客慣れしている店員が丁寧な接客をしてくれた。あれこれと質問を向けてくるわけでもなく、かといって無愛想でもない。値段も味も接客もちょうどいい具合だった。

店を出ると、太陽が少し西へ傾いているのが判った。夕暮れにはまだ早いが、夕影《せきえい》が木陰を選んで落ちている。早めに宿を確保しておこうとしたわたしは、タクシー乗り場へと向かった。

大きな黒いトランクを見たタクシーの運転手は訛りのない声で、

「ご旅行ですか？」

と訊いてきた。わたしは相変わらず曖昧に答えたあとで、

「どこかいい宿はありませんか？　盛岡らしいところがいいんですが」

運転手は広い額に手を遣って少し考えると、

「盛岡らしいかどうかは判らないけど……いい宿坊なら紹介できますよ」

「宿坊？」

「ええ、お寺に泊まるやつです。最近、若い人たちの間で流行ってるらしいじゃないですか」

「そんなのが流行っているんですか。へえ、面白そうですね」

わたしが興味を持ったのが判ると、運転手は、

「宿坊っていっても窮屈なところじゃないですよ」

「そうですか。それを聞いて安心しました」

「ところで、お客さんはお酒は好きですか？」

ふとそんなことを訊いてきた。

「ええ、まあ。嫌いじゃないです」

「ならよかった。あそこの坊さんは面白い人でね。坊さんらしく彫刻や墨絵もやるんですが、一番好きなのは酒でね。大酒飲みの破戒僧ですわ」

からっとした笑い声を立てた。

面白味のないビジネスホテルよりはその方がいいと判断したわたしは、

「それじゃあ、そこを紹介して頂けますか？」

「いいですよ。今は混む時期じゃないですからね。空いているはずです。それに、もしかしたら、秘仏が観られるかもしれませんよ」

「何ですか、それは？」

運転手は声を潜ませる真似をして、

「これは秘密なんですけどね。あそこの寺には円空仏《えんくうぶつ》があるんです。そのせいもあって、地元では有名な寺だったんです」

「だった、というのは？」

「五年前から宝物庫に仕舞われてしまって……ごく稀に宿坊で来たお客さんに見せているらしい、という噂を聞きますけどね」

「ラッキーなお客さんもいるんですね」

「はい。だからその寺はいまだに円空仏のお寺さんと云って親しまれています。そこでいいですか？」

「ええ。そこへお願いします」

わたしが云うと、運転手はゆっくりとタクシーを走らせ始めた。道は平日の昼間だということもあり、それほど交通量はない。駅前の大通りにしては空いているくらいである。

ただ、しばらく走って白色のアーチのかかった大きな橋が近づいてくると、途端に交通量が増えてタクシーは速度を落とした。

「ここらへんはいつも渋滞するんです。信号待ちが長いんですよ」

車がゆっくりと停まる。ハンドルから手を離した運転手はバックミラーでわたしを見て、

「ここの橋は開運橋って云うんです。明治二十三年に当時の岩手県知事が私費で完成させたやつでね」

「私費ですか。太っ腹な知事さんですね」

月並みな返事をすると、

「いえ、翌年に市が買収するまでは一回、一銭の金を取っていたらしいです」

「一銭？　明治の一銭は結構高いですよね？」

「高いですよ。高いお賽銭です。開運するためにも金が必要だったんですね」

ヤニのついた黄色い歯を見せて苦笑いをした。

わたしもつられて笑っているうちにタクシーはまた走り出し、開運橋という縁起のいい名前の橋を渡り切った。しかし、めでたい名前の裏側にそんな黒い事情があったということを聞いたあとでは、ありがたみをあまり感じられなかった。実際に開運どころか、厄介な一つの事件に巻き込まれるのだから、少なくとも開運橋の御利益は万人にあるものではないらしい。

橋の先が盛岡の中心地らしく、岩手山を背景にして、高層マンションやビルが犇《ひし》めくように建っている。ここらへんは柳新道《やなぎしんどう》と云って昔はビルの代わりに柳が植えられていたらしいです、という運転手の解説を聞いていると、啄木や宮沢賢治も愛したという岩手公園へ出た。

「もう少し前なら、桜が綺麗だったんですけどね」

横目で公園の方を見て、残念そうに云った。車中から見る公園は仄《ほの》かに桜色に色づいているようにも見えるが、緑の方が強かった。

住宅街を通り抜けていると、運転手が、このまま真っ直ぐ行けば啄木が新婚時代に住んでた家があるんですけど、と云いながら、ハンドルを左に切った。人家は続いているが、先の方には苔むした石垣が見えてきて、今までとは違った風景が現れる。次第に道は細くなり、二車線が一車線になり、そうなったかと思うと、いつの間にかアスファルトの剝げが目立つ凸凹《でこぼこ》道へと変わっていた。左には真っ青な草原が流れ、右には古い白壁が連なっている。

壁が途切れたところに形ばかりの山門があり、運転手の薦める寺は建っていた。建っていたといっても、思ったよりも粗末な造りをしていて、円勝寺《えんしょうじ》と書かれた木札も風雨に蝕まれていて、云われなければ読めない。境内の石畳も割れや欠けが目立ち、そちらよりも裏手に広がっている墓場の方が立派に見えた。中でも本堂の東に位置する土蔵は素人目にも古いことが判る建物で、白い漆喰がボロボロと落ちているのが遠くからも判った。

門の前に車を停めると、運転手が後ろを向いて訊いてきた。

「ボロい寺でしょう？　不安になりました？」

「いえ……」

とだけ答えると、運転手はこの寺の住職との関係を話し始めた。

十年ほど前、運転手は奥さんを亡くしている。脳卒中による突然の死だったらしい。それでこの寺で葬儀を執り行うことになったのだが、一人息子を東京の大学に出したばかりで金がなかった。何とか二十万ほどをかき集めて、住職に泣きついた。すると、住職は少しも嫌な顔を見せず、その二十万から三枚ほど札を抜いただけであとは返してきて、残りは奥さんへの供養に使ってくれ、と云ったらしい。

そう云われてみると、最初は全体的に古いだけの埃臭い寺に思えたが、不思議と悪い印象は受けない。むしろ、やたらと金がかけてある寺よりも人の温かみのようなものが感じられる。ところどころに植えられた松や梅が緑陰を作っていて、寺らしい雰囲気を作っていた。それに、街中から外れたところにあるせいで、空から落ちる陽光が澄んでいて、光が細い筆でその古さを風情のあるものに塗り替えているような気がした。

「好空《こうくう》さーん。お客さんですよ」

運転手は境内に向かって大声を出した。よく見ると、朽ちかけの鐘楼《しょうろう》があり、一人の老人がいて、手拭いを頭に巻いて周囲の雑草を抜いている。茶色の作務衣を着ているのだが、穴や解《ほつ》れが目立ち、住職というよりは土木関係の仕事をしている作業員のように見えた。

好空と呼ばれた坊さんは、近くで見るとわたしよりも一回りほど体の小さい老人だった。いや、わたしを見るしょぼつかせた目は確かに老いているが、真っ黒になった軍手を脱ぐ仕草には妙な若々しさがある。常に笑っているように頬を弛ませていて、いかにも好々爺といった風だが、妙に姿勢のいいあたりが坊主を思わせた。

「こんな辺鄙《へんぴ》なところへよくもまあ来てくださった」

そう云ってわたしを出迎えてくれ、運転手と知り合いなのか、二言三言、話をした。

タクシーを返すと、わたしをじっと見て、

「あんた、真っ黒じゃな。恋人でも亡くして喪に服してるのか？」

さっと視線をわたしの体に這わせたあとで云った。今日も上から下まで黒い色で統一しているため、好空は不審に思ったらしかった。

わたしは首を振り、

「いいえ、そういうわけじゃありません。元々、こういう恰好なんです」

と云うと、へえ、と好空は物珍しそうに呟き、

「名前は何というんじゃ？」

「え、ああ……」

わたしはちょっと言葉を詰まらせたあと、

「明田五郎《あけたごろう》と云います」

青森で名乗ったのとは別の名前がぽろり、と口から零れた。

「ほお。似た名前の名探偵が昔の小説にいたなあ」

少し垂れた瞼の下の双眸《そうぼう》がわたしの嘘を見抜いているような気がした。見た目はどこにでもいそうな老人だが、瞳の鋭さが違う。いくつもの人生を見てきたせいだろう、人の本質を見透かすような目をしている。盛岡の街と同じだった。

当惑しているわたしをしばらく見たあと、

「まあ、いいわい」

庫裡《くり》へと歩き出した。庫裡もお世辞にも立派な建物とは云えないが、日没へと翳り出した微光を集めて黒く煌《きら》めいている石瓦には風格のようなものがある。

数歩歩いたあと、みすぼらしい寺の言い訳をするかのように、

「何もないところだけども。まあ、そういうところの方が若い人には受けるかもしれんな。最近はどうしてか、わざわざうちに泊まりに来る人が多くてなあ」

そんなことを云った。

「はあ。そうなんですか」

「まっさん？」

「ほとんどはまっさんが連れてくるんだけども」

訊くと、どうやらあの運転手らしかった。多分、あの運転手は奥さんの葬儀のときの恩を忘れず、ちょくちょく観光客をここへ連れてくるのだろうとわたしは思った。

「あんた、迷いでもあるんかい？」

罅《ひび》の入った飛び石を踏み締めながら、ふと、そんなことを訊いてきた。

「はあ、まあ、そんなところです」

歯切れの悪い返事をすると、

「うちに来たからって、それは解決せんよ。仏さんは答えは出しちゃくれないんじゃから」

坊主が云ってはいけないようなことを口にした。戸惑っていると、好空はわたしに背を向けたまま小さく笑い、

「頭で考えておるじゃろ？　どうしたらいいのか、と」

玄関へと続く三つ目の飛び石の上で立ち止まり、好空はこちらを向いた。西陽が流す一日の最後の輝きが好空の痩せた頬をなぞっている。

確かにわたしの中には迷いが暗い炎のように揺蕩《たゆた》っていた。しかし、火に近づけば闇に消え、遠ざかろうとすればまた灯る。その繰り返しばかりでわたしは疲れてしまったのである。それで蜉蝣を追うという理由をつけて旅をしているのだ。好空の慧眼はそれを見抜いているようだった。

「皆、頭で考え過ぎじゃわい。今の人たちはここに支配されすぎじゃて」

染みだらけの骨の浮いた手をこめかみのあたりに遣った。

「どういうことですか？」

「どんなに考えても答えが出ないときは、体に任せるんじゃ。そうすれば自ずと答えは出る。そういう風に人間はできてるんじゃよ」

「はあ、そうですか」

「わしなんかは少し悩んだらあとはほったらかしにしてる。勝手に体が動くのを受け入れればよい。その結果が御仏のお導きじゃと思っておる」

「はあ、そんなものですか。自分勝手な決断をしてもいいんですかね？」

わたしの今回の旅も、いわば体に従った身勝手なものだ。それも許されるのだろうか。

「許される。御仏のお導きじゃ」

「人に迷惑をかけても、ですか？」

「もちろんじゃ。それもまた御仏のお導きじゃて」

「他人の人生を狂わせても、ですか？」

わたしは青森の一件に関わったことを少し気に病んでいた。声が自然と重みを帯びて、暗影を含んだようになった。

しかし、それでも、好空は口の端に柔和な笑みを結び、

「そういうときもあろう。人じゃからな。総ては御仏のお導きじゃ」

「便利な言葉ですね、御仏のお導き」

率直に云うと、好空は頷いた。

「云いたいことや、やりたいことを体に溜め込むのが一番いかん。御仏のお導きのせいにして生きる方が面白いし、楽じゃろう？」

「ですね」

わたしも笑うと、好空は歩みを再開して、玄関の戸を開けた。取っ手の黒ずんでいる戸は、ぎぎぎ、と軋み音を立てながら横に動いた。

「中は好きに使ってくれて構わんよ。本堂に行って仏さんの前で念仏を唱えるのも、聖歌を歌うのも、断食をするのも自由じゃ」

いろいろな宗教が混じっている。運転手が云っていた通り、宿坊といっても、変に構える必要はないようだった。

庫裡は本堂と繋がっている。廊下を左に折れると本堂へ出るようで、真っ直ぐに進むと、いくつかの客間があった。ぎ、ぎ、と鳴る細い廊下を踏み締めながら、わたしは一番奥の八畳ほどの部屋に通された。

内部は美しい造りになっていて、違い棚には紅い漆の皿と翡翠《ひすい》色の香炉が行儀よく並んでいて、その下には筒型の花器と小さな蓋物が鎮座している。床柱を挟んだ床の間には青く澄んだ渓流を泳ぐ鮎と、岩の上からじっとそれを狙うカワセミの描かれた図が奥深く掛けられていた。動と静の対比が見事な絵である。掛け軸は季節によって替えているのだろうか、好空が意外と数寄者《すきもの》だということが判る。外から庫裡を見たときには、こんな美の空間が中に広がっているとは想像もできなかった。わたしは、貧しそうな恰好や、親しみやすい口調から好空という人物を判断していた自分を恥じた。

しばらく美しさに酔ったあと、わたしはトランクを置いて、薄手の黒のカーディガンを脱ぐと、座布団に腰を下ろした。数分、窓から外を眺めていると、一日の最後の光が広い幅で流れ始めた。光の帯から零れた微光が違い棚に飾られている小物にほんのりとした翳を描き入れ、味わい深いものになっていた。皿にも香炉にも陰影が絡んで数年もそこにあったかのような安定感が出ているし、花器と蓋物は斜光を鈍く撥ね返して存在感を増したように見える。わたしは改めて好空の美意識の高さに驚かされた。

五時を過ぎた頃、障子を人影が過《よぎ》った。好空らしい。

「まっさんから聞いたが、あんた、酒が飲めるらしいの。ちょっと早いが、飲まんか？」

障子越しに好空が誘ってきた。運転手が云っていた通り、酒が好きらしい。

「それじゃあ、ご一緒させて頂きます」

居間は蛍光灯が消されていて、桜の花片を透かした行燈《あんどん》風のスタンド一つの灯りに抑えられていた。外よりも暗く見えるが、それも酒を飲む雰囲気を考えてのことだろう。

丸い形をした赤茶の座卓の上に酒瓶が並んでいる。てっきり、ビールや日本酒や焼酎だと思っていたのだが、どれも英語らしき文字がラベルに流れていてわたしは意外に思った。

「ウィスキーですか？」

「そうじゃ。わしは今、ウィスキーを好んで飲んでおる」

わたしを上座に座らせると、好空はにこにこしながらそう云った。坊主とウィスキーという単語が似合っていないが、そこらへんも好空らしかった。

黒い雷鳥らしきものが飛んでいるもの、樽が転がっているもの、立派な髭を蓄えた老人が佇んでいるもの、さまざまな種類のウィスキーが十数本は並んでいる。好空が少しずつ飲んでいるのか、それぞれ開栓はしてあり、いくらか減っているのが判った。

ツマミも準備してあり、オリーブオイルがかかっている生ハムが盛られた皿と、ナッツが入った白いケース、そして生チョコが置かれている。チェイサー用のミネラルウォーターもきちんと用意してあった。弟子や細君はいないようなので、好空が用意したものらしい。

「一人で飲むのも寂しくてなあ」

独り言のように云ってから、好空はグラスを手にした。普通のグラスではなく、チューリップ型に腰が膨らんでいて、口が窄《すぼ》まった形をしている。これが一番ウィスキーを飲むのに適しているんじゃよ、と好空は説明し、そのグラスを一つ、わたしの前に置いた。そして、並んだボトルを指差し、どれを飲みたいか、と訊いてきた。

わたしは日本酒はそれなりの知識があるが、ウィスキーには明るくない。なので、ラベルを見て、直感で選ぶことにした。

わたしが真っ青なラベルをしたボトルを手に取ると、好空は目尻を下げて、にやり、と笑った。

「それを選ぶか。さては価値を知ってて選んだんじゃな」

「いえいえ、そんなことないです。高いんですか？」

「一本、三十万くらいかのお」

「三十万？」

わたしが驚愕して訊き返すと、

「そうじゃ。これはマッカランというウィスキーのブルーラベルと呼ばれているものでな。それくらいの高値で取引されてるものじゃよ」

「そんなものを飲んじゃっていいんですか？」

値段を聞くと、ボトルを触っているのも怖くなってくる。落として割ってしまったら大変なことになる。

しかし、好空はガラクタを扱うような雑な手つきでそのボトルを取ると、わたしのグラスに紅茶のような色をした液体を注いだ。一本、三十万ということは一杯でもかなりの値段に相当する。

わたしが体を縮こまらせていると、

「そんなに怖がらなくてもよい。酒は酒に過ぎん。金で価値を計ろうとするのは愚か者のすることよ」

「そんなものですか」

「そうじゃ。あんたがそれを選んだのも御仏のお導きじゃ。遠慮なく飲んでくれ」

決まり文句を口にすると、好空もわたしと同じものを自分のグラスに注いだ。

「それにな。これは本物かどうかも判らん」

「偽物が出回っているんですか？」

好空は首肯して、

「ほれ、若者に人気のブランドものとやらにも偽物があるじゃろ？　それと同じじゃ。このボトルは元が高いのでな。業者も偽物を作る甲斐があるんじゃろう」

云われると、途端にグラスが軽くなった気がする。我ながら単純な性格だ。

「本物でも、偽物でも、飲んで満足すればいい。総ては――」

「御仏のお導き、ですか？」

わたしが云うと、好空は白髪を揺らしながら大きく頷き、

「そうじゃそうじゃ。御仏のお導きじゃ」

好空は吸い込まれるような笑みを浮かべ、ちん、とわたしのグラスに自分のそれをつけた。わたしは、頂戴します、と云ったあとで、一口、飲んでみた。

シェリーのような香りが鼻を抜ける。そうかと思えば、カラメルに似た匂いもある。味はというと、微かな甘さがあって飲みやすい。

「どうじゃ？」

既に一杯を空にした好空が感想を求めてくる。どう表現したらよいのか判らないので、ただ単純に美味い、と云うと、好空は満足したようで、どんどん飲め、と促してきた。

わたしは一本三十万もするかもしれないウィスキーを一気に呷《あお》り、今度は別のボトルに目を移した。他にも美味そうなウィスキーが並んでいる。日本酒もそうだが、ウィスキーのボトルやラベルも個性があって目に楽しい。そこから味を想像するのも一つの楽しみであるような気がした。

いくつかの種類を少量ずつ飲む。薬品臭いものや塩っぽいもの、蜂蜜のようなものもあった。この蒸留所は日本ウィスキーの父である竹鶴政孝《たけつるまさたか》が研修したところ、だとか、これは小さな島にあって、

だとか、好空はそれぞれについてさりげなく解説を加えてくれてそれも楽しかった。

ツマミも凝っていて、わたしは美意識に続いて好空の舌にも感心することになった。お陰で、ウィスキーにはオリーブオイルのかかった生ハムが合うということを初めて知ることができた。脂がウィスキーと喧嘩せずに口の中で溶ける。それがとても美味だった。

しかし、それほど裕福とは思えない坊主がこんなにも多くのウィスキーを所有しているのは変だと思ったわたしは、上機嫌で酒を飲んでいる好空にさりげなく訊いてみた。

すると、

「ここにあるウィスキーは借金のカタにもらったものじゃよ」

意外なことを云った。借金のカタ、という単語から、やくざのようなものを想像してしまったが、話を聞いていくうちにそういうわけではないことが判ってきた。

ここらへんでは知らぬものがいないほど老舗酒屋の主の葬式の席でのことだった。地元の有力者などが集まる大きな式で、遺族は粗末な葬式にするわけにはいかないと見栄を張ったらしく、結婚式かと見紛《みまが》うほどの豪華な式となったようである。戒名も一番高いものをつけてくれ、と要求してきたようで、好空も考えられうる最高の名前をつけた。

しかし、地元議員や会社社長などに混じって、招かれざる客もいた。香典ドロである。裕福な家の葬儀となれば香典も多く集まることをよく知っている犯罪者は、その酒屋の葬式にも目をつけた。その道のプロは、遺族が目を離した隙に、百数十万はあったであろう、香典をそっくりそのまま盗んでいったのだった。さらに不幸だったのは、香典だけでなく、葬式全体にかかる他の金も盗《と》られたことだった。合計で数百万の損失となったらしい。

葬儀代や香典返しなどは前払いをしていたので問題なかったようだが、お布施は当日、支払われることになっていたので遺族は慌てた。戒名料を含めたお布施は二百万近くになっている。それを一日で作れるはずもない。

遺族に泣きつかれた好空は、故人とは飲み仲間だったこともあり、金の代わりにウィスキーをもらうことにしたのだった。すると、遺族はありがたい、と云って、十数本のウィスキーを持ってきたらしい。

十数本のウィスキーといっても、マッカランのような高級なものばかりではないはずだから、総額では百万にも届いていないはずだ。約二百万を十数本のウィスキーで帳消しにするのだから、何とも気前のいい人である。好空らしい話だ。

「わしは破戒僧じゃが、金には執着せん。金など、ただの紙切れじゃからな。あれ自体は何の価値も持っておらん」

そう云って豪快に笑う好空はとても破戒僧には見えなかった。そこらへんの生臭坊主よりも坊主らしいとわたしは思いながら、杯を重ねた。酔いの回ってきた好空は赤い息を吐きながら、法要での可笑しな話などをしてわたしを愉しませてくれる。元々、人と話すのが好きなタイプの人間なのだろう。わたしが相槌を打つと、次々と普段は聞けないような話をしてくれた。

そうやって一時間くらいは話しただろうか、会話がふと途切れ、わたしは窓の外へと目を投げた。障子戸は閉じられているのだが、真ん中だけがガラスとなっていて、外が見える。

円勝寺の周りに人家が少ないせいかもしれないが、盛岡の夜は闇が結晶したかのように暗かった。窓からはほとんど何も見えない。遥か遠くでテレビ塔だか、ビルだかの灯りがモールス信号のように点滅しているのが見えるだけである。寂しい風景だが、盛岡駅でうろついていたときに感じたよそよそしさはなかった。好空と話をしているうちにわたしの心の中の靄が晴れたのだろうか。

外の闇とは対照的に、室内の行燈風のスタンドの光が増した。夕暮れ時には覚束なかった光が、今は眩しいくらいにはっきりと見える。畳に沁みている光の中に、花片の影がくっきりと落ちていた。

好空が何杯目かのウィスキーをグラスに注ごうとしたとき、玄関のベルが鳴った。ぴんぽーん、とどこか間延びしたように聞こえるベルだった。

「誰じゃ、こんな時間に」

億劫《おっくう》そうに好空が立ち上がる。懐中時計を大きくしたような置時計の針は七時半少し前を指していた。好空が云うほど深い時間ではない。

「どうせ新聞か何かの勧誘じゃろう。少し待っておってくれ」

わたしに告げ、玄関の方へ行ってしまった。一人残されたわたしは琥珀色のウィスキーを一口飲んだあと、少し乾いてきた生ハムにオリーブオイルを絡ませ、小さなフォークで刺して口に入れた。酒もツマミも美味さは変わらないのだが、好空が盛んに話をしてくれていただけに、一人になると淋しいものがある。

玄関の戸を開ける音がしたかと思うと、耳を欹《そばだ》てていないのに、来客の声が自然に聞こえてきた。

「あなたが好空さんですか。初めまして。わたし、美術商をやっている大堀《おおほり》と申します」

典型的な濁声《だみごえ》である。美術商という職業に差別的な印象を持っているわけではないが、わたしはその声が何となく嫌らしく思えた。

「美術商が何の用じゃ？」

不快感を露わにした低い声色である。声だけで、好空が大堀という美術商を嫌っているのが判った。

しかし、大堀はそれを無視して、

「いえね、ある噂をお聞きしたんですよ」

「噂じゃと？　何じゃ？」

「何でも秘仏があるとか」

「――」

間ができた。好空に戸惑いが生じたようだった。

「やっぱり、あるんですね？　リストにも載っていないという、円空の幻の作品、一メートルを超える如来立像《にょらいりゅうぞう》が」

「――」

好空はまた返事をしない。その沈黙を聞いて、わたしは不安になり、部屋をこっそりと出て、廊下を左に曲がって物陰から玄関の方を盗み見た。

　ヨレた濃紺のスーツを着た小太りの男がいた。薄い頭髪はテカテカと光っていて、脂ぎっているのが判る。それと同じくらいに隣に置かれた大きな黒いスーツケースが不気味に光っていた。

「ねえ、好空さん、円空の仏像を一度、見せて頂けないでしょうかね？」

「あれはもう公開せんことにしたんじゃ」

「知ってます。五年前にこのあたりを荒らした美術品専門の賊のせいですね？」

「そうじゃ。わしは物欲はないが、あれだけは盗まれるわけにはいかん。それで非公開にして宝物庫で眠って頂くことにしたんじゃ」

「わたしは賊じゃありませんよ。美を鑑賞するだけの人間です。一度、拝見させてもらえませんか？」

「あんたのような欲の塊のような人間には見せられん」

　無愛想に云い棄て、続けて、

「東北の素封家《そほうか》を回っている悪徳ハタ師がいると聞いたことがある。先日も及川《おいかわ》さんのうちがやられたと聞いた。古九谷の大皿を二百で買い叩いたのはお前さんじゃろ？」

　きつい声で云った。

　しかし、大堀はまったく怯《ひる》む様子を見せず、

「嫌ですねえ。わたしは確かに固定の店を持たない流しのハタ師ですけど、悪徳なんかじゃありませ

んよ。相応の金額を払って美術品を買っているだけです。あの古九谷は傷があったので二百が相場でしょう」

にたり、と厚い唇を捩《ね》じって笑った。遠くから見ていても気分を害するような嫌な笑みだった。

その微笑を残したまま、

「好空さん、聞いたところ、檀家さんが減っているらしいですね？」

「それがどうした？」

「それに、見たところ、本堂も庫裡も修繕が必要なのでは？」

「ふん。放っておけ。わしはこのままで満足じゃ」

「いやあ、今の時代、寺も立派にしておかないと」

「そのためには金が必要じゃと云いたいのか？　あの如来立像を売って金を作れと云いたいのか、お前さんは」

好空はその場に座り込み、下から睨むように大堀を見た。

「率直に云えばそうです。円空仏は昭和三十年代くらいまでは大した値打ちがないとされてきましたが、今は人気が高いんですよ」

「全国で五千体くらいは見つかっておるはずじゃ。それほど珍しいものでもないわい」

素っ気なく云ったが、大堀は食らいついてくる。

「いやいやいや。初期円空の、しかも、一メートル超えの如来立像は貴重でしてね。ほしいというお客さんが多いんですよ」

欲望を丸出しにした言葉だった。美術品に対して何の敬意も感じられない。

好空は不快だというように、顔に皺を刻み込むと、

「帰れ帰れ。お前さんのようなもんにあの仏さんを売る気はさらさらないわい。これまでにも何度かあんたみたいな輩がいたけど、みんな追い返してやったわい」

「そんなことを云わずに検討して頂けないでしょうかねえ。今なら、五百で買います」

そう云って、スーツケースを開けて、札束を五つ取り出して無造作に床に置いた。

「どうです？　五百ならいいでしょう？」

「売らんと云ったら、売らん」

好空が首を振ると、それは大堀の予想の範疇だったのだろう、さらにスーツケースから札束をもう一つ出した。

「六百ならどうでしょう？　いい値だと思うんですが」

仏像を、というよりは好空の心を値踏みしているようだった。大堀はその秘仏が好空の心の拠り所だということを知っている。知っていて、それを札束で穢《けが》そうとしているのだった。

「……売らん。誇りを売るまで落ちぶれてはおらんのでな」

「強情な人だ。それなら、七百。七百でどうです？」

大堀がさらに札束をスーツケースから取り出そうとしたそのとき、突然、玄関の戸が開いた。

「ちょっと待った！　先刻《さつき》から聞いてりゃ、初期の円空仏がそんな端金《はしたがね》なわけないだろう、このインチキ美術商！」

そこには銀色のジュラルミンケースを持った真っ白いスーツの青年が立っていた。シャープな顔のラインをしているが、さらにきっちりと真ん中で分かれた髪が顔つきを凛々しいものにしている。大堀よりも背が高く、痩せ型のせいかひょろりとして見える。

後ろを振り返った大堀は目を丸くさせ、

「お、お前は……藤岡《ふじおか》！」

叫びに近い声だった。どうやら、二人は顔見知りらしい。

好空が訊くと、藤岡と云われた方の青年は内ポケットから名刺を取り出し、

「ほお。お前さんたちは知り合いか？」

「あなたがご住職の好空さんですか。初めまして。わたしは都内でギャラリーを開いている藤岡と申します」

金融機関の社員のように礼儀のいい態度である。ただし、それは好空に対してだけだった。大堀には侮蔑の視線を浴びせ、

「好空さん、この大堀ってやつは業界では大法螺と云われているくらいのインチキハタ師でね。こいつの云うことは信じちゃいけません」

「何を云う。お前こそ、悪徳美術商と揶揄されてるくせに」

「はっ。お前がインチキなのは先刻の円空仏の値付けでも判るぜ。元々、七百くらいで買うつもりだったんだろう？　五百で始めておいて、七百までつり上げるか。古典的な手だぜ、まったく」

それを聞いた大堀の顔がみるみるうちに赤くなっていく。手口を明らかにされて立場がないのだろう。先刻までのあの嫌らしい微笑もすっかり消えてしまった。

藤岡はポケットから一枚の写真を出した。

「ここにあるのは初期円空仏。初期の円空仏は中期や後期と違って、本職の仏師の作のように非常に細やかな細工を施されています。円空は生涯で十二万体の仏像を刻んでいると伝えられていますが、そのほとんどは端材を使った簡易な造形の木《こ》っ端《ぱ》仏《ぶつ》です。しかし、公開されていた当時の写真を拝見させて頂きましたが、ここにあるのはそうではありませんね。初期のものです。しかも、状態も非常にいい。七百でも安すぎますよ」

「ほお。そうかい。よく知っておるのお」

好空が返事をすると、

「美術商としてこれくらいは当たり前ですよ。むしろ、知らない美術商は三流です」

冷たい目で大堀を見下ろしたあと、

「さらにここの円空仏は如来立像。これがまた珍しい。円空は如来立像をほとんど彫っていませんからね。青森県のむつ市にあるものか、埼玉県の宮代《みやしろ》町にあるものくらいしか知りませんよ。ただ、この二つはそれほど大きいものではない。一メートルを超える大作はもしかしたらここにしかないかもしれません」

それほど珍しいものなのか。地元の人々に円空仏のお寺さん、と親しまれていると聞いていたが、本当はもっと格の高い寺なのかもしれない。

すっかり藤岡の独壇場になった。大堀は蒼褪めた顔をしながらそこにいるだけの存在となっている。

藤岡はゆっくりとした仕草で手を出し、両方の指を広げた。

「俺なら、千は出しますよ」

一千万？　一体の仏像がそんなに高いのか。

仏像にはまったく詳しくないが、そんなにするものなのだろうか。わたしなら即断して、売ってしまいそうだ。

だが、好空は渋い顔をしている。その隙を突いて、それまで静かだった大堀が割り込んできた。

「ちょっと待て！　交渉はわたしがしていたんだ！」

大声で云い、スーツケースから札束をばらばらと出して、

「そっちが千なら、こっちは千百だ！」

「なら、千二百」

さらっと藤岡が返す。

「ふざけるな！　それなら、千三百だ！」

「千四百」

「くそ、こうなった金に糸目はつけん！　千五百！」

「それなら千六百だ」

狭い玄関で競《せ》りが始まってしまった。わたしは別世界のことのようにその様子を見ていた。

小競り合いが行われたあと、顔を紅潮させた大堀が荒い声で、

「ええい、それなら二千でどうだ！」

このあたりになってくると金銭感覚が麻痺してくる。わたしの耳には、二千というのが二千万ではなく、二千円と同じに聞こえた。

二人の競り合いは最高潮に達している。しかし、当の好空といえば、何故か二人が競るのを静かな目で見ているだけだった。

「二千か……ケチなお前がそこまで出してくるとは思わなかったよ」

藤岡も最初の方にあった余裕は消えたようで、表情を石膏のように固まらせ、しばらく考え込んだ。

三十秒ほどしたあと、慎重な言葉遣いで、

「二千五百。どうです？　二千五百万円で譲って頂けませんか？」

大堀にではなく、好空に向かって訊いた。大堀は二千五百という数字を聞いた瞬間に、がっくりと肩を落として敗北を受け入れていた。あれほど札束がどんどん出てきたスーツケースにも、さすがに二千五百万は入っていないらしい。

商談が成立すると思われた。しかし、二千五百万という大台に届いたというのに好空は顔色一つ変

えずに、首を振った。

　藤岡は細く溜息を吐いて、

「意地ですか？　だとしたら、そんなものは棄ててください。円空仏も宝物庫の暗闇にいるよりも、価値の判る粋人《すいじん》の手に渡った方が幸せだと思うんですがね」

　しかし、それにも好空は首を振り、

「違うなあ。違うんじゃよ、わしとお前さんたちの価値観は。お前さんたちは金という物差ししか持っておらんようじゃが、わしは別のものを持っておる」

「何ですか、それは」

　端正だと思われた藤岡の容貌だったが、今は不思議と冷たい感じのするものへと変化していた。大堀とは性質が違うが、確かに商人の顔をしている。

　好空は立ち上がり、そんな冷たい表情をしている藤岡に向けて、

「なんじゃろうな。それはわしにも判らん。じゃが、お前さんたちも知っておいた方がよい。金では買えないものもこの世にはあるということを、な」

「説法ですか。さすが坊さんですね」

「そんな高尚なものじゃないわい。お前さんたちの芝居があまりにもよくできていたんでな。その鑑賞代といったところじゃ」

　好空がそう云った瞬間、大堀はぎくり、としたように顔を上げ、藤岡は冷淡な表情のまま不敵に笑

った。

芝居？

ということは、この二人は共謀《グル》だったのか？

わたしはまったく気づかなかったが、好空の目は曇りなく二人の邪《よこしま》な心を見透かしていたらしい。

「なるほど。全部お見通しだったというわけですか。どこで気づかれました？」

「お前さんが、この男が五百から始めたと指摘したところからじゃ。あのとき、戸の外には誰もおらんかった。気配がなかったからの。それなのにお前さんがそのことを知っていたのはおかしいじゃろ？」

「ふうむ。初歩的なミスをしてしまったようですね。しかし、最初から気づいていたのに止めないとは御坊も人が悪い」

冷ややかな目で藤岡が好空を見る。好空は莞爾《かんじ》として笑い、

「じゃから説法をしてやったじゃろう？　それに悪人はお前さんたちの方じゃ」

「確かに。これは失礼しました」

藤岡は大堀のシャツを摑み、行くぞ、とだけ声をかけると、戸を開けて立ち去ろうとした。しかし、去り際に好空の方をもう一度見て、

「しかしね、好空さん。わたしたちはどんな手を使ってでも円空仏を手に入れてみせますよ。今日、

二千五百万円で売らなかったことを後悔しても遅いですからね」

「心配せんでもいい。わしは絶対に後悔などせん」

「ふふ。そうですかね。それじゃあ、一旦、失礼します。また後日」

ぎぎぎ、と不快な軋み音を立てて戸が閉まった。好空はやれやれ、というように鍵をしっかりとかけ、電気を消して、わたしの方へ戻ってきた。あまりにも劇的な幕切れにわたしは呆気に取られていて、客間に戻るのを忘れていた。

「聞いておったか」

「すみません。気になってしまったもので」

「謝らんでもいい。あれだけの騒ぎになって気にならん方がおかしい。修行僧でも好奇心の虫を抑えきれんわい」

好空は優しい声で云い、客間へ戻った。わたしもその後に続く。

「あんた、仏像に興味があるかい?」

元の位置に座り、グラスにウィスキーを注ぎながら、好空が訊いてきた。

わたしは苦笑いしながら、

「いえ、よく判りません。ここに秘仏があるということはタクシーの運転手さんから聞いていたんですが。すみません」

聞いてはいたが、酒の魅力に敗《ま》けてしまっていて、大堀が来るまで忘れていた。

円空仏に対しても、円勝寺に対しても、そして、好空に対しても聊爾《りょうじ》な態度を取ってしまったと反省したが、本人はまったく気にしていないようで、背伸びをするように大きく笑い、ウィスキーを一口飲むと、

「それが普通じゃ。気にせんでもいい。秘仏だ何だと騒がれるよりはいいわい」

「ああいった輩は結構来るんですか？」

「何度か、の。ただ、芝居まで打ってくる本格的な輩は初めてじゃ」

「二千五百万にまで値段が上がったのには驚きました。てっきり、売ってしまわれるのではないかと思いました」

わたしが正直に云うと、

「いくら積まれても売らんよ。あの仏さんがないと御仏のお導き、と云えなくなるのでな」

冗談を云い、わたしの笑いを誘った。

しかし、好空はすぐに微笑を消して、

「この寺はあの仏さんの威光で存続しているようなもんじゃ。こんなボロ寺が今まであるのもあの仏さんのお陰よ」

好空によると、騒がれるのが嫌で公にはしていないが、親しい人だけには円空仏の話をしているらしく、信仰心の篤《あつ》い金持ちが多額の寄付をしてくれることもあるという。そういう金でこの寺は成り立っているのだ、と好空は自嘲地味に語った。

大堀と藤岡の話によると、確かにこの寺の宝物庫に安置されている円空仏は貴重なものだろう。しかし、それだけでは寺を守り切れないはずだ。好空の人柄のよさが情を集め、こうして円勝寺は成り立っているのだとわたしは思った。

「それにしても、よくあの二人が共謀だと判りましたね」

わたしは話を変えた。

「すぐに判ったわい。実物も見ずに値段をつける美術商なんぞ、総じて三流じゃ」

云われてみればそうである。実物を見ていないのに、あの二人は値段をつり上げていった。実際に鑑定してみなければ本来の価値は判らないはずなのに、おかしな話である。傷や状態によって値段が変わるのが美術品であることは素人のわたしも知っている。

ただ、冷静になった今ならば判るが、札束がごろごろと目の前に転がっている状況でそれを見切った好空はやはりただものではないと思った。わたしならば、すぐに騙されていただろう。

感心していると、好空が徐に姿勢を正し、わたしをじっと見た。

「あんたには見せてもいいかもしれんな、あの仏さんを」

「え?」

あまりにも唐突な言葉に、わたしは自分の耳を疑った。

「円空仏を見せて頂けるんですか?」

「左様。あんたは何の欲もなさそうじゃからな」

「でも、わたしにはその価値は判りませんよ？」

遠慮すると、

「価値など判る必要はないわい。見て心を、いや、体を動かされることに意味があるんじゃ」

「体が動く……ですか。どうなんでしょうかね……」

わたしが渋っていると、

「嫌か？　嫌ならば無理にとは云わんが」

「そういうわけではありません。あまりにも突然だったので……急にどうしたんです？」

「これも御仏のお導きかもしれん、と思ってな。ああいう輩に目をつけられた以上、いつまであの仏さんを守れるか判らん。今のうちに、あんたみたいな人に見せておくべきじゃと思ったんじゃよ」

胡坐《あぐら》を組んでいる好空の体が、途端に萎縮したように見えた。針で突かれた風船のように、気持ちが現実へと小さく萎《しぼ》んだようだった。

初めて見る好空の弱気な態度である。しかし、それも判るような気がした。今回は悪徳美術商二人を鮮やかに追い払ったが、次はどうだか判らない。いくら好空を慕ってくれる人々が多いからといっても、その絆がいつまで続くか判らないし、手口が巧妙になってきた場合には対処できないことがあるかもしれない。あの二人の悪徳美術商がもっと陰湿な策を練って、金銭的に好空を追い詰めてくる可能性もあるだろう。資金難で潰れる寺もある、という話をわたしは思い出していた。

わたしと好空の間に静寂が降りた。どこからか入ったのか、スタンドの燈《ひ》に一匹の蛾が羽の影を絡ませている。じじじ、という微かな羽音だけが客間に響いていた。

わたしはその羽音を聞きながら、一つの決断を下した。

「是非とも円空仏を拝見させてください」

最後の参拝客となるかもしれない、と思うと覚悟がいる決断だったが、好空の好意を無下にするのも申し訳ないと思った。それに、二千五百万以上の価値があると知り、わたしの中にあった俗な部分が動き出したのだった。

「これも御仏のお導きじゃな」

決まり文句となった台詞を口にして、好空はくい、とグラスを傾けてウィスキーを咽喉に流し込むと、

「あそこに客を入れるのは久しぶりじゃな」

立ち上がり、一旦、居間から出ていくと、鍵束を持ってきた。じゃらじゃらといくつかの鍵が垂れている。宝物庫というだけあって、いくつもの鍵をかけているらしかった。

宝物庫は庫裡から出て、右手の方にあった。夜の闇に塗り潰された境内は灯りらしい灯りはなく、現実感がない黒さが広がっていた。月が雲に隠れているせいで、闇を邪魔するものは何もなく、まるで寺全体が真っ黒な着物でも纏っているかのように見える。

唯一の光は好空が持っている懐中電灯だけだった。白い光が妙にはっきりとした線で境内の闇を抉《えぐ》っている。わたしは好空の操るその光だけを頼りに、逸《はぐ》れぬように酔った足を進めた。

やがて、光は宝物庫に辿り着いた。最初にこの寺に来たときに見えた、あの古い土蔵である。壁は白いはずなのだが、灰色にくすんでいて、闇に溶けていた。さらにところどころ剝げていて、場所によっては穴が空いてすらいる。三角屋根の黒瓦もいくつか落ちていて、その様子に、この寺の貧しさが見えたような気がした。

ただ、円空仏があるだけあって、入り口の扉はしっかりと施錠されていた。年代物の四角い錠前が三つもついている。同じような鍵があるせいか、好空は何度も間違えながら鍵を開けた。

土蔵の入り口は三枚の扉で構成されている。左右に開く厚い漆喰塗りの扉、白漆喰の引き戸、そして網戸である。それらを開いてようやく蔵の中へ入ることができた。

足を踏み入れた瞬間、黴臭さが鼻をついた。掃除をきちんとしているのか、埃や塵はそれほど気にならないのだが、さすがに歴史があるだけあって、独特の匂いはある。長い歳月だけが作り出せる時の香りだった。

好空が入り口近くの燭台にマッチで火を灯すと、ぼんやりと内部が見えてきた。外から見たときは古いながらも大きく見えたのだが、中に入ってみると、それほど広くはない。せいぜい、二十畳から三十畳といったところだろうか。物が多く置かれているからそう感じるのかもしれない。

宝物庫というよりは物置だった。ノコギリやノミといった工具もあれば、ストーブや灯油もある。また、寺らしく、提灯を始めとした祭具もあちこちに置かれている。炎が揺れるのに合わせて火影《ほかげ》がぐらつき、真っ直ぐに立っているはずの飾弓矢や立傘が歪んで見えた。

「仏さんはこっちじゃ」

好空が持っていた懐中電灯を右奥の方に向けた。昼光色が闇を剝がして白木の厨子《ずし》を浮かび上がらせた。取っ手の部分だけが金色の簡素なものだが、高さがかなりある。わたしよりも高いから、二メートル近くはあるはずだ。

そういえば、悪徳美術商二人が、ここにある円空仏は一メートルを超えていると云っていた。それに合わせて厨子も高く作られているのだろう。

好空が厨子の前で何やら経のようなものを唱え始めた。わたしも手を合わせ、目を瞑ってそれを聞く。わたしは信心深い方ではないが、やはり秘仏を前にしては畏《かしこ》まった態度になってしまう。

経を読み終えると、好空はわたしを一度見たあと、慎重な手つきで観音開きとなっている扉を開けた。きぃ、と小さな声を立てて円空仏が姿を現した。

懐中電灯を当てるのはさすがに失礼にあたるのだろう、好空がスイッチを押して光を消した。そのため、円空仏を照らしているのは蠟燭の仄かな光だけである。朧に浮かび上がる茶色の円空仏は余計に幻想的に見えた。

背は確かに高い。一メートル以上はあるようだった。裳裾《もすそ》を左右にピンと張って立っている姿は凛としたものがあり、思わずわたしも姿勢を正した。目、眉はほぼ横一直線並行に浅く彫っていて、口許には微笑が浮かんでいる。大雑把に彫ったように見えるが、円空仏だという先入観を持って眺めていると、一つ一つの線から尊厳のようなものが滲み出ているように感じられた。それに、炎が揺らぐたびに円空仏の表情も変わるような気がする。古い木の肌が僅かな灯りの揺れを感じ取り、呼吸でもしているかのように動いているのだ。そのため、妙に生々しく、また人間臭いものに見えた。

ただし、素人のわたしの目にはこれが二千五百万の価値があるとは到底思えなかった。いや、美を貨幣で計るのは間違いだとは判っている。だが、先刻の遣り取りを聞いてしまった以上、どうしてもそういう目で仏像を見てしまう。その目で見たとき、わたしは価値を見出すことができなかった。何より、信心が足りないせいか、円空仏は優しく微笑んでいるはずなのに、よそよそしく冷たく感じられてしまった。

「どうじゃ？」

好空に訊かれたわたしは、

「いえ……わたしはこういったことに詳しくないので何とも云えませんが……素晴らしいと思います」

「嘘じゃな」

すぐさま好空はわたしの嘘を見破った。わたしは動揺して、

「嘘……ではありません」

「いいや、嘘じゃな。あんたは嘘が下手じゃ。すぐに声に現れる」

「……」

そこまで云われては黙るしかなかった。わたしは説教を受けている生徒のように項垂《うなだ》れた。

しかし、好空は怒っているわけではないようだった。わたしの背中をぽんぽん、と叩き、

「そんなもんじゃよ。仏さんの価値が判る人なんぞ、数えるくらいしかおらん」

「でも、あの美術商たちは一応、価値が判っているんですよね？」

彼ら以下だと思うと気持ちが重くなる。心に翳が落ちたような暗い気分になってきた。

そんなわたしを慰めるように、

「あやつらは仏さんを金に置き換えてるだけじゃ。本当の価値を知らん。じゃから、気にせんでもいい」

云ったあとで、円空仏に目を置いたまま、感慨に耽《ふけ》るように、

「わしも仏さんの本当の価値など判らんかった。修行をしていたとき、何度それでお師匠に怒鳴られたか判らんわい」

「そうなんですか」

「ありがたいと伏し拝みすぎていたんじゃろうな、若い頃のわしは」

「えっ、仏様はそういうものなんじゃないんですか？」

わたしが驚いて薄っすらと浮かんでいる好空の横顔を見る。好空は円空仏に似た微笑みを作り、

「円空上人は生前は、さんづけで呼ばれておったそうじゃ。それだけ民《たみ》に近かったということじゃろう。じゃから、円空仏もわしたちと近いところにおるんじゃ。本来は遠くから鑑賞するものじゃないんじゃよ。手に取ったり、撫でたりするのが円空仏を愛でるときの本当の態度じゃとわしは思ってお

る」

　そこで一度言葉を切り、

「じゃから、わしもこんなところに置いておかずに本堂にでも安置しておきたい。たくさんの人に見てもらいたい。じゃが、そうもいかん」

　五年前にこのあたりを荒らした窃盗団がいたことをわたしは思い出した。そういう賊でなくても、二千五百万もの価値があるのならば、今日のような美術商が蛮行に及ぶことも充分に考えられる。価値を持ちすぎたが故に、円空仏は本来の意図から離れてしまっているのだ。皮肉としか云いようがないこの状況を見て、円空上人はあの世でどう思っているのだろうか。そう考えると哀れに思えてくる。

「仏さんの本当の価値を判っていないのはわしも同じかもしれんな」

　好空がぼそりと呟く。

「あの美術商には、意地、と云われたがの。確かに意地を張っているだけかもしれんな。この仏さんがなくなったら寺が終わりなのはわしにも判っておる。それを認めたくないのかもしれん」

　わたしは何も云えずに好空の呟きに耳を傾ける。わたしごときが口を挟めることではない。

「円空仏の威光に縋《すが》りすぎておったなあ。あの美術商二人が訪れてきたのも、そんなわしの目を覚まさせるための御仏のお導きかもしれん」

　いつもの文句を口にしたが、力がなく、弱々しい。好空の声は、ゆらゆらと揺蕩っている炎と同じように頼りなく感じられる。

「そもそも、自分の誇りを仏さんに託している時点でわしも修行不足だということじゃ。今日、ようやく判ったわい。反省せなば、な」

「そうでしょうか。結果的に円空仏を守ることになったのでいいと思いますけど……」

云ったあとで、励ますような形になってしまったことに気づき、

「すみません、偉そうなことを云ってしまって」

謝ると、好空は遠い昔を見るような目を円空仏に向けながら、

「あんたには随分、余計なことを喋ってしまった。年寄りの愚痴を聞かせてしまって、すまんかったな。そろそろ戻るか」

「あ、はい。どうもありがとうございました。一生、忘れないと思います」

それは本音だった。今は仏様に価値を見つけられないが、いつかこの光景が脳裏に甦ってくる日もあるだろう。そのときにこそ、円空仏がわたしの人生に光を与えてくれるはずだ。

好空は扉を閉め、また何やら経を唱えると、ふっ、と息を吹きかけて蠟燭の炎を消し、わたしを伴って土蔵から出た。鍵を三つ、しっかりとかけると、

「そういえば、夕飯がまだじゃったな」

思い出したように云った。そこでようやくわたしも夕食らしい夕食を食べていないことに気づいた。ごたごたがあって忘れていたが、そもそも、わたしは宿坊を利用しようとしてこの寺に来たのだった。寺ということもあり、夕食は精進料理を出してくれた。味噌がのった胡麻豆腐やお麩《ふ》のカツ、とい

った肉や卵を使っていないものが出されたが、よく考えてみれば、わたしと好空は生ハムを食べながらウィスキーを飲んでいる。わたしたちは、精進料理の意味がないですね、と笑い合いながら夕食を食べた。

風呂に入って、いつもの入眠儀式を行う頃になると、もう夜十時を過ぎていた。街はずれの夜は静かで、上空を飛行機が飛んでいるのか、こー、という低い音が夜の呼吸のように聞こえているだけである。

わたしは普段は十時間は寝ないと頭が冴えない。今から十時間寝るとすると八時くらいまで寝ることになる。この寺の起床時間は何時なのだろうか。好空に訊くのを忘れてしまったが、あの大らかな性格ならば少しくらいは寝坊しても許されそうな気がした。笑って起こしに来てくれるだろう。

そう思った瞬間、安心したのか、わたしは眠りに落ちていた。

※

しかし、眠りを破ったのは好空の声ではなかった。パチっ、という何かが爆《は》ぜるような音がまずわたしの眠気を断ち切った。次に、薄目を開けると、ごぅ、という獣の咆哮のような声が耳に飛び込んできた。耳元に音源があるかのような妙に臨場感のある音である。

わたしは最初、好空がいらないものを集めて焚火でもしているのかと思った。しかし、音はそんな小さなものではない。起き上がってみると、廊下の方から烈しい光が漏れてくる。宝物庫のある方角だ。嫌な予感がした。

わたしが障子戸を開けて、廊下へ出ると、窓から巨大な火が見えた。炎の鞭が夜の底を打つ様子や、闇よりも黒い煙が次々と吐き出される情景が夢の続きのような現実感のなさで繰り返される。夜陰が炎に焼かれて大きく揺れていた。

火事……なのか？

わたしがぼんやりとしていると、家中を軋ませるようにして好空が大股で駆けてきた。

「火事じゃ！　宝物庫が燃えておる！」

今までに聞いたことのないほどの大声のお陰でわたしはようやく目を覚ました。ただ、火事という現実に体がついていっていない。すぐに避難しなければならないのだが、体が巧く動かない。足が縺れ、枕許にあったトランクに引っ掛けて中身が零れてしまった。愛読書や小説のネタを書き留めておこうと思ったメモ帳が畳に広がる。

拾い集めようとしたが、そんなわたしの腕を、好空は老人とは思えないほどの強い力で摑み、

「こっちじゃ！」

寝間着のまま、わたしは好空にぐいぐいと引っ張られて、外へ連れ出された。好空が呼んだ消防車はもう到着していて、喧《けたた》ましいサイレンが響いている。山門のあたりは、赤いランプの点滅と宝物庫から上がる炎の二つの光によって、夜とは思えないほど明るかった。

「危ないから！　下がって！」

夏の夕暮れを切り取ってきたようなオレンジ色の消防服を着た消防士が叫んでいる。周囲には人家はほとんどないにもかかわらず、野次馬が何人か集まっていた。火の上がっている宝物庫の方を指差しながら、恐ろしいね、だとか、火元は何だろうね、と話しているのが聞こえてくる。

好空は譫言《うわごと》のように、仏さんが、仏さんが、と云っていて、銀色のテープを乗り越えて炎を纏った宝物庫へ歩き出そうとしているのだが、がっしりとした消防士に摑まれていて、身動きが取れないようだった。好空の気持ちは痛いほど判るが、火の勢いが強く、とても素人が飛び込んでいって生きて帰って来られるとは思えない。

消防士たちは懸命に放水を行い、消火を試みてくれた。しかし、炎の勢いは収まらない。土蔵の窓からは炎が赤い舌のように出ており、火の粉を吐き出しながら燃え盛っている。土蔵なので火に強いはずなのだが、いくら水をかけても火は獣のように猛々しく燃え上がった。わたしはただ呆然として立ち尽くし、数時間前に足を踏み入れた宝物庫が灰に崩れ落ちていくのを見守るしかなかった——。

土蔵は燃えにくいと云われているが、それはしっかりとしたものに限られる。円勝寺の土蔵は古い上に、元々、あまり造りのよくないものだったらしく、かなりの部分が燃え落ちた。枠組みだけになった宝物庫は黒ずんだ骸骨のように無残に見えた。黒く焦げた焼け跡は境内にできた痣《あざ》のようで、あんな古い宝物庫でも存在価値はあったのだな、ということが判る。

東の空が白んできた頃、わたしと好空は無言で宝物庫の焼け跡を見ていた。幸いにも延焼は免れ、焼けたのは宝物庫だけだった。しかし、あの中には円空仏がある。いや、存在していた。好空は灰になってしまった円空仏の幻を追うように、いつまでも焼け跡を見ていた。

そのとき、背後から声がかかった。

「おはようございます。好空さん」

藤岡だった。その後ろには子分のように大堀が控えている。二人とも憎らしいほどのニヤケ面だった。

好空が啞然としていると、藤岡は不自然なほどの白い歯を見せて、

「だから後悔すると云ったでしょう？　あのとき、素直にわたしたちに円空仏を売っておけばよかったんですよ」

わたしは摑みかかりたくなるのを必死で抑えた。好空も藤岡の言葉を聞いた瞬間に、顔を大きく歪ませたが、何も言葉を紡げずにただ俯《うつむ》くだけだった。藤岡に反発しようにも、今は負け犬の遠吠えのように惨めなものにしかならない。そのことを好空は判っているようだった。

藤岡は気障《きざ》ったらしい金色のジッポを手にすると、煙草を咥《くわ》えて火を点けた。火事現場を目の前にして煙を燻《くゆ》らせる藤岡に、わたしは怒りを通り越して言葉を失っていた。あまりにも不謹慎な行動に、わたしたちの隣にいた刑事二人も顔を顰《しか》める。

「円空仏も燃えてしまったようですね。国宝級の仏像を失った責任は大きいですよ、好空さん？」

そう云って藤岡は紫煙を好空に吐きかけた。好空は何かを云おうとしたが、煙に噎《む》せたようで、け

ほけほと咳をしただけだった。

藤岡は大きく煙草を吸って、さらに煙を吐きながら、

「価値の判らない人はこれだから困りますね。あれだけのお宝をあんなボロい土蔵に置いておくなんて、正気じゃないですよ。わたしに売っておいてくれればこんなことにはならなかったんですけどねえ」

いつまでも耳にこびりつくようなねっとりとした声だった。好空は渋面《じゅうめん》した顔を下に向けたままで、藤岡の方を見ようとしない。いや、見ることができないのだ。その気持ちはわたしにも判るような気がした。

「円空仏がない古寺なんて無価値ですね。わたしたちもさっさと去ることにしますよ。もうお会いすることもないでしょう。さようなら」

煙草を足許に棄て、ぴかぴかの革靴でもみ消すと、大堀を伴って立ち去っていった。わたしは好空に何か言葉をかけようとしたが、背中があまりにも悲しげに見えたので、何も云えなかった。

気の抜けたように佇んでいる好空に声をかけたのは刑事だった。

「好空さん、あいつらは何なんです？」

怒りの籠った声だった。好空の代わりに怒っているらしい。

好空が昨晩のことをぼそりぼそりとした声で説明する。それを聞いていた刑事はメモを取りながら、もう一人の方に藤岡たちの後を追うように指示をした。藤岡たちに任意で事情聴取をしようとしてい

るらしい。

というのも、消防や警察の検証で放火の可能性があると判ったからである。火は内部から出たものらしいが、あそこには入り口の燭台くらいしか火元になるものはない。それは警察も判っているらしく、そこを重点的に調べたが、火は別のところから広がったことが判った。それで放火の線で捜査を進めているらしい。

だが、好空はあのときしっかりと鍵をかけたはずだ。簡単に内部へ侵入することはできない。わたしが主張すると、警察もそれは判っているようで、閉まったままの錠前が三つ見つかったと云った。どういうことなのか判らずにいると、警察は丁寧に解説をしてくれた。

放火犯はどうやら、漆喰の剥げている部分を狙って穴を開け、そこから火種を中へ突っ込んで、内部から宝物庫を燃やしたらしい。土蔵の中には火種はなかったが、可燃物は多かった。何より、灯油があった。火を放り込まれたらあっという間に炎は広がるだろう。

しかし、誰がそんなことを——。と思った瞬間、先刻の藤岡と大堀の顔が浮かんだ。特に、藤岡は昨夜、去り際に、どんな手を使っても円空仏と手に入れる、と豪語していた。その、手のうちの一つが今回の放火なのではないか。

好空から詳細を聞いている刑事も同じことを思っているらしかった。だが、同時に刑事は首を傾げた。

「しかし、円空仏を狙っていたのなら、燃やすという行為には出ないのでは?」

尤もな意見である。二千五百万の価値がある仏像も、灰燼に帰しては売りようがない。

「そういえば、円空仏の入っていた厨子は焼け跡から見つかったんですか？」

わたしが割り込んで訊くと、刑事は残念そうな顔をして、

「見つかったよ。取っ手の金属部分しか残っていないけれどね……」

当然、中にあった円空仏は燃えてしまったのだろう。判ってはいたが、現実を突きつけられると心が軋む。わたしでもそうなのだから、好空はもっと沈鬱な気持ちで刑事の話を聞いているはずだ。その証拠に、好空の顔からは表情らしいものが消えていて、昨晩、わたしに見せた、気さくなお坊さん、といった面影はどこにもなかった。

刑事はわたしたちにいくつかの質問をしてきた。特に、円空仏について詳細を求められた。やはり警察も今回の火事の一番の損失は円空仏だと考えているようだったし、放火の原因もそこにあると睨んでいるようである。

数十分、わたしたちを尋問したあと、刑事はパトカーに乗り込んだ。藤岡たちに話を聞きに行くのだろう。有力な容疑者を見逃すはずがない。

残されたわたしたちは庫裡に戻ることになった。好空は一人になりたいのか、それともわたしを気遣ってくれたのか、疲れで窪んだ目をして、

「あんたもほとんど寝てないじゃろう？　部屋でしばらく寝るといい。布団は敷いたままにしてある」

わたしはその言葉に甘えることにした。寝不足なのは事実だったが、昨夜からいろいろなことが起こりすぎて頭が混乱している。一人で静かに整理したかった。

客間に戻ると、転がっていたトランクや服がきちんと元に戻されている。好空が整理してくれたらしい。わたしは布団に寝転がり、旭光が滲み始めた天井を見上げた。煙のように複雑な模様を刻んでいる木の天井は、次第に色のつき始めた光に染まりながらわたしを見下ろしている。段々と色づいていく天井は、まるで炎に包まれていくように見えた。

火——。

藤岡たちが犯人だとして、どうして火を放ったのかが判らない。火事に便乗して円空仏を盗んだのか、と疑ったが、刑事の話によると、漆喰の一部に穴は見つかったものの、大人の腕が入る程度の大きさで、とても一メートル近くの仏像を取り出せるような穴ではなかったことが判っている。炎の密室となった土蔵から円空仏を盗むのは不可能だ。それに、あの三つの鍵を開けて中へ入るのも無理のように思われた。古いとはいえ、鍵はしっかりしている。

藤岡たちは何を狙ったのだろうか。昨日の恨みから放火をしたのだろうか。いや、それは違う。二千五百万もの値をつけた藤岡がそう易々《やすやす》と円空仏を諦めるはずがない。もっと卑劣な手で円空仏を奪い取ろうとするはずである。燃やす、という短絡的なことをするようには思えない。

だとすれば、この放火の意味は——?

頭の中を整理するはずが余計にこんがらがってしまった。混沌を抱えているうちに、わたしはいつの間にか浅い眠りに入っていた。

※

その白い靄を見たとき、わたしは煙だと思った。鎮火したはずの炎が息を吹き返し、また黒煙を吐いているのだと思ったのだが、煙独特の匂いがない。そう思ったときに、これはまた例の夢だということに気づいた。

わたしは夢の中で靄に包まれている。だが、それを認識しているのに覚醒しない。靄がわたしの意識を摑んで離さないのだ。

すると、靄に円空仏が映し出された。夢だというのに、微笑を浮かべた円空仏ははっきりとした姿をしている。背の高さといい、表情といい、間違いなくわたしが昨夜見た円空仏だった。

まじまじと見ていると、その隣に何故かウィスキーの瓶が出てきた。帆船が海を滑っているもの、ユニコーンが駆けているもの……昨夜飲んだウィスキーの数々である。三十万もするという青いラベルのマッカランもある。

すると、そのマッカランが前に出てきて、大きくなった。わたしに見ろ、とでも云っているかのようである。よほど飲んだときの印象が強かったのだろうか。それとも三十万という金額にわたしの無意識が反応しているのか。後ろで円空仏が微笑んでいるのを見ていると、不思議な気分になってくる。

と思っていると、映画の場面が切り替わるように、それらがふっと消えて、視界を紅蓮《ぐれん》の炎が遮った。円空仏もマッカランも炎に包まれてしまい、姿を消してしまった。目の前には轟々《ごうごう》と音を立てて燃える炎だけ浮かんでいる。

青森のときは判りやすく、夢がわたしに事件の解決を迫ってきた。しかし、今日の夢はよく判らない。今の中に藤岡たちが放火した理由が隠されているのだろうか。円空仏と炎はともかく、ウィスキーは藤岡たちとはまったく関係ない事柄のはずだ。

まさか、あの土蔵にウィスキーが置かれていた、という可能性を探れということなのだろうか。マッカラン並の銘酒があり、それを藤岡たちが盗んだとしたら――。厨子を開けて仏像を取り出すのは無理だが、ウィスキー一本くらいなら穴から出せそうである。かなり厳しいが、方法がないわけではないだろう。その痕跡を隠すために火を点けたのだろうか。

いや、それはないだろう。ウィスキーは好空が台所の棚に仕舞うのをわたしは見ている。あれ以上のコレクションが土蔵に隠されているとは思えないし、何より藤岡たちの関心は円空仏だけに向けられていたはずだ。いくら希少なものだからといってウィスキーには興味はないはずである。何より、ウィスキーはせいぜい数十万で円空仏は数千万だ。桁が違う。数十万のためだけに放火を犯すとは思えない。

だとすれば、どうして藤岡たちは火を放ったのだろう？　結局、そこに帰着してしまう。何が狙いで放火をしたのか。放火という大罪を犯した藤岡たちの目的が見えてこない。円空仏の売却を断られているので、怨恨といえばそれまでだが、放火をするほどの動機とは云えない気がする。何よりも、藤岡たちは円空仏を手に入れようとしていたのだ。数千万を灰にすることはしないように思われた。

あの土蔵が燃えることで結果的に何が起きたのか。そこを考えれば藤岡たちが放火を行った理由が判るような気がするが、わたしがどんなに頭を悩ませても何も出てこなかった。考えは堂々巡りをするだけで、糸車が無意味に回っているかのような虚しさがある。

再び夢の中の靄には円空仏とマッカランと炎の三つが浮かび始めた。その三つがこの事件を解く鍵になっているらしい。わたしの中の無意識がそう告げているのだが、いつまで経っても解答は見つからない。

しかし、ふと、マッカランの青いラベルが視界を掠めたときにわたしはあることに気づいた。

炎は総てを奪っていったが、一つだけ、火事で生まれる価値がある。たった一つだけ、あることが生まれる。そうか、それが目的だとすればあの火事は説明がつく。

わたしはゆっくりと夢の中で自分の推理を進める。昨日から起きたことを思い浮かべ、やがて、一つの結論に達した。

遠回りをしてしまったが、やっとわたしは火事の意味が判った。あの火事の目的は円空仏を燃やすことだったのだ。灯台下暗しという諺《ことわざ》があるが、まさにその通りだった。真相があまりにも近くにあったのでわたしはそれに気づかなかったのだ。

土蔵を内側から燃やすことで確実に円空仏を焼失させたかったのである。そうすることで、ある結果が生じる。そう、何もかも灰になるという結末が。

昨晩の火事はそのためだけに起こされた。円空仏を燃やすというためだけに火の渦が夜を駆けたのである。

いや、この云い方は正確ではないだろう。何故ならば、円空仏は灰になっていないからだ。いや、藤岡たちが火の回る前に盗み出しただとか、好空が現場から救い出したというのではない。ただ単純に円空仏は燃えていないのである。

現場から見つかったという報告は受けていないし、永遠にその報せは届かないだろう。何故ならば、あそこにあった仏様は確実に燃えてしまったのだから。ただし、それはあくまでも仏様であり、円空仏ではない。そう、土蔵に仕舞われていたのは、わたしが昨日見たのは、偽物の円空仏だったのである。

マッカランに偽物があるように、仏像にも偽物は存在する。美術品に偽物があるというのはよく知られているではないか。ただし、まさか仏像に偽物があり、しかもそれが五年もの間、本物として崇《あが》められていたことには気づかなかった。

わたしが拝んだ円空仏が偽物だったとすれば、この火事の真相が見えてくる。わたしは藤岡たちが犯人だと思い込んでいたのだが、それが大きな間違いだったのだ。あの火事を起こしたのは藤岡たちではない。好空の仕業だ。

わたしは五年前に美術品を狙った窃盗団が暗躍していたという話を思い出した。そのときに円勝寺にあった円空仏も盗まれてしまったのではないか。寺の守護していた円空仏の喪失はわたしのような部外者が思っている以上に痛手だったはずだ。そもそも、世間から忘れられたような古寺の威光は円空仏だけで支えられていた。円空仏が盗まれたということは寺そのものを失ったことと同義である。困った好空は、円空仏を非公開にする、という名目を打ち出して何とか事態の収拾を図ろうとした。ただ、それだけだと疑われる可能性がある。だから、自分で円空仏の偽物を作って、たまにわたしのような無知な観光客に見せて、まだ円空仏が存在すると錯覚させていたのだ。わたしはタクシーの運転手が好空は彫刻をやるという話をしていたことをやっと思い出した。

事件性のある美術品は当然ながら、公の場には出ない。骨董好きの富豪の中には、盗んだものでもいいからほしい、という人間がいるそうで、そのためだけに働く窃盗団が存在するらしい。窃盗団は美術品を盗み出すとその富豪に巨額で売りつける。富豪はそれが盗まれたものだと知っているから自分だけの秘密にする。そうすることで窃盗団も富豪も安全圏に置かれるのだ。円勝寺から盗まれた円空仏もそのルートを辿ったのだろう。そのお陰で好空も助かった。

しかし、それは五年しかもたなかった。藤岡たちの出現である。美術商を名乗っている以上、それなりの観察眼はあるはずだ。もしも、円空仏を観られたら、偽物だと見破られる可能性が高い。そうなれば、円勝寺と好空は破滅の道を辿るしかない。

そこで好空は奇手を打った。それがあの火事である。火事の直前にわたしに円空仏を見せたのは、本物があったと証言させるためだ。いや、そもそも、わたしには観察眼などないのだから、円空仏の真偽は判らない。ただそこに仏像があったと証言するだけだ。好空はその証言がほしかった。だから、わたしに偽物の円空仏を見せたのだろう。

　泥棒に円空仏を盗まれたとあれば非難されるだろうが、放火で焼失したとあれば世間は同情してくれる。少なくとも、欺瞞に満ちた五年間は劫火《ごうか》に包まれて、建物と一緒に消えてしまう。しかも、本物の円空仏が燃やされた、という認識を世間に広めることができる。そうなれば、もしかしたら、円勝寺と好空は生き永らえることができるかもしれない。その可能性に好空は賭けたのだった。元々、円空仏の威光だけで存続していた寺は、今度はその幻影で生き延びようとしたのである。今朝の火事で唯一、生み落とされたものは、本物の円空仏があった、という幻にも近い評判だ。それを作り出すためだけに好空は漆喰の脆《もろ》くなっている部分に穴を空け、そこから火を放ったのだろう。円空仏があったという噂を得るために、好空は苦肉の策で蔵に火を点け、仏像が偽物だったという事実を抹消したのだった。世間を欺き続けてきたという過去も抹殺される。一石二鳥というわけだ。

　わたしは夢の中で大きく息を吐いた。証拠はない。総てはわたしの想像に過ぎない。ただし、妙な確信はあった。好空の人の好さに欺かれたわたしだからこそ持つことができる悲しい確信だった。

　わたしはこれからどうすればいいのだろう――？　そう思ったとき、俄《にわ》かに靄が消え、わたしは夢から醒めた。

※

目を開けると真っ青な空が目に入ってきた。マッカランのラベルとそっくりの色をしたすっきりとした青空である。雲一つない空がわたしの目にはやけに眩しく映った。何の穢れもない空は、その清純さで嘘と虚飾で溢れたこの寺を告発しているように見えた。

トランクを手にしたわたしは客間から出た。廊下を歩いて居間へ行ったが、好空の姿はない。本堂の方へも回ったが、人影はなかった。仕方ないので、わたしは無断で廊下の途中にある電話を使わせてもらうことにした。来客用なのか、焦げ茶色の電話台には電話帳が置かれていて、タクシー会社を調べることができた。わたしはタクシーを一台呼ぶと、庫裡を出て、山門とは逆の方角の、宝物庫のあった方へ何となく足を向けた。

そこには好空の小さな背中があった。黒ずんだ焼け跡をぼんやりと見ているようである。

「好空さん」

わたしが名前を呼ぶと、好空は疲労の見える顔をこちらに向けた。火事の直後も疲れた顔をしているように見えたが、真相が判った今となってはその意味が違う。好空は円空仏や土蔵の焼失を嘆き、憔悴しているのではない。むしろ、虚構の五年間が消えたことに安堵して、その分の疲れがどっと溢れてきているのだ。

「タクシーを呼ぶために電話を使わせてもらいました」

「ああ。そうかい。もう帰るんじゃな？」

「ええ。そろそろお暇《いとま》しようと思います。これ、少ないですけど、宿代です」

わたしはトランクに入っていた茶封筒に二万円を入れて好空に差し出した。詳しい値段は聞いていないが、二万円もあれば充分のはずだ。尤も、本物の円空仏を見せてくれていたらもう一枚くらい必要だったかもしれない。

好空はそれを受け取ると、中身を見ずに、わたしに頭を下げ、

「騒ぎに巻き込んでしまって申し訳なかったなあ。これに懲りずにまた来てくれるとありがたい」

優しい声である。しかし、わたしの脳はそれを素直には聞き入れてはくれなかった。

わたしは自分の考えを確かめようとしていた。眉根に皺を寄せながら、

「そうですね。もし次があったらまた見せてください。好空さんの彫った、円空仏を」

わたしが云った瞬間、言葉は火薬となって好空の中で炸裂したようだった。好空の顔から表情らしい表情が消えて白紙のように真っ白になった。表情のなくなった丸顔を春の優しい陽射がなぞっている。なくなってしまった表情を、眩しい陽光が書き直そうとしているように見えた。

しかし、好空が無表情になったのも数秒だけだった。わたしが背中を向けて歩き出す前に、好空は微笑を湛えてこう云った。

「さすがじゃな、物書きは。いや、物書き志望といった方が正しいかの」

「――」

今度はわたしが顔色を喪う番だった。好空はわたしの正体について知っていたのだ。そういえば、

好空はわたしの名を呼んだことがない。元々わたしの素性を疑っているようだったが、避難するときにトランクから零れた中身を見て、そう推理したのだろう。

　何もかもを棄てて旅をしている男と、炎の誘惑に敗けて偽物の威光を焼き払った男は、美しい嘘を分かち合う共犯者のように視線を絡め合った。何も云わなくてもよかった。ただそれだけで事足りるような気がした。

　無言のまま頭を下げたわたしは、山門へ歩き出した。もうタクシーは来ている。運転手は昨日とは違う人で、乗り込むなり、火事についていくつかの質問を投げられた。しかし、わたしは曖昧な返事をして、シートに背を預け、目を瞑っていた。瞼の裏の闇には、昨夜、宝物庫の中で見た偽物の円空仏が映っている。それはまるで本物のように崇高な微笑を浮かべていたが、やはりどこかよそよそしかった――。

道行3　蛇と雪

煤けた薄闇に一人の男が倒れている。咽喉元には深い切り傷があり、畳も壁も血を浴び、黒い虫が群がっているようである。男の手に握られている彫刻刀の切っ先だけが闇から光を拾って煌めいている。その輝きが男の命を奪ったことに間違いないようだった。

男の死骸の近くには女がいて、蒼白な顔をして見下ろしている。驚愕と恐怖で血の気が引いているというよりも感情を殺した冷酷な白さであり、自分とは無関係な死を平然と見守っているようだった。死体をしっかりと見ているのだが、眼差しは遠い。死体などないかのようだった。

女は男の息が絶えていることを確認すると、ゆっくりと、あくまでもゆっくりとした足取りで部屋を出て、自分の行った罪の重さを噛み締めるように階段を下りた。そして、一階の電話機へと向かうと、同じようにゆっくりとした手つきでボタンを押した。

「大友《おおとも》です。兄さんが、いえ、兄の仁《じん》が自殺しました――」

※

わたしは電車に揺られ、盛岡から秋田へと抜けた。いくつかの街で何泊かしたあと、四月の下旬に、大曲《おおまがり》へ着いた。わたしはてっきり大曲という都市があるのかと思ったが、どうやら二〇〇五年の市町村合併で大仙《だいせん》市の一部となっているらしい。しかし、駅構内の階段横の壁には早くも花火大会を報せるポスターが貼ってあったり、花火グッズなるものが売っていたりして、ここが大曲だということを実感させられる。やはり大仙市の一部、というよりは大曲と云った方がしっくりくる。

駅前の花火通り商店街という名前の商店街は平日の昼間にしては人通りが多かったし、飲食店が多く、花火の季節ではないのに賑わっている印象を受けた。入った店の店員から聞いたが、大曲は人口一人あたりの飲食店数が全国で二番目らしい。その店員によると、花火大会のときは七十万人前後の観光客がどっと押し寄せるらしく、人口四万人にも満たない小都市が一年に一度の大祭に大きく揺れるそうだ。去年の花火大会のときの余韻なのか、それとも今年のそれへの期待感なのか、街には熱気が漂っているように思えた。

しかし、バスに乗り、三十分も北上すると、景色が次第に変わり始めた。ビルが極端に減り始め、緑がみるみるうちに視界を覆い始めた。背の高い樹々が緑の壁のように道の両側に聳え立っている。

わたしは市街地の外れあたりでバスを降り、国道十三号線沿いに歩いた。歩いてみると、素朴な家並みの連続の合間に、史跡が多いのが判る。地蔵堂や石碑群を何度も見たし、神社も多い。全国各地にある諏訪神社や八幡神社もあれば、この地域限定の三本杉神社というものもある。花火の印象が強かった街が、途端に歴史を薄物のように纏った古都のように見えてきた。

熊野神社を過ぎたあたりに、「法釈坊とお雪ヶ沼」の標柱がぽつんと立っていた。白い標柱の説明によると、法釈坊というのはこんな昔話らしい。

旅の山伏がこの沼に棲む蛇と闘ったが、金剛杖が折れ、蛇に殺された。死ぬ間際に、俺に刀があったら討たれずに済んだだろう、と物凄い形相で蛇を睨みつけた。残された村人はその山伏を憐れんで塚を作り埋めたのだという。

お雪ヶ沼というのは、昔、お雪という文字通り雪のように色白の美人がおり、この娘が毎日沼のほとりに行って自分の美しい姿を水鏡に映していたが、その美しさに魅入って、とうとう沼に投身してしまったという話だった。

どちらもここに沼があったことを示す昔話だが、今は緑に覆われていてその面影は薄い。沼があったことが信じられないほどに緑が広がっていて、季節のせいもあるだろうが、妙に鮮やかに見えた。

地平線の彼方まで緑一色の世界である。現実には地平線ではなく、樹々の群れや民家の凹凸がその風景の広がりを阻害しているのだが、それでも初夏へと向けて草々が勢いよく伸びている様子は見事としか云いようがない。

そんなとき、ふと、後ろから女の声がした。

「兄さん――」

そう云った女は、まるで幽霊のような白い顔でわたしを見ていた。表情が消えているせいで、ほっそりとした顔がさらに細く見える。纏っている紺色の紬《つむぎ》には、花柄や霞などが入っているようだったが、眩しい光の中にあるとそれらの柄は滲んでしまい、全体的に暗い影のように見えた。背中まで垂れている黒髪も黒い着物に溶け込んでしまっている。

ただ、肌が妙に白い。紬が暗い色をしているためかもしれないが、顔や手の肌の色が透けるように白かった。潔癖な白さに沈み込むようにして、真珠に似た丸い双眸と小作りな鼻と口が置かれている。顔つきは幼く、ぱっと見たところ、十代の少女のようなのだが、目尻に細く皺を這わせてわたしを見ている視線には年齢の深さのようなものが滲んでいた。顔つきと視線が不釣合いな女だった。

秋田という土地が束の間描き出した浮世絵のようだ、とわたしは思った。美人である、といった言葉や、綺麗、という形容詞が似合わない、昔日の幻のような美しさである。しかし、何か冷たい感じがした。雪のようでもあり、氷のようでもある。そういう類の美しさだった。

わたしが振り返ったあとも、女は黙ったまま、わたしを見ている。明澄な瞳がわたしではない誰かを見ているのは明らかだった。

「あの、誰かとお間違えでは？」

わたしが云うと、女はそのときになってようやく自分が喋ったことに気づいたようで、

「わたくし、今、何と申し上げましたか？」

そんなことを訊いた。

わたしは当惑しながら、

「確か、兄さん、と」

すると、女は、表情を変えることなく、

「申し訳ありません。後ろ姿が兄に似ていましたもので……」

「この真っ黒な格好がですか？」

いい陽気なのでジャケットはトランクに仕舞い、黒いシャツ一枚の恰好をしている。

女は微笑を浮かべ、

「はい。兄もいつも真っ黒な格好をしていましたので」

「――？」

わたしは女の云い方に引っかかりを覚えた。まるで兄さんという人物が近くにいないかのようである。

変な沈黙を作ってしまったが、女は微笑んだまま、

「兄は季節に関係なく、黒い作務衣を着ていました」

いました、という過去形をさらりと使った。あまりにもさりげなかったので、わたしはそのまま会話を続けることにした。

「作務衣ということは、職人さんか何かだったんですか？」

「彫刻をやっていました」

「彫刻……ですか」

嫌な単語を聞いてしまった。わたしは盛岡での一件を思い出していた。

それが顔に出てしまったのか、女は怪訝そうな顔をして、

「彫刻がどうかしましたか?」

白い襟首《うなじ》に手を遣りながら訊いてきた。まさか放火事件に巻き込まれたとは云えず、

「いえ、何でも……」

わたしはあたふたしながら咄嗟に誤魔化して、

「お兄さんは今は?」

つい、相手の心の繊細な部分に足を踏み入れてしまった。云った瞬間にしまった、と思ったが、女は表情を変えることはなかった。微風に横髪を揺らしながら、まるで他人事のように、

「亡くなりました」

「えっ」

「兄はつい先月、亡くなりました」

「――」

思いがけない言葉にわたしはぎょっとして、女を凝視してしまった。それでも女はわたしの視線を白木の下駄の音でさらりと躱《かわ》して、

「見ず知らずの人に重たい話をしてしまい、申し訳ありません。驚きになったでしょう？」

「いえ――」

そう云ったものの、内心ではびっくりしていた。死んでいたという事実に、というよりも、感情の籠っていない女の声に、である。家族の死について話すにはあまりにも素っ気ない声だった。

女の歳からして、兄もそれほど高齢のようには思えない。若くして死んだという兄の死因が気になったが、相手の繊細な部分に足を踏み入れるのには抵抗があったし、何より、また事件に巻き込まれるのが嫌だったわたしは何も云わなかった。

「この先の十字路を右に曲がった先に、見事な枝垂れ桜があります。ご覧になりませんか？」

女が云った瞬間に、膨張したような生温い風が走り、田園に降り注いでいる光を揺らした。稲の青葉の上に貼りついていたのんびりとした午後の光が一揺れしたかと思うと、影が波のようにこちらに押し寄せてきた。わたしたちの立っている場所は農道なのでその影の波が届くはずはないのだが、海にいるときと同じように、わたしは思わず田んぼから半歩だけ離れた。

その半歩の意味を、女はわたしが自分の提案を受け入れたものと勘違いしたらしい。女はわたしに背を向けると、狭い農道を山の方へと向けて歩き始めた。

わたしは慌てて後を追い、そのつもりはないと告げようとした。しかし、その瞬間、小さな小石が女の足を掬った。あっ、という声とともに、紺色の紬の裾が乱れ、影の上に重なり合うように女の体が地面へと崩れ落ちた。

「大丈夫ですか？」

駆け寄って、手を差し伸べる。

女は苦悶に顔を歪めたが、気丈にも、

「大丈夫です」

わたしの手を借りることなく、すぐに立ち上がった。だが、がくん、と右足から崩れてしまった。

どうやら、転んだときに足を捻り、少し痺れているらしい。

わたしは思わず、左手で女の肩を抱きかかえた。女の体重がわたしの手にかかっているはずなのだが、羽のように軽い。その軽さと表情のなさと肌の色から、わたしは女がこの地に伝わるお雪の幻なのではないかとさえ思った。

「申し訳ありません」

女は謝ってわたしの手を借りて立ち上がった。わたしが肩を貸せば歩くことはできそうである。

しかし、わたしの中では葛藤があった。できるだけわたしは他人と関わりたくない。二度も妙な事件に巻き込まれたせいもあり、わたしは他者と接触することなく、漂う空気のように静かに旅を続けたいと思っていた。だが、ここで女性を見棄てるのはさすがに気が咎《とが》める。家まで送り届けるのが普通だろう。わたしは運命を恨んだ。

「大友凛《りん》と申します」

女の家に向かい始めると、そう名乗って、ぺこり、と頭を下げた。耳にかかっていた髪がはらり、と零れて、光を弾いた。

遅れてわたしも名前を告げようとした。けれども、やはり本名を云うのには抵抗がある。わたしはまた偽名を使うことにした。

「神沢恭一《かみさわきょういち》です」

「綺麗なお名前ですわね」

凛はゆっくりと歩みながら、わたしに微笑みかけた。笑っているのだが、浅い笑窪に翳が落ちて、却って暗く見える。やはりわたしはその中に感情を見出せなかった。

市街地からだいぶ離れたところに伸びている農道は、絞り込むようにして細くなっていく。人家はあるのだが、どこもトラクターが置いてあり、生活の中に農作業が溶け込んでいるのが判った。

「田舎でしょう？　田んぼと畑以外は何もないところで」

恥じるような云い方をしたが、わたしは凛の淑《しと》やかな佇まいは都市部ではなく、こういう場所の方が似合うような気がした。多分、コンクリートとビルに囲まれていては埋没してしまうだろう。格別に地味だというわけではないが、そういう美しさではない。

「この場所に住もうというのは兄の提案でした」

「元々は別の場所に住んでいらっしゃったんですか？」

凛はゆっくりと足を進めながら、

「元は大曲の市内です。しかし、兄がもっと静かなところがいいと申しまして……この場所に越してきました」

「お兄さんと二人暮らしだったんですか？　ご両親は？」

「両親はわたくしが七歳のときに離婚しました。わたくしと兄は母に引き取られたんですが、その母も五年前に亡くなりました」

肩を貸しているため、声が近い。そのため、凛の小さな声もはっきりと耳に届く。通る車もなく、その声とわたしたちの足音以外はほとんど何も聞こえない。

凛の話によると、両親の仲は幼い目から見ても悪かったらしい。電気工事士だった父親は普段は物静かな方だったらしいが、夜になると決まって酒を飲み始め、そうすると真っ赤な顔で八つ当たり気味に凛たちを怒鳴り散らしたようで、時には暴力が飛び交い、母親がそれに堪え切れずに離婚したのだという。離婚を切り出したときにも父親は手にしていたビール瓶を突然、テーブルに叩きつけ、切っ先を母親に向けて、別れるくらいなら今ここでお前らを殺す、と恫喝したらしい。

それが警察沙汰になり、離婚は成立したのだが、女手一つで二人の子供を育てるのは厳しい。母親は昼間は弁当屋で働き、夜は水商売に出て、睡眠時間を削って何とか凛たちを育て上げた。しかし、凛が二十歳の誕生日のことだった。娘を二十歳まで育てたことで生きる目的を見失ってしまったのか、フィラメントが切れるかのように、ふっ、と心筋梗塞で死んでしまったらしい。それ以来、凛は二つ年上の兄の仁と二人暮らしをしていたのだという。

「わたくしは高校を出てすぐに料亭で働いていたので、お金にはそんなに困ることはなかったのですけど……」

料亭と云われて納得した。凛にはそういう職場が似合っている。言葉の丁寧さはそのときに培ったものの名残りだろう。

「何か他に悩み事でもあったんですか？」

「兄さんが……いえ、兄はわたくしが働きに出る前から少しおかしなところがあったのですけれど」

懐かしむような口調になり、

「わたくしが幼い頃に両親が離婚しましたでしょう？　ですから、兄は自分がわたくしの父親の代わりをしないといけない、と思っていたらしくて……過保護だったのです」

「大切にされて育ったんですね」

「度を越えていました。教室に殴り込んできたこともありました」

淡いピンク色の唇に薄い笑みが滲んだ。今にも消えそうな笑みである。

「殴り込みとは穏やかじゃないですね」

「はい。そういうところは父に似たのかもしれません」

頷いたあと、

「わたくしが小学校の頃でした。片親でしたし、人見知りのする性格だったので、わたくしはいじめの標的になっておりました。どこかでそれを知った兄は、突然、休み時間にわたしの教室に来て、ドアを開けるなり、凛をいじめているやつは誰だ、と叫んだのです。それで、それらしき男の子を見つけると、その場で殴り始めてしまって……怖いやら恥ずかしいやらで大変でした」

微笑ましいとわたしは思ったのだが、仁の行動は年齢を重ねるごとに過激になっていったようである。

「そのときはまだ小学校の低学年だったから、先生に怒られるくらいで済んだのです。けれども、中学のときに、相手を骨折させてしまって……」

「お兄さんは喧嘩が強かったんですね」

凜は先刻、わたしを仁と間違えたが、似ているのは後ろ姿だけで、中身はまったく違うらしい。わたしは喧嘩はからっきし駄目で、凄まれたら逃げてしまうタイプである。凜の口から聞く仁の人間像はわたしとだいぶかけ離れているように思えた。

凜はふっ、と小さく笑い、

「いえ、そういうわけではありません。兄は体つきも細かったですし、武道をやっていたわけでもありませんから。ただ、相手からしたら、何をするか判らないような怖さがあったのだと思います」

「そういうお兄さんがいたんなら、心強かったんじゃないですか？」

すると、凜は苦々しさを表情に織り込み、

「心強かったというよりも、怖かったです。わたくしは、いじめっ子よりも兄の方が怖かったです」

何度も凜の口から怖かった、という言葉を聞くと、仁がどんな人間だったのか気になってくる。彫刻をやっていたと聞いたときは、温順な人を想像したのだが、そうではなく、現実と巧く折り合いのつけられない不器用な人間だということが判ってきた。

ちょうどわたしの目の前に広がっている長閑《のどか》な風景のように起伏なく話す凛は、どちらかといえば、激情型の仁とは正反対の性格をしているように思える。血を分けた兄妹とはいえ、性格にだいぶ違いがあるようだった。

わたしがそう告げると、

「そうですね。わたくしはぼんやりとしていましたけど、兄はいつも怒っていたような気がします。でも、たまにあそこの沼の跡に佇んでどこか遠いところを見ているときもあって、妹のわたくしにも摑みどころのない人でございました」

「お兄さんはあそこの沼の跡に何か思い入れでもあったんですか？」

何もない場所である。標柱がなければ、誰もあそこが二つも伝承があるとは思わないだろう。伝説は草木の緑に覆われてしまっていて、その破片を探し出すことすら困難である。仁は何を見ていたというのだろうか。それが気になった。

「兄は蛇神様を見たがっていたのだと思います」

「蛇の神様ですか。またどうして？」

「兄は幼い頃におかしな体験をしていました」

「どんなです？」

「兄が五歳のとき、原因不明の高熱を出して寝込んだんです。真夏だったのに、兄は何重もの布団の中でがたがたと震えておりました。もちろん、お医者様にも行ったのですが、原因が判らなくて……三日以上も意識がありませんでしたから、もうこのまま死んでしまうのかと、三歳のわたくしでも不安に思ったのを憶えております」

「それは大変でしたね。でも、お兄さんは回復したんでしょう？」

「はい。でも、そのきっかけが奇妙でした。薬を飲むわけでも、点滴を打ったわけでもないのに、急に治ったのです」

「それは不思議ですね。きっかけというのは何なんです？」

「兄は夢を見たそうです。何でも、白い大蛇が出てきて、兄の体に巻きついたそうです」

ぞくっと背筋に冷たいものが流れた。蛇が、特に白蛇が神聖な動物であることくらいはわたしでも知っているが、それが体に絡みついてくるのはやはり気持ちが悪い。想像するだけで寒気がする。

「かなり大きな白蛇で、テカテカとした鱗一つ一つまではっきりと見えたのだそうです。普通なら蛇に巻きつかれたら気持ち悪いと思うはずですが、何故かそうは思わなかったみたいで……。兄が不思議な気分でいると、大きな蛇は一言だけ、耳元で、お前を助けてやる、と云ったそうです」

「まさか、それで目が覚めたら治っていた、というんじゃないでしょうね？」

「そのまさかです。翌朝、すっかり熱は引いていて、兄は元気になったのです。兄は、あの蛇神様が悪い物を取っていってくれたんだ、なんて申していましたけれど。おかしな話でしょう？」

面白い話である。発熱で妙な夢を見るというのはよく聞く話だが、蛇に助けられるのは珍しい。まるで民話の世界だとわたしは思った。

「来る途中に諏訪神社があったのをご覧になりました？」

凛が唐突に話を変えた。そういえば、途中でそういう名前の神社の前を通ってきた。わたしは頷く。

「諏訪神社というのは総本山を長野県の諏訪大社とする神社です。各地にあるもので、諏訪信仰に分類される神社は全国に二千以上あるそうです」

「二千ですか。かなり広範囲で信仰されているんですね」

先刻見てきた諏訪神社の外観を思い出す。左右に流れた三角形の破風《はふ》には神社らしい風格があったが、規模はそれほどではなく、どこの田舎の片隅にもありそうな小社という印象を受けた。二千以上もある大規模な神社のうちの一つだとは思わなかったので、意外だった。

「祭神は建御名方神《たけみなかたのかみ》で、諏訪地方ではミシャグジ様という神様と同一視されることもあるそうです」

「ミシャグジ様というのは？」

建御名方神というのは聞いたことのある神様の名前だったが、ミシャグジ様というのは初耳だった。

「白蛇の姿をしていると云われている神様です」

それを聞いて、わたしはふと疑問に思った。

「建御名方神は蛇の姿をした神様でしたっけ？」

「いいえ。建御名方神は人間の恰好をした神様です。なので、本来は別の神様なのでしょう。けれども、現在では区別が困難なので、ごちゃ混ぜになっているというのが現状でしょう」

こういう類の信仰には不確かな部分が多い。諏訪信仰も様々な説が飛び交っているのだろう。

「話を元に戻します。兄はあの沼の跡に行くときには必ず、その前に諏訪神社に参拝していました」

「蛇という共通項がそこにあるわけですか。お兄さんはよほど蛇に執着していたんですね」

子供の頃の記憶が脳裏に焼きついて離れないのだろう。蛇に命を救われた以上、それを信仰するのも判る気がする。

わたしが納得していると、前方から銀色の軽トラックが走ってくるのが見えた。白く乾いた土が剥き出しの農道は、ガラガラと烈しい音で車が近づいてくるのを報せている。

わたしたちが端に避けると、すれ違いざま、軽トラックを運転していた白髪混じりの老人が凛を見て、車を停めた。どうやら、二人は顔見知りらしい。足の痺れが取れたのか、凛はわたしの肩から離れ、運転席の方へ向かった。
一、二分ほどの挨拶が終わると、どこかに土の匂いの滲んだ老人は、じっとわたしを品定めするかのように見た。よそ者に対する閉鎖的な視線というよりは、わたしを敵視する強いものである。
わたしがぺこり、と頭を下げると、老人は無言のまま、車をまた走らせて後方へ去って行った。

車がいなくなると、凛は右足を少し引き摺るようにして戻ってきて、

「今の人はたまにうちに野菜を持ってきてくださるのです。田舎というところは、家と家は遠いのですが、人と人は近いのですね。兄が死んだあと、わたくしのことをよく気にかけてくれて……悪い人ではないのですが……」

わたしが何も訊かないのに、言い訳のようにそんなことを云った。凛は老人がわたしに不躾《ぶしつけ》な視線を投げたことに気づいたらしい。そのことを謝っているような口振りだった。

それに気づいたわたしは、

「気にかけてくれる人がいるというのはいいことですよ」

とだけ云い、凛にまた肩を貸した。凛は、申し訳ありません、と謝り、わたしの肩に寄りかかりながら歩き始めた。

農道は大きく蛇行している。わたしたちはその道に沿って左へと曲がった。あまり車や人が通らないのか、下草がぽつりぽつりと白い道に緑色を添えている。湿り気のない乾いた道に生えているのに、やけに青々としていた。

「お兄の蛇への信仰はずっと続いていたんですね？」

「はい。兄は常軌の逸した行動をたびたび取るようになりました」

下駄が土に混じった細かな砂利に絡んで、じゃり、と音を立てる。その音だけがわたしたちを凛の家へと運んでいた。

「ランドセルには蛇のキーホルダーをつけてお守り代わりにしていましたし、部屋には蛇の絵や写真を飾っていました。どこからか蛇の抜け殻を拾ってきて、両親に怒られたこともありました」

「でも、小さい子供は蛇やトカゲといった爬虫類が好きですから」

しかし、凛は細い顎先を左右に揺らし、わたしの言葉をやんわりと否定すると、

「兄は単なる、蛇好き、ではありませんでした。蛇を信仰していたのです。蛇のキーホルダーも毎日寝る前にはピカピカに磨いていましたし、絵や写真にも毎朝手を合わせていました」

「本当に神様のように扱っていたんですね」

「神様以上だと思います。兄は仏様や神様を信じていませんでしたが、蛇だけは別でした」

「蛇を飼う、なんて云い出さなかったんですか？」

凛はふっ、と淡く笑い、

「兄にとっては蛇は神様でしたから。神様を飼うなんておこがましいと思ったのでしょう。蛇を飼う、ということは一度も口にしませんでした。それほどまでに兄にとって蛇は崇高なものだったのです」

狂信、とでも云えばいいのだろうか。ここまでくると確かに異常である。命を救われたのが余程影響しているらしい。

「それに、兄は蛇神様の祟りを受けておりますので」

「祟り、ですか？」

「はい。兄が小学五年のときだったと思います。飾っていた蛇神様の銅像を拭いていたときに、誤って床に落としてしまったのです。そのせいで蛇神様の尾っぽの部分が折れてしまって……その晩、兄はまた突然の高熱が出まして、意識不明に陥ったのです」

「蛇の祟り……なんですかね？」

「兄はそう申していました。夢に再び蛇神様が出てきて、次は命をもらう、と脅されたそうですから。

起きると、また熱は下がっていました」

像を傷つけてしまった罪悪感から見た悪夢だったとしても、不思議な体験であることには違いない。こんな体験をすれば蛇神様を信仰したくもなる。

「そういったこともありまして、そのうちに、蛇を祀《まつ》った神棚を自分で作るようになりました。兄が中学生のときです」

「中学生で神棚を自作ですか。すごいですね」

市販のものがしっくりこないと云って神棚を自作する人は意外と多い。しかし、それは大半が大人である。自分の手で神棚を作った中学生はそうはいないだろう。しかも、それが蛇のためなのだ。普通の中学生の感性ではない。

「お兄さんは彫刻をやっていたと云っていましたね？　もしかして、それで彫刻に目覚めたんですか？」

「多分、そうだと思います。神棚の出来が思いの外よくて自分の腕に自信を持ったのかもしれません。元々、器用な人でしたが」

そう云った凛は、小学校低学年のときに好きだったアニメのキャラクターのぬいぐるみを仁が作ってくれたという話をしてくれた。貧しかったため玩具《おもちゃ》は買えなかったが、そのぬいぐるみを持っていたお陰で寂しくなかったらしい。

「そのうちに、ぬいぐるみだけではなく、わたくしの服も作ってくれるようになりました」

「服？　服って、そういう和服ですか？」

「はい。和服、洋服問わず、です。わたくしは今まで自分で服を買ったことがありません。全部、兄の作ってくれた服を着ていました」

凜によると、仁は妹に綺麗な服を着てほしかったらしい。しかし、母子家庭には高価な服を買うだけのお金はない。そこで仁は洋裁を勉強し、自分で選んだ生地を買ってきて、睡眠時間を削って立派な服を仕立てた。しっかりとした生地を使っていたため、既製品との区別はほとんどつかず、他人に気づかれることはなかったという。それを仁が死ぬつい最近まで続けていたらしい。

一聴するとよい話のようだが、異常なものを感じる。経済的理由もあっただろうが、それ以上に仁は凜に自分の作った服を着せたかったのではないか、と思えてくるからだ。まるで凜を自分の人形のように扱い、着せ替えを愉しんでいたような気さえしてくる。生前の仁には会ったことがないが、凜を大切にするあまり、妹を自分の世界に閉じ込め続けていたような印象を受けた。

その影響からか、凜の考え方も少し奇妙である。今まで兄の服だけを着させられていたはずなのに、それを語る凜には恥ずかしがる様子がまったくなかった。仁の手の中だけで生きてきたため、おかしい、と思うきっかけがなかったのかもしれない。操り人形は操られているうちは自分の境遇に疑問を持たない。

わたしがそう思いながら歩いていると、不意に川の音が聞こえてきた。僅かに風が出てきたのか、微風がどこかの川の澄んだ漣《さざなみ》の音を流してくる。

「名もない川がそこに流れているのです」

すっ、と凜の白い指が前方を指した。視線を向けると、緑の裾が途切れていて、山の麓の形をなぞるように小さな川が流れている。

「そして、あそこがわたくしたちの家です」

川を背にして、白い家が建っていた。最初は平屋のように見えたのだが、よく見ると、ちょこんとプレハブのような小屋が一階の屋根にのっている。古民家を増築したものらしかった。

近づくと、意外と大きい家だということが判った。シラカシの生垣で囲まれた敷地は都会では考えられないほどに広大だし、一階がかなりの広さを持っている。ぱっと見たところ、五十坪くらいはありそうである。

家の前に着くと、わたしは思わず、

「大きなお宅ですね。ここでお兄さんと二人暮らしだったんですか？」

正直な感想を云った。兄妹二人で過ごすには持て余してしまうくらいの広さである。

すると、凜が理由を説明してくれた。

「実はわたくし、陶芸をやっておりまして……一階に作業場があるので広いだけです」

「陶芸、ですか。お兄さんといい、芸術家の血筋なんですね」

凜は右手を紙のようにひらり、と振り、

「うちはそういう家系ではありません。兄は才能があったかもしれませんけれど、わたくしの腕は大したものでは……。それに陶芸といっても、碗や皿といったものは作っていません。陶芸人形を趣味の延長上で作っているだけで……ようやく人様からお金を頂けるようになった程度です」

「そうなんですか」

「はい。わたくしが料亭を辞めてからの収入はほとんど兄頼りでした」

生垣の切れ目に少し苔むした屋根の庭門があった。大人二人が通れるくらいの狭い簡素な門だが、この景色にはよく合っているように見える。

「どうぞ、中へ。今日のお礼をさせてください。お話も途中ですし」

凛の手がわたしの肩から離れ、小さな下駄音で門を潜ると、わたしを招き入れてくれた。

中へ入って最初に目についたのは、家ではなく、祠だった。赤い三角屋根の祠があり、白い二本の紙垂《しで》が風を感じ取って微かに揺れていた。一メートルもないほどなので、さほど大きくはないのだが、やはり視界に入ってくる。

敷地内に稲荷を祀っている家はたまに見かけるが、見たところ、そういうものではない。普通は稲荷神の使いである狐の石像などがあるが、ここにあるのは、蛇のそれである。空へ伸び上っていこうとしている蛇の石像が二つ、祠の両脇に飾られていた。目や舌や尻尾だけではなく、鱗まで細かに彫ってあって、今にも動き出しそうな現実感がある。大きく口を開けた蛇の石像を目の前にしていると、あまりの威圧感に目が眩みそうだった。

わたしが顔を顰めたのに気づいた凛が、微苦笑しながら、

「兄の意見です。どうしても蛇を祀った祠がほしいと申しまして……祠は簡単に買えたのですが、その石像だけはなかなか見つからなくて。苦労しました」

「お兄さんはご自分で彫らなかったんですか？」

「さすがに木と石は勝手が違いますので。それに、醜い蛇の姿を彫るのは蛇神様に失礼だ、と申しまして……専門の方にお願いしました」

先刻までの仁の逸話の数々を聞いていると、納得する部分もあるのだが、やはり冷静に考えてみると尋常ではない。祠だけならばまだしも、特注で蛇の石像を作らせるのはどう考えてもやりすぎである。信者という言葉では足りないくらいの信心深さだ。

「兄は二言目には蛇神様蛇神様、でしたから。彫っていたのもほとんどが蛇神様でした」

「失礼ですが、蛇神様の木像はそんなに需要があったんですか？」

「意外にもありました。十万を越える木像が月に三、四体は売れていました。兄の腕は評価が高かったですが、蛇の形をした木像が次々と売れていくのは不思議でした」

実の妹である凛も意外なことだったらしく、しっとりとした声の中にも少し興奮が混じっているようだった。世の中には仁と同じように、蛇を信仰する人々が存在するということである。その事実にわたしは驚いていた。

玄関へと向かう途中、わたしは、おや、と思った。玄関の脇から二階の小屋に向けて、梯子のような細い階段が伸びている。手すりと屋根はあるものの、間に合わせのような粗末なものである。外気に晒されている金属製の階段は錆が浮いていて、全体的に赤く見えた。

「あれは？」

わたしが問うと、

「あれも兄の案です。二階のあの小屋は兄のアトリエ兼、生活空間でした。兄は食事を摂るときとお風呂とトイレ以外はあそこに籠っていました。世の中から切り離された神聖な場所でないと蛇神様は彫れない、と申しましてそうしたのです」

「お兄さんはなかなかの変人だったみたいですね」

「一般的に見ればそうかもしれません」

でも——、と凜は言葉を繋ぎ、

「わたくしにとっては血の繋がった唯一の肉親でしたから。いなくなってしまうと、妙に寂しく感じられます」

声音を暗くして凜はぼそり、と云うと、わたしに背を向けて歩き出した。奇人だったとはいえ、凜にとって仁は実の兄である。何の前触れもなく開いた穴は大きいのだろう。

祠と階段以外はごくごくありふれた家だった。庭に池があるわけでも、枯山水があるわけでもない。特に美意識なく松や桜が無造作に植えられているあたりは、兄妹が両方とも庭いじりに興味がないことを示している。桜は今がちょうど見頃なのか、満開になった華を枝先に抱え、樹は重たい物でも背負っているように見えた。

見事な桜なのだが、凜の目には珍しくないものなのだろう、その背は止まることなく、玄関へと向かった。田舎らしく鍵はかけていないようで、すんなりと戸は開いた。

家の中は門同様に簡素だった。入ってすぐのところに、樹に巻きついた大蛇を模《かたど》った大きな木像が置かれていたが、これまでの凜の話からして予想できたことだったので、さほど驚かなかった。

左手の方が畳敷きの居間となっていて、右手には凜の仕事場である工房が冷たそうなコンクリート打ちで広がっていた。わたしがそちらに目を遣ると、

「ご覧になります？」

居間に案内する前に、工房に通してくれた。

陶芸の工房というと、薪をくべながら火を熾《おこ》す大きな窯を想像するが、そういったものは見当たらない。

わたしがそう口にすると、凜は、銀色の冷蔵庫のような形のものを指差した。高さは九十センチ、横幅は七十センチくらいのものである。

「今は電気窯という便利なものがありまして」

「電気ですか。なるほど」

これくらいの大きさの電気窯ならば女性一人でも気軽に陶芸ができる。昔ながらの窯を使っている職人はいることにはいるが、今は電気窯やガス窯がだいぶ普及しているのだという。

その電気窯が窓際に置かれていて、部屋の中央あたりには椅子と轆轤《ろくろ》があり、近くの机の上にはタ

タラ板やらヘラやコテが転がっている。とりわけわたしの目を惹いたのは、白い物体だった。石像をちょうど真ん中から半分に割ったものがいくつか並んでいて、内部には模様のように様々な絵が刻み込まれている。

「あれは何ですか?」

「あれは石膏型です。よくできたものは、型を取っておくのです。そうすると、他にもほしい、というお客様がいらっしゃったときに、その型に粘土を押し込めば同じものが何体も作ることができますので」

「そういうものなんですね。知りませんでした」

わたしは感心しながら、石膏型に視線を這わせる。石膏型は二枚に分かれていて、それを合わせて一体の作品になるらしい。型なので出来上がりの形は想像するしかないが、童子や、法師や、猫らしきものが並んでいる。もちろん、蛇らしき型もあった。

「あの蛇はお兄からの要望ですか?」

わたしが茶化すように云うと、凛は特に声色を変えることなく、

「そうです。兄に作れ、と云われまして。これ一つ作るのに、一ヶ月以上もかかりました」

「一ヶ月以上ですか」

わたしが驚いた声をあげると、凛は頷いて、

「はい。兄の納得のいく陶芸人形を作るのは本当に大変でした。ここの蛇神様の曲がり方は不自然だ、

とか、顔の表情が俗物すぎる、だとか」

「云いそうですね、お兄さんなら」

わたしは笑い、工房の中に視線を走らせた。工房は過去に置き去りにされたかのようで、埃を纏っていてとても活気があるようには思えない。仁が死んでからの凛の生活を訊くまでもなかった。凛の言葉の代わりに、工房に染みついた静寂が彼女の暮らしぶりを語っている。あの沼地跡にいたときと同じで、凛はこの寂しい場所でずっと何もせずに生きていたのだろう。田んぼや草原の緑を見るように、工房に流れる孤独をただ眺めていたに違いない。

工房を出ると、わたしは小ざっぱりとした居間に通された。入った瞬間、ひんやりとした空気が頬を撫でた。陽射は強い色で斜めに畳を切っているし、気温も低くはないはずなのだが、空気だけが妙に冷たい。わたしは凛の寂しさがそのまま温度になっているのだと思った。

母親と仁を祀っている仏壇がある以外は何もないこじんまりとした部屋である。箪笥二つと赤茶の小卓があるだけなので、仏壇が異様に輝いて風景から浮いていた。部屋が閑寂すぎるせいか、畳や壁も朽ちて饐《す》えた匂いを漂わせているような気がした。

出された座布団に座ると、

「お酒でもお飲みになります？　わたくしも兄も飲まないのですけど、頂きものがいくつかあります」

凛は好意のつもりでそう云ってくれたのだが、わたしはそれを固辞した。脳裏を過去の事件が掠めたからだ。二回とも酒を飲んで事件に巻き込まれてしまった。二度あることは三度あるという。だとしたら、三度目は防がねばならない。これ以上事件に巻き込まれるのは御免だった。

凜は頑なに断るわたしを不思議そうに見ていたが、何か事情があると察してくれたらしく、緑茶を入れてくれた。酒よりもこちらの方が落ち着く。

茶と一緒に出された和菓子を菓子楊枝でつつきながら、わたしは本題に入ることにした。凜の怪我を庇ってここまで来たのは確かだが、歩きながら仁の話を聞いているうちに、その死の詳細を知りたくなっていた。

「お兄さんはいつ、お亡くなりに？」

凜は暖でも取るかのように湯呑を両手で包み込みながら、

「先月の二十九日です。季節外れの大雪の日があったでしょう？」

三月だというのに関東地方でも積雪があった日があった。わたしの記憶によると、東北地方は記録的な豪雪に見舞われ、一メートル近く積もった地域もあったはずだ。

「その日は未明から大雪でした。大粒の雪が空から滑り落ちるように次々と降っていて……」

「東日本は大雪でしたからね。ここも相当積もったんじゃないですか？」

凜は視線を湯呑に落としたまま頷き、

「わたくしが出かける頃には五十センチは積もっておりまして、雪の白い壁に鎖《とざ》されていました」

「出かける？　あの大雪の日にお出かけになったんですか？」

「はい。陶芸関係の親睦会がありまして。一泊二日の温泉旅行に田沢湖近くの温泉に出かけたのです」

田沢湖周辺には温泉が多く、わたしも数日前に行ってきたばかりだ。ここからだと電車で片道一時間以上はかかるだろうか。

「午前十一時くらいにここを出ました。知り合いが車で迎えに来てくださいました」

「そのとき、お兄さんは？」

「兄はいつも通りでした。七時に一階へ降りてきて朝食を摂ったきり、二階の自室に籠っておりました。出かける旨は伝えてありましたから、わたくしは夕飯と次の日の朝食を作って、冷蔵庫に入れて家を出ました」

「お兄さんはお昼ご飯は食べない人だったんですね？」

凛は首肯して、

「時間がもったいない、と申しまして、昼食は食べない人でした。ですので、わたくしは二食分を用意して、家を出たのです」

いかにも芸術家らしい話だ。食事の時間を削ってまで蛇神様を彫ることに情熱を傾けていたというわけである。

「聞いている限り、お兄さんは死ぬような感じではないのですが」

率直な感想を云うと、凛は視線を上げてわたしを見た。

「でも、次の日、三十日のお昼の十二時頃に帰宅したところ、兄は死んでいたのです。夕飯を食べた跡がなかったので、おかしいな、と思って二階に行ったのですが、兄はもう死んでおりました」

わたしは緑茶を飲みながら、

「死因は何だったんです？　病気ですか？」

「いいえ、彫刻刀で咽喉を刺して……警察では自殺、とされました」

「えっ」

意外な事実に声を漏らしてしまった。凛から訊く仁の人間像はとても自殺をするような人間ではない。

凛は静かに言葉を繋いだ。

「死亡推定時刻はわたくしが出かけた日の夕方、つまり二十九日の午後六時半から七時半の間らしいです。ちょうど、いつも兄が夕飯を食べる時間くらいでした」

「部屋の様子は？」

「小さな部屋は綺麗なものでした。わたくしはカーテンの閉まっていない窓から中を見て、兄が倒れているのを発見したのです」

「フィクションめいていますけど、誰かがお兄さんを殺したということは考えられないんですか？」

自殺よりは殺人の方がしっくりくると思ったわたしの口は、自然にそんな馬鹿げたことを訊いていた。

凛は首を小さく二度振り、

「警察もその可能性を調べてくれたのですが、どうやらそれはないようです。彫刻刀には兄の指紋しかなかったそうですし、争った跡もないようでした」

きっぱりと断言した。どうやら、仁が凛の不在の日に自室で自害したのは間違いないらしい。ただ、一つだけ大きな疑問が残る。

「遺書はありました？」

凛はまた首を二度振った。胸のあたりに垂れた黒髪が振り子のように規則正しく右と左に揺れた。

「遺書めいたものは何も……警察が散らかった部屋を隅から隅まで調べましたが、見つかりませんでした」

わたしは首を捻った。傍から聞いている分には仁には自殺の理由はないように思える。しかし、警察は自殺と断定した。どうして仁は刃を自分の命に引いたのだろうか。

自殺の理由には様々なものがある。仁のような激情型の芸術家タイプだったら、自分の能力の限界を感じて、命を断つことも考えられる。

「お兄さんは創作に詰まっていたのではないですか？」

しかし、凛は即座に否定し、

「そういう風には見えませんでした。定期的に作品は作っていましたし、評判もよかったです」

早くも仮説の一つが潰れてしまった。だとすれば、他の可能性である。あるとすれば、重い病を患っていて、それの苦しみに堪え切れずに自殺したのかもしれない。

わたしがそう訊くと、凛は意外なことを話した。

「兄はある病気に罹っておりました。脳血栓症を一度、発症したことがございます」

「脳血栓症というのはどんな病気なんですか？」

重病のような病名に、思わず身構える。

「動脈硬化が元で、脳の動脈内に血栓が形成されて血管が閉塞する病気でございます。兄は母が亡くなったあと、ちょうど四十九日の法要のときに倒れました。心労が溜まっていたのかもしれません」

「何か後遺症は残ったのでしょうか？」

「いえ、幸いにも。しかし、ワーファリンという薬を一日一回、必ず飲むことが義務づけられました。夕飯後、兄はそこに置いてある薬を飲んでいました」

凛の人差し指がわたしの背中の方にある茶簞笥を指した。縦に四つの引き出しがあり、その一番上に薬が入っていたらしい。

「それを飲まないとどうなるんです？」

「血栓ができて、それが脳に到達すると、死に至るそうです」

凛は平然とした口調で云った。あまりにもあっさりとした云い方だったので、わたしは聞き洩らしそうになった。小卓の表面に流れている午後の長閑やかな光の帯も、どこからか聞こえてくる雀の鳴き声も平和そのもので、仁の死があるとは思えなかった。わたしだけが仁の病気の重さについていけていない。

「その病気を苦にして自殺した、というわけではないんですか？」

　凛は決然とした口調で、

「それはあり得ないでしょう。兄はそこまで病気のことを気にしていませんでしたから」

「でも、毎日薬を飲まなければ死んでしまうほどの重病だったんでしょう？」

「確かに毎日の服薬が日課でした。確率は限りなくゼロに近いですけど、薬を飲まないと死ぬ可能性がありましたから。けれども、兄はそこまで深刻に病気を捉えていませんでした。薬さえ飲んでいれば安全ですから」

　絶望して死を覚悟するような病気ではないらしい。それに、伝え聞く仁の性格からして、病気を理由にして自殺するような人間ではないように思えた。仁が自殺するとすれば、もっと深い絶望だろう。破滅の深淵とでも云うべき、もっともっと深い闇が仁を自殺に追い遣ったとしか思えない。

「最近、お兄さんが失恋なされた、ということは？」

「いえ、兄は恋人どころか他人とほとんど接触がありませんでしたので」

「じゃあ、経済的に困っていたということは？」

「それもありません。お陰さまで兄の作品は売れていましたので」

「それなら、アルコール依存症だったとか？」

「先刻も申しました通り、兄はお酒を飲まない人でしたので」

「鬱病だったというわけでもないんですね？」

「はい。そういった病気は罹っていませんでした」

「ということは、お兄さんには自殺する理由がないということですか？」

「――」

わたしが問いかけた瞬間、凛が突然、口を噤《つぐ》んだ。あからさまに不自然な沈黙だった。

窓から入り込んだ光が畳に凛の影を流している。空には雲が漂い始めていて、陽光は黄金に輝いたり、翳ったりしている。黒い影が畳に膨らんだかと思うと、ふっと消え、数秒後にまた姿を現す。それが三回ほど繰り返された。凛は沈黙を守ったままなのだが、影の方は饒舌に何かを語っていた。凛の云えない何かを影が代弁しているように見えた。

その静寂にわたしは初めて凛に疑いを持った。凛はわたしに云えない重要な秘密を持っている――そんな気がした。

太陽が雲の群れを抜け、骨のような古い桟《さん》の間の窓ガラスから明るい光を客間に注ぎ込み始めたとき、凛がようやく口を開いた。

「兄の部屋をご覧になります？　そのままにしてあるのです」

わたしの問いかけには答えず、そんな風に話を逸らした。

死者の部屋に行くのは躊躇われたが、わたしは現場が気になっていた。仁の身に何があったのか。

その痕跡を見つけたいと思った。

わたしが見たい、と告げると、凜は立ち上がり、黒色の箪笥の方に向かい、引き出しから鍵を取り出した。仁の部屋のものらしい。

わたしは仁の部屋を見たら帰ろうと思ったので、お茶を飲み干し、ごちそうさまでした、と礼を云うと、トランクを持って凜の後ろについていった。凜はまだ足が痛むのか、静かな足取りで家を出ると、二階への階段を上り始めた。

階段は想像以上に狭い。大人が一人通れる程度の幅しかない。その上、段を上がるたびに、きぃきぃ、と金属が軋んで、わたしを怖がらせた。しかし、その古さが階段が一階と二階をしっかりと結びつけていることを示していた。錆が一種の接着剤のようになっていて、階段を頑丈に固定している。

「家の中から二階へは行けないんですか？」

凜の背に向けてわたしが問うと、

「はい。外からしか行けないようになっています。世俗とは離れた場所にしたい、というのが兄の希望でしたから」

世俗からはだいぶ離れている。こんな古ぼけた階段でしか世界と繋がっていないのだ。蛇神様に人生を捧げた男の生き場所としては相応《ふさわ》しかったかもしれない。

十三の階段を上ると、そこには小屋としか云いようのない部屋があった。二階建ての学生向けアパートがあるが、その一室だけを取り出して一階の上にのせたような素っ気ない造りである。

小窓があり、今は緑色のカーテンが引かれている。凜は薄っぺらい銀色のアルミドアの前に立つと、鍵を開けて、中へとわたしを案内した。鍵はシリンダー式のどこにでもある一般的なものだった。

　一階の居間はこじんまり、という印象があったが、仁の部屋は殺風景という言葉がぴったりだった。十畳ほどの部屋は絨毯が敷かれているものの、どこか牢獄を思わせた。ドアの向かいにある窓には遮光性のカーテンが引かれていて暗い。灰色に見える暗い部屋にはベッドや箪笥が置かれていたが、創作用の机と道具以外は何も意味を持っていないように思えた。壁には白蛇の写真や蛇神様の絵が飾られていて、そこの部分だけが目に騒がしかったが、灰色の部屋はやはり寒々しく見える。また、蛇神様の木像がいたるところに飾られていたが、主がいない部屋にあると寂しいだけだった。

「あそこの床に兄は倒れていました」

　部屋の中央あたりを指差す。

「鍵はかかっていたんですか？」

「いえ、かかっていませんでした」

「そうですか。なるほど」

　鍵がかかっていなかったということは他殺の可能性は充分にある。ただ、それは警察も疑ったはずだ。それなのに自殺と断定されたからには、有力な容疑者がいなかったか、いたとしてもアリバイがあったに違いない。

　しかし、凛の話を聞く限り、仁は他人とあまり接触していない。容疑者と呼べるのは妹の凛くらいだろうか。ただし、その凛には田沢湖に行っていたという、強固なアリバイがある。凛が犯人だとするとそれを崩さなければならないが、非常に困難なように思えた。恐らく、警察も他殺の疑いを持ち、凛を容疑者にして温泉旅行に同行した人に事情を訊いているはずだ。その上で自殺と判断したとなると、凛のアリバイは証明されたのだろう。

となると、やはり仁は自殺したのか。ただ、どうしても先刻の凛の沈黙が気になる。あれは何を意味していたのか。

わたしは仁の部屋の入り口に立ちながら考えを巡らせていたが、それらしい解答を見つけることはできなかった。仁の死が自殺だという確信も持てなかったし、かといって誰かに殺されたとも云えないような気がした。真相もこの部屋同様に灰色の闇の彼方だった。

三分ほど、わたしたちは無言のまま仁の部屋を見ていたが、やがて、

「そろそろよろしいでしょうか？」

凛がわたしの様子を窺うように云った。わたしは礼を云いながら頷く。これ以上、ここにいても新しい発見は何もなさそうだった。

また凛を先頭にして、階段を下りる。晴天に、カンカンカンという甲高い金属音が響く。仏壇にも部屋にも手を合わせることを忘れたわたしは、失礼だと思いながらも、そんな音で仁を弔おうとしていた。

一階に下りると、わたしは凛に今日の礼を云い、去ろうとした。来た道を帰れば一時間もしないうちにタクシーの通っている大通りに出るはずだ。今が何時なのかは知らないが、陽が西へと傾き、陽

射が夕刻へと翳り始めているのが判ったので、わたしは今日は市内に一泊しようと思っていた。

わたしがそう云うと、

「タクシーをお呼びしましょうか?」

家の中へ入っていく素振りを見せた。しかし、そうすると、タクシーが来るまでの時間を凛と二人きりで過ごさねばならない。その数十分が気まずいものに思えたわたしは申し出を断り、歩くことにした。

凛は、そうですか、と呟いたあと、何も云わずに頭を下げ返してきた。わたしも無言のまま凛に背を向けて歩き出そうとした。しかし、そのとき、

「あの……」

去ろうとするわたしの背中に凛の声がかかった。これまでに聞いたことのない、後ろ髪が引かれるような粘り気のある声である。わたしはその声に引き摺られるようにして振り返った。

「何でしょう?」

そう訊き返したのだが、凛は一瞬、狼狽《うろた》えるように目を泳がせたあと、

「いえ……何でもありません。ありがとうございました」

古い革のように強張った顔をして、わたしに礼を云った。怪我を介抱した礼だろうか、仁の話を聞いてくれた礼だろうか、それとも別の何かなのか――。あまりにも仰々しい頭の下げ方をしたので、わたしには礼ではなく、何かを懺悔しているように見えた。

その凜の礼に込められた深い意味を、わたしは数時間後に夢の中で知ることになる——。

※

大通りに出るとわたしはタクシーを捕まえ、宿を紹介してもらった。いかにも田舎にありがちな鄙《ひな》びた民宿である。民家をそのまま使っているような建物で、白地に黒で、こだま荘、と書かれた看板も錆が浮いていて、だいぶ古い民宿だということが判った。

敷地に足を踏み入れるなり、わたしは驚いた。庭先で水を撒いていたのが、先刻、農道ですれ違った老人だったからだ。二人同時に気づき、あっ、と揃って声を出してしまった。

わたしが凜の家から帰ってきたところだと云うと、今年で七十になるという老人は自己紹介を始めた。名前を銀二《ぎんじ》と云うらしく、奥さんのたえと二人でこの民宿をやっているらしい。銀二は接客には慣れていないらしく、ぎこちない笑みでわたしを建物の中へと案内した。

何でもない平日だけあって、客はわたししかいないようだった。八畳ほどの和室に通されたのだが、夕暮れ時だというのに聞こえてくる音はほとんど何もなく、部屋がやけに広く感じられる。用意してくれた浴衣に着替えて、一日の最後の光が流れてくる窓から小さな庭を見ていると、ふと、襖が開いた。

「失礼します」

染みというよりはそばかすと云った方がいいような、愛敬のある顔をしたたえが姿を見せた。普通は食堂で食事をするのだが、客がわたし一人しかいないため、どうやら、食事を部屋まで運んできてくれるらしい。

夕飯のときになったら運んできますね、と云って下がろうとしたたえをわたしは引き留めた。

「大友さんのうちとは昔から交流があるんですか?」

凛は銀二がたまに野菜を持ってきてくれると云っていた。たえも凛と知り合いかもしれない。

たえは春らしい桃色のエプロンを翻してわたしの方を向くと、

「大友さんちっていうと、凛ちゃんのところ? 知ってるも何も、わたしは凛ちゃんを孫みたいに思ってるわよ」

砕けた口調になった。一気に距離を縮められたのだが、不思議と嫌な感じはしない。

たえは入り口のあたりに足を崩して座り、

「凛ちゃんと初めて会ったのは五年くらい前かしらね。うん、ちょうど五年前の今頃だわ。近所のスーパーから帰ってくるときに、道の段差に躓《つまず》いちゃったのよ。それで足を捻っちゃってね」

そのときのことを思い出すように、右の足首あたりに手を遣った。

「運が悪いときって不思議よねえ。昼間だっていうのに誰も通らないの。あたしゃ、携帯電話なんてものを持ってないから、困っちゃってね。そのときに助けてくれたのが凛ちゃんだったのよ」

凛はすぐに携帯電話で救急車を呼び、病院までついていってくれたという。家にも電話を入れてくれたらしく、すぐに旦那さんが病院に駆けつけた。それ以来、この夫婦は凛と付き合うことになったらしい。

「あたしたちの息子はもう長いこと東京だし、孫がいるっていっても一年に一度会えるかどうかだしねえ。だから、凛ちゃんは孫みたいに思ってるのよ。あの人もそうみたいね」

わたしは数時間前の銀二の視線を思い出した。孫同然の女の隣に見たことのない男がいたら、それは驚くだろうし、どんな人間なのか観察してみたくもなる。あの不作法な視線にはそういう意味があったのだ。

「その凛さんのことですが、お兄さんのこともご存じですか？」

すると、たえは、渋柿でも食べたように顔を歪ませた。

「仁さん、だっけねえ。偏屈な人だったよ」

声色が変わり、不機嫌そうな口調になった。

「能面でも被ってるみたいに不気味な人だったねえ。いつも黒い服着てて。こっちが挨拶しても返してこないんだ」

「そんなに無愛想な人だったんですか？」

「ああ。とても凛ちゃんと血の繋がったお兄さんだとは思えなかったねえ。死んだ人のことを悪く云うのはよくないと思うんだけども、あの人は好きになれなかったわ。凛ちゃんもあの人さえいなかったらいい人のところに行けたのにねえ」

たえの云い方には棘がある。仁が無愛想な人間だけだったら、こんな風に云わないだろう。何か事情があるようだった。

それとなくわたしが訊くと、

「一年くらい前かねえ。凛ちゃんに結婚話が持ち上がったのよ」

「相手はどんな人だったんです？」

「市内で不動産会社をやってる若社長よ。凛ちゃんの作った陶芸人形を気に入って買ってくれてね。その人と凛ちゃんがいい仲になったのさ。あの頃の凛ちゃんは綺麗だったわ。やっぱり恋をしているときに女は一番綺麗になるんだわ」

「はあ。そういうものですか」

「そうよ。だって、いつも和服の凛ちゃんが初めてスカートを穿いたんだから。白い百合が咲いたスカートでね。たまたまデートの日だったのかね、あたしが驚いていたら、恥ずかしそうに、初めて買ったんです、なんてしおらしいことを云ったのよ。わたしも嬉しくなっちゃってね」

たえは勘違いをしている。凛はスカートを初めて買ったのではない。いや、スカートを買ったのも初めてだろうが、洋服を買うこと自体が初めてだったのだ。それまで仁の作った服だけを着ていた凛が、二十数歳にして初めて自分の意志で洋服を買ったのである。凛の人生にしたら、一大事だ。だから、わたしはそのことを聞いて驚いた。

「お化粧もきちんとするようになったし、髪も少し切ったりしてね。あの頃の子って、たった数ヶ月でも変わるもんなのよね。みるみるうちに可愛くなっちゃって。それまでは地味な子っていう印象だったけど、垢抜けていってね。やっぱり、人を変えるのは恋愛なのかねえ」

たえが声を弾ませて語る凛は、今日会った凛とはまるで別人である。今との一番の違いは、凛の感情の豊かさだと思った。わたしと話していたときの凛は微笑はしていたが、それは単なる筋肉の変化であり、感情が籠っていないように見えた。仁について語っているときも、深い慟哭や、やるせなさが顔に出ることはなく、まるで空っぽな人形のようだった。それなのに、たえの声から想像する凛は生気に満ち満ちている。人並みの幸せを夢見て、恋愛に憧憬《あこがれ》を抱く普通の女である。それがわたしには信じられなかった。

「凛さんの変化はその若社長と付き合い始めたあたりからだったんですね？」

念を押すように訊くと、

「ああ、そうさ。本当に生き生きとしてたね。こう、表情も柔らかくなったし」

たえは自分の頬を両手で摑んでみせた。

「艶《つや》っていうのかねえ。髪も肌もぴかぴかしてて。ありゃあ、間違いなく、この街で一番の別嬪《べっぴん》さんだったわ」

「だった？　今の凛さんはどうなんですか？」

わたしがそう訊いた瞬間、たえは声と一緒に弾ませていた体の動きを止め、首を捻った。

声のトーンを落として、

「正直な話、見てて辛いね。今の凛ちゃんは心が死んじまってる」

「どうしてそうなったんですか？　結局、若社長との件はどうなったんです？」

「破談だよ、破談」

乱暴な口調になって云い棄てた。

「どうしてですか？」

たえは白いものが混じった眉を寄せて、険しい表情になり、

「仁さんのせいさ」

その名を出すのも嫌そうに云ったあと、経緯《いきさつ》を説明し始めた。

たえによると、その彼氏は一度、凛の工房を訪ねたのだという。それまでは家以外で会うことが多かった二人だが、結婚を視野に入れていたこともあり、仁に紹介しようと思ったのだろう。だが、凛が恋人を紹介するなり、仁は鬼のような形相になって、彼氏を殴りつけた。倒れた彼氏に対して、仁はさらにどこからか取り出した彫刻刀を握り締め、俺から妹を奪うようなら殺す、と啖呵を切ったらしい。何とか凛が間に入り、彼氏は逃げるように帰っていった。

「でも、それくらいじゃ諦められないわよね。数日後、若社長が凛ちゃんのところにまた行ったらしいんだけど、仁さんが待ち受けててね。二度と会わないことを誓うっていう、誓約書を脅されながら書かされたらしいのよ。さすがにそれで参っちゃったみたいでね。破談、となったわけさ」

深い溜息とともにたえが語り終えた。たえは凛から聞いた話や噂話を混ぜ合わせて誇張気味に語っ

たのだろうが、それにしても仁の仕打ちは酷いものがある。仁が凜を大切にしていたことは知っていたが、ここまで歪んだ愛情を持っていたとは知らなかった。

凜は仁の溺愛の檻に囚われた小鳥のようなものだったように思える。凜は恋人の力を借りてその醜悪な檻から逃げ出そうとしたのだが、仁はそれを許さなかった。仁は凜の羽をもぎ、永遠に自分の手の中で過ごさせようとしていたのだ。そのせいで凜は青春から見棄てられたのだった。

思えば、凜の人生は仁に支配されたものだと云えよう。小中学校の頃に仁は凜をいじめから救ったらしいが、本質は別にある気がした。仁が本当に許せなかったのは、いじめではなく、自分以外の手が凜に伸びたことなのではないか。凜の人生を左右していいのは自分だけだ、と仁は思っていたような気がする。服に関してもそうだ。自分の作った服だけを妹に着せ続けたのは異常としか云いようがない。

けれども、それを二十数年に亘って受け入れ続けた凜の心にも歪《いびつ》さを感じる。いくら見る世界総てが兄の手によるものだったとしても、反発くらいはするものである。しかし、そういう感情が湧かなかったのか、それとも押し殺してきたのか、凜は仁と一緒に生きてきた。そのことを考えると、あの兄妹の関係は相当屈折していたことが判る。歪んだ兄妹愛である。

しかし、それが矯正される日が来た。それが仁が死んだ日である。わたしは、人生の幸せな節目となるはずの結婚を妨害されて、凜の中で張っていた糸がぷつりと切れたのではないかと思った。その結果、二十五年間溜め続けた兄への憎悪が殺意となって現れ、それが命を奪ったのではないか。云ってみれば、操り人形が自ら糸を切り、操っていた人間に反旗を翻したのが今回の事件なのではないかと思ったのだ。

「仁さんが亡くなった日ですけど、本当に凛さんは旅行に行っていたんですか？」

凛が仁を殺したとすれば、このアリバイを崩さなくてはならない。

たえはわたしの考えを読んだのか、

「凛ちゃんを疑っているんかい？ そりゃ、これだけの酷い仕打ちをされれば殺したくもなるだろうけど、それはないよ。仁さんが死んだ日、凛ちゃんは確かに田沢湖のホテルにいた。それは一緒に行ったたくさんの人たちが証言しているからねえ」

「少しでも抜けた、ということはないんですか？」

「ないらしいね。そりゃ、トイレとかで数分抜けることはあっただろうけど、長時間いなくなることはなかったと聞いてるよ。田沢湖からここまでは電車でも車でも一時間以上はかかる。そんなに長時間、席を外したら、さすがに他の人たちに怪しまれるよ」

「そうですか」

凛のアリバイは完璧のようだった。僅かな疑いをも許さないほどの強固なアリバイである。

いや、死亡推定時刻をずらす、というのはどうだろうか。凛は旅行に出る直前、つまり二十九日の午前中に仁を殺し、何らかの細工をして死亡推定時刻を半日ずらした。そう考えれば凛のアリバイは崩れ去る。

ただ、それはあまりにも常識からかけ離れている。数時間の誤差ならばまだしも、半日である。死体を温めたり、冷たくしたりで死亡推定時刻をずらす、という方法をドラマなどで見かけることはあるが、さすがに非現実的だ。今の検視能力は高いと聞く。そんな方法では警察の目を欺けないだろう。だとすれば別の方法だ。ありがちなトリックとしては、仁を田沢湖近くに呼び出しておいて、死亡推定時刻あたりに殺し、隠しておく。そして、遺体と一緒に帰宅して、二階の一室を現場に仕立て上げる。ただ、この方法を使ったとしたら、凜は自分の車を使わなければならない。そんな様子はないし、何よりも警察が死体移動を見逃すはずがない。

難しい顔をしているわたしに、たえが、

「凜ちゃんが人殺しなんてするもんか。いくら仁さんを恨んでいたとしてもね。そんな恐ろしいことをするような子じゃないよ」

そう云って、この話を終わらせると、立ち上がって部屋から出て行った。いつの間にか陽足が畳に長く伸びている。もう夕食の時間らしかった。

テレビはあったが、とても観るような気分にはなれず、山の端を滲ませながらゆっくりと沈んでいく夕陽を眺めながら、凜と仁の死について考えていた。しかし、何も新しいことは思いつかなかった。凜が唐突に見せた奇妙な沈黙とたえから聞いた話から、わたしは仁の死が殺人だったのではないか、という考えを持ち始めていた。しかし、そこにはアリバイという現実的な問題が横たわっている。凜はどうやって時間を越えて仁を殺したのか。いくら考えても、頭は蜘蛛の巣を複雑に張り巡らせるだけだった。

窓から見える庭が夕闇に包まれた頃、たえが夕飯を運んできてくれた。小さな卓にはこのあたりで採れた山菜の天ぷらや、山女魚《やまめ》の塩焼き、自宅の畑で収穫してきた菜の花の和え物などが並んだ。どれも春らしくて、目に嬉しい。さすがに高級料亭の味ではないが、それでも親しみのあるもので、わたしは好感を持った。

ここでも酒を勧められたが、何とか断り、風呂を頂いたあと、わたしは愛読書の一つである有栖川有栖の『双頭の悪魔』をパラパラと読んだあと、九時くらいには床に就いた。もちろん、事件のことを考えながら、である。今回も夢の中で解決を見つけられるのではないか、という淡い期待があった。

※

一旦、意識が途切れた次の瞬間、わたしの予測通り、いつもの夢が始まった。わたしを取り巻いているのは白い闇である。相変わらずの白がわたしの視界を覆っていた。三度目ともなると、もう慣れてくる。不安もなければ怖さもない。これは奇妙な夢であり、わたしに備わったおかしな能力なのだ。

何が現れるかと思っていると、そこに映し出されたのは、意外なことに、凛と初めて会ったあの場所に立っていた標柱だった。夢の中だというのにやけに明瞭に「法釈坊とお雪ヶ沼」と書かれている。

これが事件を解く鍵なのか。蛇と坊主、そしてお雪という美女が事件に関係しているのだろうか。

しかし、わたしは何も閃《ひらめ》かない。

そうすると、次に凜の工房で見た、蛇神様の石膏型が目の前に出てきた。二枚で一つの、あの石膏型である。同じ色をしているはずなのに、背景には溶け込まず、蛇神様の形が彫られた石膏型はわたしに迫ってくる。しかも、二つ、三つ、四つと、何故か次第に数が増えていく。

悪夢に魘《うな》されているような気分になった。わたしは仁とは違い、蛇に信仰は持っていない。そういう人間にとってはぬるぬるとした気持ちの悪い感触を思い出させる蛇は苦痛でしかない。

消えてくれ、と思っていても、無数の蛇の石膏型は増え続ける。視界がそれでいっぱいに埋め尽くされたときになって、ようやく、ふっ、と総ての石膏型がいなくなった。

すると、再び、標柱が目に入ってきた。今度はやけにお雪の文字が強調されている。その箇所だけがやけに黒く浮き立っていた。

お雪——雪？

そういえば、事件の日は大雪だった。その雪が事件に関係しているのか？

蛇神様、雪——。この二つを繋ぐ線は？

そう思った瞬間、わたしの頭に恐ろしい一つの想像が生まれた。あまりにも突拍子もない想像だったが、徐々に現実味を帯びてきて、わたしの頭を占領した。

わたしは今まで思い違いをしていた。凶器は彫刻刀ではない。雪だったのだ。凜は雪を使って仁を殺したのだった。

謎を解く鍵は三つだった。一つは仁が蛇神様に執着していたこと。二つ目は仁が毎日ワーファリンを飲んでいたこと。そして、三つ目はあの日が大雪だったことだ。

その三つから導き出される答えは一つしかない。凛はあることをして、仁を二階に閉じ込めたのだ。つまり、仁がいつも通りに朝食を摂った朝七時から、凛が家を出た十一時までの間に犯行はなされたのである。その結果が、二十九日の夕方の仁の死へと繋がっていた。

凛の行ったことはそれ自体は犯罪でも何でもない。ただ単に、一階から二階へと続く階段にある細工をしたのだ。そうすることによって、仁を殺すことができる。魔術、とでも云えばいいのだろうか。そんな悪しき魔術を凛は使ったのだった。

二十九日の夕方、仁はいつも通りに夕飯を食べに、そして、一日一回飲むことが義務づけられている薬を飲みに、一階に下りてきた。いや、そうしようとした。けれども、それはできなかった。何故ならば、二階から一階へと通じる階段が使えなかったからだ。凛が行った非道な行為によって、仁は一階に下りることができなかったのだ。

階段を外した、とか、二階の部屋に閉じ込められたわけではない。そんなことをしたら、警察に痕跡を指摘されてしまうだろう。だからこそ、凛は仁に対し心理的に階段を使えないようにしたのだった。

凛がしたことは単純である。石膏型を利用して蛇神様の雪像を大量に作り、一階と二階とを結ぶ階段のそれぞれの段に置いたのだ。

仁は蛇神様の妄信的な信者である。雪像でできた蛇神様に触ることはできない。階段が完全な野晒しで、雪像が雪塗れになっていたならばそれを蛇神様だと思わずに避けることができただろうが、あそこの階段には屋根があった。それが仁にとっての不幸だった。

凛が雪像を置いたときにはしっかりと雪で固められていたため、崩れることはなかっただろうが、仁がそれらを目の当たりにしたのは夕方である。いくら大雪が降ったとはいえ、昼から夕方にかけては気温が朝よりも上がっていて、雪像は崩れやすくなっている。一度、蛇神様の像を毀損《きそん》して恐ろしい目に遭っている仁からすれば触ることなどできなかったはずだ。わたしたちのような普通の人間からすれば、雪像を壊して一階へ下りることができるが、仁の信仰心が蛇神様の形を崩すことを許さなかった。だから、仁は蛇神様の雪像をどかすことができずに一階へ下りることができなかったのだ。

いや、こういう云い方は正確ではないかもしれない。雪像を置いたのが見知らぬ誰かだったら、仁は時間をかけてでも慎重に雪像を運んで一階に下りるという選択肢を選んだかもしれない。けれども、階段に並べられた数十体の蛇神様の雪像には凛のメッセージが込められていた。一階に下りてきて薬を飲むことは許さない、という凛から仁へと宛てた冷徹なメッセージである。仁はそれに深く絶望した。

最愛の妹が自分の命の終わりを望んでいる――。

その意を汲み取ったからこそ、仁は自らの命に彫刻刀の切っ先を突き立てたのだ。それこそが凛の狙いだったのだろう。それは、歪な愛情の鉄格子に囚われ続けていた小鳥が見せた、初めての爪だった。それだけに仁の心は大きく揺れたのだろう。実際に言葉として出されたら受け流すことができたかもしれないし、ワーファリンを隠されただけだったら仁は死を選ばなかっただろう。けれども、階段いっぱいに置かれた蛇神様の雪像がどんな言葉よりも残忍に仁に死を促していた。

雪は白い。蛇の中でも特に神聖なものとされる白蛇の形を取った像たちは、鮮烈とでも云うべき烈しい色で仁の目を射抜いたのだ。仁は自分の咽喉に彫刻刀を刺すことに何の躊躇いもなかっただろう。溺愛した妹から届いた最初で最後の復讐。失意の底に沈んだ仁は、人生に幕を下ろすしかなかった――。

※

翌朝目を覚ますと、薄っすらと障子に滲んだ曙光の中で、雪像の幻がわたしの視界で漂っていた。証拠など何もなかったが、確信はあった。凛の不自然な沈黙の意味がようやく判ったからだ。あれは他人に自分の罪を知ってほしい、という我儘な静寂だ。しかし、自分が兄を殺したと喧伝するわけにはいかない。人に暴かれることが凛の望みなのだ。だからこそ、わたしは今日も昨日と同じ、あの沼跡に行こうと思った。

雲一つない青空だった。白い標柱のあたりまで行くと、凛が相変わらずの暗い色をした着物を纏って、影のように佇んでいた。着物の裾は下草に掬われていて、その部分だけが緑色に見える。しかしそれ以外は、喪服のような悲しい黒だった。

わたしは凜が必ず来ると判っていたので、さして驚かなかった。凜の方もまったく動じずに静かな目でわたしを見守っている。

無言で近づく。近くで見ると、凜の着物が昨日とは若干違うことに気づいた。似た紺色の紬を着ているのだが、柄がほとんど見えないほどに色が濃い。あまりにも濃いので、本物の喪服かと見紛《みまご》うほどに黒かった。もしかしたら、凜は仁の死んだ日から、色の暗い着物を選んで着ているのかもしれないとわたしは思った。誰にも云えない自分の罪を、着物の色で周囲に告白しているのだ。

二十五年同じ部屋で同じ顔を見続けて同じ生活をしてきた二人には、どこか壊れたものがあった。兄がせっせと服を作り、それを二十歳を過ぎた妹が喜んで着るなどというのはどう考えても奇怪である。仲のいい兄妹、という枠を超えた異常性を帯びている。ただ、二人ともそれをおかしいとは思っていなかった。凜が初恋をするまでは。

初めて兄以外の男に心を開いた凜は、ようやく普通の女に戻った。自分で好きな服を買い、愛する男のためにオシャレをする。その普通のことをやっと凜もし始めたのだった。けれども、そうすると、仁の存在が途端に障害となってくる。ちょうど騙し絵のように、兄妹愛は反転し、愛情は憎悪へと変わった。そして、それは殺意へと昇華したのである。

いや、凜もこんな終焉は望んでいなかったかもしれない。二階から降りられなくなり、薬が飲めないことによって仁が少しでも苦しめばいいと思っただけかもしれない。明確な殺意ではなく、ささいな仕返しの一つだったのかもしれない。けれども、結果的に仁は妹の悪意に絶望し、自ら命を断ってしまった。

心のどこかでは願っていたとはいえ、死という現実の重さは凜の想像を超えていた。仁が死んだことによってようやく人生の曙《あけぼの》に立ったはずなのに、自分の気持ちを予測できなかった凜は罪悪感という陥穽《かんせい》に落ちていた。後悔の念から逃れることができず、凜は毎日、この場所に足を運んでいるのだろう。凜は一度切った糸をもう一度、今度は仁の亡霊の指先に結び直し、再度操り人形になったのだった。

しかし、凜は人形になり切れていない。人形が動揺などしてはいけないのに、凜の心は仁の死を受けて揺れ動いている。わたしに自分の罪の一部を明かそうとしていたのが何よりの証拠だ。わたしは昨日、別れ際、凜が何かを告げようとしていたのを思い出していた。

「その服はお兄さんを悼んでいるんですか?」

凜は何も云わない。視線はわたしを捉えているのだが、何も語ろうとしない。

わたしは続けて、

「そうでないとしたら、自分の罪をわたしに見せているのですか? だとすれば、それは届きました。ようやく凜さんの云いたいことが判りましたよ」

わたしが云うと、凜は僅かに瞳を揺らした。細い指が行き場所を求めるように、着物の袖口をなぞっていた。こんな細すぎる指が仁を死へと追いやったことが信じられなかった。

凜は何も喋らない。何も云わずにわたしを見ているだけだ。

「帰宅してからすぐにあなたは、お兄さんが夕飯に手をつけていないことと薬を飲んでいないことを知ると、総てを悟った。そして、階段に置かれた雪像をどかした。雪で作られた蛇神様は簡単に処理できますからね。積もった雪の中に投げてしまえばいい。そうしたあとで、あなたはお兄さんが死んでいるのを確認して、警察に連絡したんですね？」

凜はわたしの言葉に無言を返してきた。昨日の妙な沈黙からして、凜は嘘を吐くことができない人間だ。だからこの静寂は、わたしの云っていることが正しいということを意味していた。沈黙が続けば続くほど、凜の生きてきた二十五年の生真面目さと、それを一瞬で崩壊させてしまった罪の黒さが生々しい姿で浮かび上がってくる。

人は正直であるために嘘を吐き続けるが、凜は沈黙を続けることで正直者であろうとしているのだろう。しかし、わたしにはその沈黙が辛かった。違う、と普通の犯罪者のように嘘を吐いてくれた方がまだよかった。

静寂が続き、さわさわと草木を撫でる風の音だけがわたしたちの間を流れた。その風が凪《や》み、総ての音が消えたとき、凜は不意に謝るように項垂れた。ふわ、と若々しい嵩《かさ》のある前髪が簾《すだれ》のように顔にかかり、それに隠れた目からボロボロと涙が零れ落ちた。いくら東北の地とはいえ、景色にはもう雪の名残りはない。しかし、凜の体の中には雪に似た冷たいものが根雪のように残っていて、それがようやく溶け始めて涙を流させているのだとわたしは思った。

地面を濡らす涙は、それまで雪のように真っ白だった凛が、わたしに初めて見せる感情の発露だった。時間が止まったかのように、あたりは静かである。その静けさに、わたしは声にならない凛の泣き声を聞いていた——。

道行4　首なし地蔵と首なし死体

全国に首なし地蔵は多々あるが、そのほとんどは明治初期の廃仏毀釈による民衆の暴挙の結果である。つまり、首なし地蔵に纏《まつ》わる呪いだの、祟りだのといった不吉な話は嘘が多く、何の根拠もないことが多い。ただ、中には祟り、としか云いようのないものがある。山形県鶴岡《つるおか》市の下山添《しもやまぞえ》にある、修理《しゅり》塚《づか》はその一つだろう。

この修理塚は悲劇の武将、最上義康《もがみよしやす》を弔ったものであるが、彼の無念は消えないのか、修理塚を作ったその晩、一夜にして地蔵の首が折れたらしい。その後、何度か首を据えても首が落ちるので現在では『首なし地蔵』と呼ばれている。

しかし、これだけでは祟りとは呼べない。数百年も前の悲劇を恐れるほど現代人は敏感ではないし、非業の最期を迎えた武将の終焉の地にこの手の噂話が立つことはよくあるからだ。世間が慄《おのの》いたのは、この修理塚で実際に恐ろしい事件が起こったからである。その事件があまりにもおぞましいものであったために、人々は義康公の祟りだと噂したのだった。一つの幼い命が散った事件は思わず祟りと云いたくなるような惨たらしいものであり、それ故に犯人が捕まったあとも好事家《こうずか》たちの間では『首なし地蔵事件』と名づけられ、今もインターネット上を亡霊のように漂っている——。

※

山形駅のホームは人でごった返していた。ゴールデンウィークのせいなのか、日曜日のせいなのか、それとも元々混み合う駅なのか、一旅行者であるわたしにはよく判らなかった。家族連れもいれば、大学生らしき団体もいる。日曜日だというのに、出張で来ているらしいスーツ姿のサラリーマンもちらほら見かけた。案外、交通の要所なのかもしれない。

黒いトランクを抱えながら改札を潜ると、名物であるさくらんぼや蕎麦のイラストがのんびりと構内を飾っていた。ピンク色が目立つイラストになっていて、人混みの中にあっても華やかさがある。ここに来るのは初めてだが、何故か、山形らしいな、とわたしは思った。

しかし、一歩、駅から出てみると、景色は一変した。廃れている、といっては失礼かもしれないが、構内にあった地方独特のよさのようなものが、チェーン店の看板やカラオケ屋の垂れ幕によって台無しにされている。すれ違う人々は山形の訛りで喋っているのに、街自体が方言を話していない気がした。東京や大阪といった大都市のような、ごちゃごちゃとした風景であり、その中にあると、さくらんぼを売っている果実店や、山形蕎麦を扱っている個人店までもが埋没してしまい、街には山形らしさがない。街が方言を矯正させられ、標準語を喋っている。潰れたままになっている中古ＣＤ屋と、寂れたラーメン屋がやけに悲しく映った。

駅の構内に戻り、わたしは観光案内所へ足を向けた。駅前をふらついていれば何か面白そうなものがあるかもしれないと思ったが、都会の空気に均され、逆に廃れている風景を見て、すっかり探す気持ちが萎えてしまった。徒歩で探すよりも、バスなりタクシーなりを使って、山形らしい場所へ行った方がいい。

オレンジの壁をした観光案内所へ行き、入り口の前のパンフレットを見ていると、中にいた二十代くらいの若い女性が、にこり、と笑った。一目見て、わたしが観光客だと判ったらしい。悪戯《いたずら》を見つかってしまった小学生のような気分ですごすごと中へ入ると、年配の女性がもう一人現れ、わたしに丁寧に観光名所を案内してくれた。二人は口を揃えて、もう少し早く来たなら霞城《かじよう》公園の桜が見事だったんですが、と残念そうに云った。どうやら山形でも随一の桜の名所らしく、四月中旬から下旬にかけては約千五百本の桜が競うように咲き誇るらしい。爛漫たる様子は実に見事で、今年も多くの観光客が押し寄せたとのことだった。

今はちょうど葉桜が綺麗な頃ですよ、と年配の女性が薦めてくれたが、あまり人の多い場所には行きたくないというのが本音だった。蜉蝣を追いかけて始めたはずの、静かな死への旅だったはずなのに、わたしはもう三回も他人の人生に足を突っ込んでしまっている。もう騒々しいのは嫌だった。

それとなくそう云うと、二人の女性は不思議そうに顔を見合わせたあと、

「それじゃあ、あまり人が行かないような観光名所を……」

と云い、パンフレットを探し始めた。どの冊子も、桜の花や、温泉といった写真が優等生のような綺麗な恰好で写っている。そういった品行方正な場所はなるべく避けたかった。

するとわたしの目がある文字を拾った。

「この、修理塚と首なし地蔵堂っていうのは何ですか?」

訊くと、若い方の女性は初めて聞くような顔をした。隣にいた年配の女性も眼鏡をかけながら、パンフレットに目を落とす。

「ああ、最上義康の……」

「有名なところなんですか?」

年配の女性は眼鏡を外しながら、難しい顔をして、

「有名といえば有名ですけどね。山形を治めていた最上一族の一人が供養されているんですよ」

そう云ったあと、昔の記憶を掘り出すようにゆっくりと最上義康について語り始めた。

義康は天正三年に山形城主、最上義光《もがみよしあき》の嫡男として生まれる。最上の名を継ぐに相応しい英明な人物であり、その芽は少年時代に既に芽生えていたらしく、出羽各地の戦に出陣し、着実に武功をあげていた。

やがて、義光が寒河江《さがえ》氏を滅ぼすと、その領土を受け継ぎ、天正十六年、一五八八年には豊臣姓を

下賜された。父、義光が豊臣秀次《ひでつぐ》の謀叛に協力したとして豊臣秀吉から嫌疑をかけられた際には、赦免を願い祈禱を行って父を感激させたという逸話もあり、親子関係も良好だった。また、関ヶ原の合戦では、上杉軍から射撃を受けて窮地に陥った父を救ったとされていて、二人は極めて仲のよい親子だったらしい。ここまでは順風満帆な人生だったと云えよう。

しかし、家臣の中には次男である家親《いえちか》を推す声も多く、次第に雲行きは怪しくなっていく。家親派の家臣たちはいくつかの事実を曲解して義光に伝え、親子仲を悪化させようと試み始めたのだ。

さらに決定的だったのは、時の権力者である徳川家康の存在である。家親が江戸で家康の近習《きんじゅう》をしていたこともあり、慶長七年、一六〇二年に義康はついに正式に廃嫡されてしまう。

家督を継ぐことができなくなった義康をさらなる悲劇が襲う。父母の菩提を弔うように命じられてしまうのだ。義康が向かわされた先は山形から遠く離れた高野山だった。相当遠い場所への退去は、山形城への帰参を許さないことと同義だった。

その道中、従者数十人しか連れていなかった義康は戸井半左衛門《といはんざえもん》らの集団に襲われる。戸井らは自分たちに不都合が出るために義康の暗殺を企てたとされているが、真相ははっきりとしない。襲撃を受けた義康は、現在の地蔵堂付近にて自刃。最上家の将来を背負って立つと云われ、領民たちからも『優しい次代様』と愛されていた男の幕切れにしては寂しい最期だった。享年は二十九だったと伝えられている。

義康の最期の地となった場所に住んでいた村人たちは、修理大夫義康《しゅりのだいぶよしやす》と従者を憐れみ、この場所を

『修理塚』と名づけ、手厚く葬った。しかし、義康の無念は消えないのか、不可解な現象が起きる。村人たちは赤い腹巻を付けた地蔵二体を安置し供養したのだが、一夜にして地蔵の首が折れたのだ。その後、何度か首を据えても首が落ちるので現在では『首なし地蔵』と呼ばれているらしい。

乱世にはよくある話かもしれない。だが、わたしは義康の人生が気になった。父親に裏切られ、弟に敗北し、死にも似た虚無へと向かう途中で本物の死を迎えてしまった義康の人生に、わたしは憐みを抱いていたのだった。朽ち木が折れるような酷く寂しい最期に同情したとも云えるし、死を意識して旅をしている自分と重ね合わせている部分もある。

わたしがそこへ行きたい、と云うと、二人は驚いたような顔をして、本当に行くんですか、と訊ね返してきた。どうやらこの地蔵堂では、一年に一度だけ門が開かれて地蔵が公開されるらしいのだが、その日はもう過ぎてしまっているらしい。ただ、二人が地蔵堂を薦めない理由は他にもあるらしかった。

「あんなことがあった後ですしね……」

若い方の女性が歯切れの悪い声で云った。年配の女性も目を伏せてその言葉に頷いた。

「何かあったんですか？　今は観ることができないんですか？」

わたしが訊ねると、年配の女性が白いものが混じり始めた髪を耳にかけながら、

「いえね。少し前に事件があったんですよ」

言葉を濁した。観光客に山形のよい顔を紹介するのが仕事であるが、そうではない部分が地蔵堂に

はあるらしく、女性はそれをわたしに告げようか迷っているようだった。

事件、と聞き、わたしは少し戸惑っていた。また嫌な事件に巻き込まれるのではないかと危惧したからだ。しかし、義康の終焉の地には興味があったし、きちんとした謂れのある首なし地蔵は珍しい気がする。都市化の濁流に押し流されて変に平均化されてしまった場所よりも、そちらの方が何倍も魅力的だった。

「ただ、まあ、犯人はもう捕まってますからねえ」

その言葉を聞き、わたしはほっとしていた。事件の詳細は判らないが、犯人が捕まっているなら、安心して観光できる。

「じゃあ、ここからの行き方を教えて頂けますか？」

わたしは地蔵堂に行くことを決意した。二人の案内によると、地蔵堂のある鶴岡市は山形市からだいぶ日本海側へ行ったところらしい。山形駅から鶴岡市までは高速バスが出ていて、ちょうど昼過ぎくらいのものがあると案内された。

わたしは礼を云い、案内所を出ると、濃紫の暖簾を出している山形蕎麦の店で蕎麦を食べた。板蕎麦という見慣れないメニューを注文すると、板で出来た大きめの器に二、三人前の蕎麦を豪快に盛りつけたものが出てきた。桃色の割烹着を着た若女将風の女性によると、板蕎麦というのは、農作業の後に酒と大きな長板に盛りつけた蕎麦を振る舞う「蕎麦振る舞い」という村山地方の農家の風習から生まれた食べ方らしい。

少量の薬味とツユだけで食べる蕎麦はシンプルなだけに味がよく出る。見た目は黒くて太いが、食べてみると、想像がつかないほどツルツルとした滑らかな食感があることが判った。コシと風味も強く、素朴さの中にしっかりとした技が隠れている。蕎麦といえば信州が有名であるが、そちらと比べると家庭的で純朴な味がした。地方らしさがある蕎麦を口にして、ようやくわたしは山形に来たのだということを実感した。

満足したわたしは高速バスへ乗り込んだ。鶴岡市へは二時間ほどの道のりである。座席の空きが目立つ車内で、わたしは車窓を流れていく景色を見ていた。日本海が近づくにつれて、空はどんよりと曇り始めた。五月だというのに山形の空はまだ初夏に出遅れているのか、氷雨でも降ってきそうな鉛色の雲を低く這わせている。その空模様に合わせるように、痩せた田畑が続いていた。

山形市から二時間かけて辿り着いた鶴岡市は予想よりもこじんまりとしていた。桜の樹には既に華はなく、三分葉桜くらいになっているのだが、街は低い家並みや灰色の小さな道にまだ長かった冬の疲れを残しているように見えた。春という季節だけが抜け落ち、一気に夏になろうと、もがいているようだった。

鶴岡市は藤沢周平の出身地らしい。観光案内所の人からそう聞いていたのだが、確かに灰色の雲の下に広がる小さな街の息遣いには時代がかったものがある。そうやって見ると、冬を引き摺っている街も風情あるものに見えてくるから不思議だった。

鶴岡駅からそのまま真っ直ぐ南下したところに、地蔵堂があるらしかった。地図を見る限り、迷うような道ではなかったし、距離もさほどではないように思えたので、わたしは歩くことにした。

海が近いせいか、頬を掠めていく風が潮っぽい。冬を感じさせる潮風と曇り空が初夏を思わせる深緑の樹々に絡まっていて、いくつかの季節が混在しているのが判った。人々はそれに困惑することなく、むしろ、遠慮するようにして生きている。道を尋ね尋ね三十分ほど歩いただけだったが、藤沢周平を育んだ歴史ある街は、人ではなく、自然が支配しているのだという感慨を持った。

修理塚と首なし地蔵堂は閑寂とした場所にあった。民家と畑が広がる中にぽつり、と黒い瓦屋根の建物がある。背の高い杉の樹に寄り添うようにして建っているその御堂は、ぴしゃりと茶色の扉が閉じられていて、中を見ることができない。

横には白い看板があり、観光案内所で聞いたのと同じことが書いてある。首を刎ねられた場所と聞くと血腥いものを想像してしまうが、さすがにそういうものは四百年の歴史の中に沈んでいて、今は静けさしかない。首のない地蔵を観てみたいと思ったが、鍵がしっかりとかけられていて、中を覗くのは無理なようだった。

地蔵堂の前で手を合わせ、不憫な人生を送った義康に思いを馳せていると、突然、背後から声がかかった。

「観光の方ですか？」

振り向くと、小柄な老婆がわたしを見ていた。皺を固めた土色の顔にも、半分白くなった髪にも年輪が滲んでいるのだが、青色のブラウスが若く見せている。薄い紫色のジレが垂れていて、シャキッと伸びた背筋と相俟《あいま》って、老婆はだいぶ上品に見えた。

片田舎にしては珍しいお婆さんだ、と思いながら、

「観光です。首のない地蔵を観に来ました」

「お地蔵様をですか。本当に?」

何故か老婆は一瞬だけ、視線に疑いの色を混ぜた。わたしにはその意味が判らず、

「ええ。そうです。何か?」

わたしが問い返すと、老婆は不審げな視線を微笑で包み、

「そうですか。でも、お地蔵様は今はお休みですねえ」

人の好さそうな声で云った。

わたしは先刻の老婆の声は気のせいだと思い、

「やっぱり閉まっているんですね」

「お地蔵様が見られるのは四月二十四日だけですからね」

「首なし地蔵ってどんな御姿をしているんです?」

「そうですねえ。大きさはこれくらいでしょうかね」

老婆は皺があまり目立たない綺麗な手を五十センチくらいに広げた。それほど大きくない地蔵のようだ。

「首の部分には赤い布がかかっていましてね。胴体は茶色の布に覆われてるんですよ」

「本当に首がないんですね」

わたしが感慨深そうに云うと、老婆は丸い目を御堂の方に向け、

「そうです。不思議なことにいくら首をつけても落ちてしまうらしいですよ」

そこから老婆は首なし地蔵と義康の話をし始めた。その話は観光案内所でも聞いたが、拒絶するのも躊躇われ、わたしは老婆の話に耳を傾けることにした。

何となくわたしたちは杉の大木の日陰に入った。老婆はやんわりとした声で、孫に昔話を聞かせるかのようにゆっくりと最上一族について話をしていく。わたしは相槌を打つと、老婆の声は嬉しそうに弾む。人と話すのが好きなタイプなのかもしれない、とわたしは思った。

観光案内所で聞いた話と同じはずなのだが、やはり地元の人間から直《じか》に聞くと雰囲気が違った。概要は同じなのだが、老婆はところどころに義康への思い入れのようなものを挟んでくる。歴史というものは客観的に見ることは重要なのだが、それればかりだとレシピ通りに作った料理のような味気ないものになってしまう。義康寄りの老婆の語りには、ちょっとした味付けがしてあり、聞いていて面白かった。やはり地元の人間は自然と義康への同情の念が湧いてくるらしい。老婆が講談でもするかのように、義康が父親の無事を山形の浮島大沼明神に立願した祈願状の内容を暗誦したときは驚いた。義康にだいぶ思い入れが強いらしい。

老婆が総てを語り終えたとき、雲間から陽が射した。地蔵堂の黒い瓦が光を撥ね返しているのだが、ぎらついた光ではなく、歴史を感じさせる遠いものである。瓦屋根の褪《あ》せた黒色が、地蔵堂だけを風

景から切り離し、遠い昔へと過ぎ去った時代の中に建っているかのように見せていた。老婆の語り口調が巧みだったせいかもしれない。

「どうもありがとうございました。いい記念になりました」

お世辞ではなかった。首なし地蔵は観られなかったが、老婆の話のお陰で義康が命を落とした場所に来られたという達成感が生まれていた。それだけで充分だった。

しかし、それで終わらないのがわたしの旅の宿命のようだった。帰ろうとすると、老婆が気になることを云った。

「お兄さん、本当に観光客だったんですね。ちょっとでも疑ってごめんなさいねえ」

やはりわたしが感じた老婆の妙な視線は訝《いぶか》しみから来たものだったのだ。そういえば、観光案内所の人もこの地で事件があったと云っていた。それと関係しているのだろうか。

「わたしを誰だと思ったんです？」

できるだけ視線を和らげ、一つ背の低い老婆に向けて訊いた。すると、老婆は目に真剣な光を孕ませ、

「マスコミかと思ったんですよ」

ぎこちなくカタカナを口にした。

「どうしてマスコミなんです？」

「あんな事件があったから……」

「でも、事件はもう終わってるって聞きましたが」

事件の概要はまったく知らないが、犯人は捕まったと聞いている。事件は解決しているはずである。ならば、どうして老婆はわたしをマスコミだと思ったのだろうか。

「終わりましたよ。でも、まだ騒ぎは続いているんですよ」

「騒ぎって何です？」

老婆は皺の寄った目でわたしを見上げ、

「お兄さんは本当に何も知らないのかしら？」

わたしは無言で頷いた。

見えない何かに足首を摑まれ、また厄介なことに引き込まれそうな予感があった。引き返すなら今のような気もしたが、同時にもう手遅れのような気もした。老婆と話を始めた時点でわたしはもう運命に弄《もてあそ》ばれ始めていたのである。

覚悟を決めてわたしはもう一度頷き、老婆に話を促した。

老婆は近くに公園があるからそこへ行きましょう、とわたしを誘った。地蔵堂から程近いところに、古い遊具が並んでいる小さな公園があった。奔流となった西日に流されるようにペンキの剝げたベンチが一つあり、わたしと老婆は隣り合って座った。

「これを持ってきて正解」

老婆は座るなり、小豆色のショルダーバッグから水筒を取り出した。ピンク色の可愛らしい水筒である。老婆は慣れた手つきで蓋を取ると、そこに中身を注いでわたしの方に出してきた。緑茶らしい。

「汚くないですよ」

老婆はにっこりとして云うと、もう一つの白い蓋の方に自分の分を注いで、口をつけた。わたしも礼を云って、熱めの緑茶を口に含んだ。

わたしがコップをベンチに置くと、

「柳《やなぎ》ハルと云います。柳は植物の柳、ハル、はカタカナです」

面接試験でも受けているかのような丁寧な口調で自己紹介を始めた。すぐ近くに住んでいるらしく、一日一回は散歩で地蔵堂に足を運んでいるという。

「お兄さん、お名前は？」

訊かれるだろうと思っていたが、わたしは答えを用意していなかった。わたしが返答に詰まったことで、ハルは不思議そうに首を傾げている。視線が痛い。いや、ハルの眼差しには鋭さはないし、わたしを不審がっている様子はない。しかし、偽名を名乗る後ろめたさから、視線が痛く感じられた。

「……星川龍一《ほしかわりゅういち》です」

目を逸らしながらわたしが答えると、ハルは童女のように手を合わせながら、

「まあ、お洒落なお名前なのね。素敵だわ。まるで芸能人みたい」

はしゃいだ声の分だけ良心が痛む。

わたしは名前の話題から避けるようにして、

「ハルさんはもうずっとこちらにお住まいなんですか？」

「そうですよ。かれこれ五十年近くになりますかねえ、ここに来たのは。昔は仙台の女学校にいたんですけどね、父親が電電公社に勤めてたから転勤が多くて。卒業する間際になって千葉に引っ越して、次は松本でしたかねえ」

「随分、全国を転々としたんですね」

「そうねえ。仙台の前は直江津《なおえつ》でしたしねえ」

ハルは指を折りながら、いくつかの都市名を挙げた。だいぶ父親の転勤に振り回されたらしい。

「嫁いだ先がここで。それからずうっとここに住んでいます」

「それじゃあ、ここのプロですね」

わたしが冗談めかして云うと、ハルは顔を饅頭のように柔らかくして笑って、

「そうですよ。ちょっとしたプロです」

少しだけ得意げに云った。ただ、云ったあとで、恥ずかしくなったのか、慌てて目を伏せた。その瞼に薄く赤くなったものがあって、微かだが娘と呼ばれた頃の面影が感じられた。ハルの正確な歳は知らないが、八十近いことは確かだ。それなのに、一つ一つの所作に可愛げがあり、六十くらいに見えた。

「義康のどこに惹かれてるんですか？」

わたしが訊くと、ハルは目を上げて、

「生き方ですかねえ。義康は父親の義光のことをとても慕っていたんですよ。義光も義康を可愛がっていた。それなのに、家臣によって引き裂かれてしまうんです。それで義康は最後は自害。その悲劇的な生き方に惹かれているんだと思いますよ」

日本人は悲劇を好む、という話を聞いたことがある。わたしもそうだが、ハルもその例に漏れず、義康の悲劇性に惹かれているようだった。

「それなのに、あんなことがあったから悲劇が祟りに掏り替わってしまって……」

「祟り？　義康の祟りなんてあるんですか？」

初耳だったわたしは驚いて訊き返す。

ハルは大きく首を振った。垂れている薄紫のジレが影のように淡く揺れる。

「祟りなんてものはありませんよ。ただ、マスコミの人たちがそういう風に煽っているだけで。星川さんは本当に何もご存じないのかしら？」

わたしは首肯し、

「旅をしているものですから。テレビも観ていませんし、新聞も読んでいないんです。携帯も持っていませんから、ネットも観られませんし」

「なら、仕方ないかしらね」

ハルは一呼吸置いて、沈痛そうな顔になり、

「実はね、二週間前の土曜日、あそこの地蔵堂の真ん前で殺人事件があったんですよ」

「殺人ですか。こんな長閑なところなのに物騒ですね」

本来ならば驚くべきところなのだろうが、今のわたしは殺人という言葉に鈍感になっている。過去の事件がわたしの常識を歪め、感覚を鈍らせていた。

ハルはそんなわたしを不思議がるように見たが、

「誰が殺されたんです？」

とわたしが訊くと、そのまま話を続けた。

「亡くなったのは最上さんちの子です」

「最上、ということはあの最上一族の末裔ですか？」

「そうですよ。ここらへんじゃ知らない人はいないくらいの名家でねえ。あそこにお屋敷があるんですよ」

ハルの指先は景色の先を指している。畑と人家が地を這うように続いているのだが、その先に屋敷というよりは館といった方がいいような洋風の建物が聳えているのが見えた。遠いので詳しい部分は判らないのだが、屋根の中央にある頂塔が印象的な建物だった。

「亡くなったのは一人息子の博一《ひろかず》ちゃんです」

「ちゃん、ということはまだ幼かったんですか？」

「はい。確か、まだ十歳だったはずですよ」

そう云うと、ハルは窄めた口で、手の中のコップにふうふうと息を吹きかけて冷ましながら、一口、お茶を啜った。

一瞬だけ、ほっとしたような表情を作ったが、また目尻に皺を刻み込んで難しい顔になった。逆光を浴びているせいで、余計に暗く見える。

「博一ちゃんは本当にいい子でねえ。挨拶はしっかりするし、気の利く子でしたよ。坊ちゃん刈りがよく似合う子でねえ、目なんかお人形さんみたいにくるっとしてて」

「お知り合いだったんですか？」

「ええ。小さな街ですからね。行き会う人も少ないですから。それに、私は博一ちゃんにお華をプレゼントされたことがあるんですよ」

「華、ですか」

「あのお屋敷の庭には綺麗な薔薇がたくさんあるんです。去年だったかしらね、わたしがそれを外から見ていたら、お婆ちゃん、あのお華がほしいの、って博一ちゃんが話しかけてくれたんですよ」

しみじみと云い、目を細めた。

「人様のうちの、しかも、最上さんちの華をもらうなんて悪い気がしたんですけどね、博一ちゃんが家の人に内緒で四輪ほどの薔薇を切ってきてくれたんです。黄色と、白と、赤と、ピンクの四色だったのを憶えていますす」

ハルは指を四つ折りながら云った。

「それからちょこちょこと顔を合わせることがありましてね。博一ちゃんとはちょっとした知り合いだったんですよ」

「それじゃあ、殺されたと聞いたときはショックだったんじゃないですか？」

「そりゃあ、もう。驚いてしまって、信じられませんでしたよ。まさか博一ちゃんが殺されるなんて思ってもみませんでしたからねえ。しかも、あんなおっかないやり方で殺されるなんて……」

「凄惨な殺され方をしたんですか？」

「首がね……首がなかったんですよ」

ハルは震えるような声で云うと、怖がるように身を縮こまらせた。

「あのお地蔵様のように、ですか？」

ハルは無言でこくり、と染みの浮いた顎を上下させた。

それを聞き、わたしは合点がいった。首なし地蔵の前で首なし死体が発見されれば世間の目が一気に集まる。マスコミがこの辺鄙な場所に押し寄せたというのも理解できる。そして、騒ぎ立てることが好きなマスコミが、首なし地蔵と関連づけて煽情的な記事を書いたのだろう。犯人が捕まったあとは少しは沈静化しただろうが、それでもまだ燠火《おきび》のように燻《くすぶ》っていて、低俗な雑誌が執拗に取材しているのかもしれない。それでハルはマスコミを嫌悪しているのだ。

「死体の傍らに枝切鋏が落ちていたそうです。どうやら、その、犯人が博一ちゃんの首をああしたのに使ったみたいで……」

首を切る、という単語が生々しい感触を持っているせいか、ハルは言葉を選んだ。

「そこから指紋は出たんでしょうか？」

「出なかったそうです。そもそも、枝切鋏は地蔵堂の杉を手入れするために使っていたものらしくて、たまたま出しっぱなしになっていたみたいです」

犯人は偶然、それを使ったということだろうか。成人男性ならともかく、十歳の子供の首ならば、太い枝を切る枝切鋏で切断することができるだろう。

「それで、博一ちゃんの首は見つかったんでしょうか？」

「はい。事件の次の日に、すぐ傍の山中から発見されました……」

まだ震えの残る声で云った。

「犯人は捕まっていると聞きましたが、誰だったんです？」

わたしの興味はそちらへ移る。幼気《いたいけ》な十歳の子供を殺し、さらに首まで落とした残忍な犯人の正体を知りたかった。

ハルは震えを止めるように、緑茶を口に含んだあと、

「博一ちゃんの父親の忠《ただし》さんですよ」

「父親？　父親が我が子を殺して首を切ったんですか？」

惨状を想像して身震いがしてしまうのか、首を切る、とわたしが口にするたびにハルの顔が強張り、額に苦悶が陰鬱で刻まれる。

わたしは言葉を選びながら、

「どうして、その、忠さんは博一ちゃんを殺したんです？」

「それがねえ……まだ判らないんですよ」

「自白していないんですか？」

「ええ。それどころか、自分は殺していない、と主張しているらしくて……だから、いくつかのマスコミが、犯人は義康公の悪霊に憑りつかれた別の人間だ、なんて面白半分に書き立てているんですよ。やめてほしいですねえ、本当に」

何やら雲行きが怪しくなってきた。事件は解決していると観光案内所の人は云っていたが、実情は違うようである。わたしはまた気紛れな運命に弄ばれているのを感じ始めていた。

「事件の概要を詳しく教えて頂けますか？」

「そんなに楽しい話ではないですけどねえ……」

ハルは少し渋ったが、ぽつりぽつりと話を始めた。

博一の死体が見つかったのは地蔵堂の目の前だった。第一発見者は近所に住む主婦で、犬の散歩をしている途中で死体を発見したらしい。時刻は夜六時頃で月は昇りかけていた。その月明かりに照らされた遺骸の胸には包丁が深々と刺さっていて、あたりには血が飛び散っていた。切られた首の切断面からは血がどばどばと派手に溢れている。地面を染める夥《おびただ》しい血の量に主婦は失神してしまいそうになったという。しかし、犯行の直後だったらしく、血が流れ出る遺体は月の雫さえも暗い赤で澱ませていて、その鮮烈さが逆に主婦の意識を現実に繋いだ。微かに犯人が逃げて行く足音のようなものを聞いたという。地蔵堂へと続いている道は狭く、車が入ることができないから、犯人は車のある場所まで走って逃げたのだろう。

主婦はすぐに携帯電話で警察に連絡を入れた。通報の三分後に巡査が到着すると、主婦が愛犬を抱きながら泣き顔になって震えている。巡査はすぐさま主婦を保護し、各方面に連絡をして、本格的に捜査が始まった。

街はこの奇妙な殺人事件に揺れた。首なし死体、という単語が独り歩きし、義康公の祟りではないかという噂が流れて、中にはそれを信じ込んだ人々が近くの天澤寺《てんたくじ》という寺に押し寄せてきて、和尚に供養を頼んだらしい。それを聞きつけたマスコミがさらに油を注いで騒動を大きくしたというわけだ。

「首がなかったということですけど、身元はすぐに判ったんですか？」

「服装からして、博一ちゃんだと判ったんですよ。ブランドものっていうんですか、この田舎じゃ手に入らないようないいところのものを着ていたので、すぐに最上さんちの子だと判ったんだそうです」

「でも、服装だけじゃ本物の博一ちゃんかどうか判りませんよね？」

何らかの理由により博一を殺したことにしたがっていた犯人が、博一の服を他の子に着せ、殺したということも考えられる。

しかし、ハルは自信を持った声で、

「死体は間違いなく博一ちゃんでしたよ。いえ、私も見たわけではありませんけど、警察の人たちが指紋とか、あと、何でしたっけねえ、あのカタカナの……ディー……何とかっていう……」

ハルはこめかみに指を当てて、単語を引き出そうとしている。

わたしが、

「ＤＮＡ鑑定ですか？」

と云うと、

「そう、それです」

ハルは人差し指をわたしに向けた。

「そのＤＮＡ鑑定で博一ちゃんだと判ったんです。あと血液型ですねえ」

「なるほど」

今のＤＮＡ鑑定は早ければ一日もあれば結果が判るらしい。首なし死体ということもあり、警察はすぐに鑑定を行って身元を判明させたのだろう。その結果を受けて警察は死体を博一だと断定したのだ。間違いはないだろう。

「それに、律子《りつこ》さんが警察に捜索願を出していたんですよ。あ、律子さんていうのは博一ちゃんのお母さんなんですけどね」

律子は事件のあった日の四時頃から博一と一緒に車で買い物に出かけていた。帰宅途中、博一が友達の家に寄ると云い出し、車から降ろした。しかし、すぐに帰ると云っていたのに、六時を回っても何の連絡もない。それに加えて、街が騒がしい。それで不安になり、警察に連絡したのだという。

「律子さんは博一ちゃんを溺愛していましたからねえ。死体が博一ちゃんのものだと判った瞬間に卒倒してしまったそうですよ」

愛息が殺され、しかも、首なし死体で発見されたとなればそれくらいの反応は当然かもしれない。

「そういえば、捕まった忠さんはどうして律子さんや博一ちゃんと一緒じゃなかったんです？」

その日は土曜日だ。仕事は休みのところが多いはずだ。家族で揃って買い物に行く、というのが普通なのではないか。

すると、ハルは意外な答えを返してきた。

「忠さんはここらへんの知り合いに挨拶回りに行っていたんです。それで一人だけアリバイっていうのがなかったそうなんです」

「挨拶回りですか。選挙にでも出馬するんですか？」

「いえいえ、違いますよ。忠さんはね、二週間前まで刑務所に入っていたんです」

「えっ？　忠さんは前科があるんですか？」

驚いたわたしはベンチを軋ませて隣にいたハルに向き直る。

「忠さんは十年前に人を殺しているんですよ。片桐譲《かたぎりゆずる》さんっていう人を殺してしまったんです。それでずうっと刑務所に入っていたんですよ」

ハルは一語一語を息で包むような慎重な云い方をした。

「譲さんというのは？」

「忠さんの古くっからの友達ですよ。親友というんでしょうかね、いつも一緒にいましたよ。悪さするときも一緒でね。よく揃って叱られていましたねえ」

「二人は仲がよかったんですね」

「そりゃあ、もう」

懐かしそうに目を細め、一世代前の遊具たちの醸し出しているのと同じ古びた視線を公園の端っこに植えられているケヤキに投げている。ケヤキは青々と葉を広げているが、傾きつつある陽射を半分受け入れて、橙色に溶けて見えた。

「あの樹のあたりで二人はよくキャッチボールをしていましてね。二人とも野球をやっていたんですけれど、巧かったですよ。忠さんはひょろっとした体なんですけれど、投げる球が速くてねえ。びっと投げると、あっという間に遠くのミットに届いてね」

ハルは細い腕を動かして、不器用に球を投げる真似をした。

「私は野球なんて知らないけれども、えらいもんだなあ、と思って観ていましたよ」

「譲さんはどうだったんです？」

「譲さんは捕手っていうんですか。球を受ける方をやっていました。譲さんは異人さんみたいな人でしたねえ。背の高い人でしたし、髪の毛も少し茶色っぽくて。美男子でしたよ」

静かに話を聞いていると、ハルはさらに忠と譲の昔の話を始めた。この公園の砂場で立派な砂の城を作り、たまたま通りかかったハルに自慢したのだという。ハルが褒めると、次の日にはさらに大きな城を建てて、その次の日にはもっと巨大な城を創作して、ハルを驚かせたらしい。

「あの二人なら本物のお城も作っちゃいそうでしたねえ。それくらいに仲がよかったですよ」

「お話を伺っていると、忠さんが譲さんを殺すようには思えないんですが。何があったんです？」

視線をそのままに、ハルは声を尖らせ、

「律子さんのせいですよ」

妙にはっきりとした声で云った。丁寧な口調は変わらないのだが、冷たさが感じられる声である。

わたしはその声にどきり、としながら、

「律子さんがどう絡んでくるんですか？　そもそも、律子さんはどんな人なんです？」

「律子さんはここの人間じゃないんです。忠さんが仕事で東京に行ったときに知り合った人なんですよ」

「仕事上の付き合いがあった、ということですか？」

ハルは小動物のようにぷるぷると首を小刻みに振り、

「そういうんじゃありません。律子さんは、何ていうんですか、昔でいう女郎《じょろう》みたいな……恥ずかしい恰好してお酒とかを出す人ですよ」

「ホステス……ですかね？」

「それです、多分」

ハルは慣れないカタカナに自信なさげだったが、

「確かそうだ、うん」

と独り言を云ったあと、

「律子さんはそのホステスをやっていたんですよ。それで忠さんはころり、と騙されちまってねえ。嫁にするって云って連れて来たんです。忠さんのご両親は亡くなっていたんですけど、親戚がいましてね。その人らは結婚に反対したらしいんです。水商売をやっていた女は駄目だ、なんて云われたみたいで。それで忠さんは弱り果てて、譲さんに相談したんです。でも――」

「譲さんも律子さんを好きになってしまった、ですか？」

ハルは黙って頷く。

テレビドラマでも滅多に見かけない使い古されたパターンである。それから三人の関係は拗《こじ》れた、ということだろう。

「律子さんのお腹にはもう博一ちゃんがいましたから、親戚は渋々結婚を了解したんです。忠さんも三十を越えていい歳でしたし、何より最上家の跡取りができたので親戚は文句を云えなくなったのです。無事に結婚式は挙げたんですけど、でも今度は譲さんとの関係がぎくしゃくし始めてしまって。忠さんは気分にムラがある人でしてね。子供ができて結婚式を挙げるまでは幸せに酔っていたんですけど、いざ律子さんのお腹が大きくなってきて出産間近になると、その子供は自分の子ではないのではないか、なんて疑り始めたんですよ。しかも、お腹の子の父親が譲さんなんじゃないか、と疑ったみたいなんです」

「それで、忠さんは譲さんを――？」

「はい。忠さんはかっとなると見境がつかない人でしたからね。二人でお酒を飲んだ帰りに、路上で口論になって、忠さんは譲さんを殴ってしまったんです。打ち所が悪かったんでしょうねえ、転倒した譲さんはそのまま動かなくなってしまったそうです。忠さんは慌てて救急車を呼んだそうですが、譲さんは意識を取り戻すことなく亡くなりました」

忠はそのまま警察に捕まり、懲役十五年の実刑を受けた。刑務所での態度がよかったため、十年で仮釈放になって二週間前に出所してきたばかりだという。

「一番、後悔しているのは忠さんでしたよ。いくら頭に血が上ったからといって、親友を殺しちゃったんじゃあね……」

三文ドラマのシナリオのような展開である。しかし、いくら忠が猜疑心に駆られたからといって昔からの親友を疑い、さらに殺したりするものだろうか。

わたしがそう訊ねると、ハルは先刻のような氷のような冷たい声で、

「律子さんのせいですよ」

同じ台詞を云い、続けて、

「律子さんが思わせぶりな態度を取るからいけないんですよ。いいえ、あれは思わせぶりなんていう可愛いものじゃなかったですよ。譲さんと、腕を組んで歩いているところを私、見ましたからね。こ

う、こんな感じで腕を組んでいましたよ」

怒りの籠った腕がわたしのそれに絡んできた。老婆とは思えないほどに力が強く、わたしの体がぐらついた。

わたしは苦笑しながらハルの腕を解《ほど》き、

「それじゃあ、忠さんの疑いもあながち間違ってはいなかったんですね」

「そうですよ。間違ってはいませんでしたよ。あの二人は私から見ても怪しかったです」

忠が疑心暗鬼になって譲を殺したのは律子のせいだ、とでも云いたげな口振りである。博一の死を知って倒れたと聞いたときに想起した貞淑な人物像が、だいぶ揺らいできた。

「元々、律子さんは忠さんを愛しちゃいなかったんだと思いますよ」

「最上家の財産が目当てだったということですか？」

名家というくらいだから普通の家庭よりは金持ちだったはずだ。律子がほしかったのは忠の気持ちではなく、その背後にある富だったのではないか、とハルは云おうとしているのだった。

ハルは刺すような目でわたしを射抜き、

「端的に云ってしまえばそうです。人様の悪口は云うもんじゃありませんけど、律子さんの素行にはみんな眉を顰《ひそ》めていたんですよ。この田舎には場違いで、いつも浮いているんですよ」

「服装がですか？　行動がですか？」

ハルは視線を厳しい角度に保ったまま、非難するような口調で、

「両方ですよ。真っ黄色や真っ赤な華で埋め尽くされた上着を着てましたし、男を誘っているような短いスカートを穿いてましたし。口紅だってトマトみたいな真っ赤なやつを塗っててねえ。香水もきつくって」

嫌そうに鼻先のあたりで手を振りながらハルが云う。その仕草から、ハルが律子を嫌っていたのが判る。

「あと、瞼もキラキラしてて……。とにかく、化粧が厚いんです。一人だけ、別の場所にいるみたいでねえ。リゾート地っていうんですか？　そういう場所にいるみたいで」

やけにリゾートという単語を流暢に発音し、嫌だ嫌だというように何度も首を振った。

「それにね、律子さんは冷たいんです。一度、私のお友達がお買い物帰りに律子さんとぶつかっちゃったんですよ。それで、転んでしまって、お買い物袋の中で卵が潰れちゃったそうなんです。そうしたら、律子さんはどうしたと思います？」

「普通は謝りますね」

「そうですよねえ。でも、律子さんは少しも悪びれずに、金色の派手な財布から一万円札を出して、押しつけるように握らせると、これでいいですか、いいですよね、って云って、すたすたとどっかに行っちゃったらしいんですよ」

痩せた肩を怒らせてハルが云う。被害に遭ったのが親しい人なのだろう、ハルの肩の震えからよほど頭にきているのが判った。

その怒りを宥《なだ》めるように、わたしは同意し、

「それは酷いですね。それは律子さんが悪いです」

「でしょう？　律子さんは何でもお金で解決できると思っているフシがあるんですよ。今の若い人っていうのはそういうもんなんですかねえ」

嘆かわしい、という風にハルが呟く。

わたしもハルからすれば若者に当たるだろうが、さすがにそこまで礼を失した態度は取らない。ホステスという職業を差別するわけではないが、金に塗《まみ》れた生活が感覚を麻痺させたとしか思えなかった。華やかな見た目同様に、律子の心は金でけばけばしく化粧されているのかもしれない。

律子さんだけがおかしいんですよ、と云おうとしたが、ハルはすぐに言葉を紡いで、

「そんなわけだから、律子さんはここらでも白い目で見られてね。あの人は化粧だけじゃなくて面の皮も厚いんだ、とか、あんな母親からよくもまあ博一ちゃんみたいないい子が生まれたもんだ、とかって陰口を叩いてますよ、みんな」

溜息交じりの声になった。長く喋っていて咽喉が渇いたのか、ハルはカップにお茶を注ぎ、わたしにも飲むかどうか訊いてきた。

わたしは自分のコップを差し出しながら、

「律子さんが博一ちゃんの死を知って倒れたのは、愛情からではないかもしれませんね」

ハルはわたしのコップに緑茶を丁寧な手つきで注ぎながら、

「そうかもしれませんねえ。金の切れ目が縁の切れ目、の逆ですよ。縁の切れ目が金の切れ目。博一ちゃんがいなくなってしまえば律子さんは最上さんちと何の関係もなくなりますからねえ。婚姻関係が残ってますけど、忠さんを惑わせた悪女、いえ、最上家に災厄を持ってきた悪魔、みたいな噂を立てられて追い出されるかもしれません。そうなると、いくらかの手切れ金はもらえるんでしょうけど、今までのように羽振りのいい生活はできないでしょうからね。そういう危惧があったかもしれませんねえ」

親戚の反対を博一という盾で撥ね返した律子にとって、今回の事件は痛手だったはずだ。今の律子を守るものは何もない。一つの死と一つの逮捕の前には自慢の化粧も何の意味も持たない。人生に化粧を施していた分、最上家から追い出されるかもしれないという現実に直面した律子の現在が妙に痛々しく思えた。

わたしたちが腰かけているベンチの背後にある樹々の影が水飴のように伸びて、砂場を掠めている。樹々が不揃いのせいか、影には凹凸があり、無数の黒い手が砂場で戯れているように見えた。わたしの目には、忠と譲の遺した過去の記憶がそんな形で甦り、ハルに見せたという、二人の作った砂の城を幻として浮かばせているように映った。

しかし、譲はこの世にはいないし、忠も取調室に閉じ込められてしまっている。二人ともこんな未来は予想できなかっただろう。もちろん、ハルにも。わたしは多くの人の人生を狂わせた律子が怖かった。

素直にそんな感想を云うと、ハルも同意して、

「律子さんはおっかない人ですよ。本当におっかない人です……」

首振り人形のように何度も頷いて同じ言葉を繰り返したが、ふと、

「でも、博一ちゃんへの愛情は本物だったのかもしれない、とも思うんですよ」

傍らに空になったコップを置きながら、数秒前とは違うことを云った。

「博一ちゃんから律子さんの悪口を聞いたことがないんですよ。ほら、あれくらいの年頃の子って、母親の悪口くらい云うものじゃないですか。悪い子ぶって得意がるというか。でもねえ、博一ちゃんはそういうことを一切、云わなかったんですよ」

「律子さんは博一ちゃんには優しかったということですかね」

「そうかもしれませんねえ。家の掃除とかは週に何度か来る家政婦さんに任せていたみたいですけど、博一ちゃんへの食事は律子さんが全部作っていたみたいですし、服とかもきちんと選んであげていたみたいですよ」

ハルによると、博一は丸い頬っぺたを綻ばせながら、律子に手編みのセーターをもらったことや、好きなハンバーグを作ってもらったことや、寝る前に絵本を読んでもらったことや、お気に入りの服が破けたときに苦戦しながらも繕ってくれたことを話したらしい。その様子に、律子の普段の行いを知っているハルも、もしかしたら自分たちは思い違いをしているのではないか、とさえ思ったそうだ。

「博一ちゃんは律子さんの血を引いているとは思えないほど健気な子でねえ。忠さんが刑務所に入っ

てましたから、いじめられることもあったらしいんですけど、それでも変に暗くなることはなくて。いつも可愛い笑顔を浮かべていました。いつだったか、他の子が博一ちゃんをいじめているところに出くわしたんですけど、辛くないかいって訊いたら、ボクは起きたときと寝る前にお母さんに特別なおまじないをかけてもらっているからへっちゃら、なんて云ってましたね」

話を聞いていると、胸の奥がキリキリと痛んでくるのが判る。首を切られるという無残な死に方をした博一に憐憫の情が湧いてきて、それが棘となり、わたしの胸を突くのである。

一番哀れなのは間違いなく博一である。何の穢れもない魂が実父によって切り取られてしまったのだ。

ただ、わたしには判らないことがあった。どうして忠は博一の首を切ったのだろうか。そうする意味はないように思えた。いや、そもそも、忠はどうして博一を殺したのだろうか。

ハルに訊いたが、首を傾げるばかりで、明快な答えを持っているわけではないようだった。

「私にも判らないんですよ。もしかしたら、忠さんは博一ちゃんが自分の子供でないと思い込んで、その、殺したのかもしれませんけれども……」

自信がないからなのか、それとも、殺したという言葉を口にするのが怖いのか、ハルの声は萎んでいく。

恐らく、前科があるということで警察は忠に目をつけたのだろう。そして、アリバイもない上に、ハルの云うような動機も見受けられることから逮捕に踏み切ったのだと思われる。地元の人々の混乱を抑える狙いもあったのかもしれない。そういう警察の思惑は判った。

しかし、何故首を切らなければいけなかったのか。それがどうしてもわたしには判らなかった。

ミステリでは首なし死体は頻繁に登場する。一番有名なのは、被害者を錯覚させるものだろう。Aの首なし死体が見つかり、Bが逃亡した。けれども、真実は逆で、実はBが殺されていてAが逃げていたというものである。しかし、今回の事件にはそれは該当しない。博一と入れ替わる人はいないからだ。

愛憎のために首を切ったということも考えたがすぐに却下した。首は次の日に見つかったとハルは云っていた。犯人は首に執着していないと思われる。

首を利用するという猟奇的な考えも浮かんだが、犯人は何もしていないため、この可能性もないだろう。

首を切る一番の理由に挙げられるであろう、身元を判らなくするため、という説もない。昔ならいざ知らず、DNA鑑定がある現代において、身元を隠すのは無理だ。しかも、博一だと断定されている。

少し突飛だが、特殊な凶器を使って博一を殺してしまったために、その痕跡を持ち帰るために首を持ち去った、というものも浮かんだ。けれども、博一の死因は胸を刺されたことであるし、次の日に見つかった頭部からも特異な痕跡は見つかっていないようである。そもそも、頭部に何かしらの特徴のある痕跡があれば警察はもっと深く追求するはずだ。忠を逮捕してしまったということは頭部にそういう異常はなかったと見ていいだろう。

ならば、何故――？

足許に落ちた影を見つめて考え込んでいるわたしの脳裏に、ある仮定が掠めた。

もしかしたら――。

「――さん？　星川さんったら」

急に肩を揺すられてわたしの思考が途切れた。ハルが心配そうにわたしを見ている。

「星川さん、急におっかない顔をして黙り込むから。どうかしましたか？」

「いえ……少し事件のことを考えていたら……」

「それは眩暈《めまい》くらいしますよねえ。私だって思い出すだけで震えますから」

ハルはわたしの言葉の意味を勘違いしたらしかった。近づいてきた夕闇のせいで顔色が悪く見えたのかもしれない。

夕陽が公園いっぱいを焼き上げた中で、わたしとハルの影だけが黒く焦げついている。先刻までは砂場に樹々の影が伸びて、黒い手たちがじゃれ合っているようだったのだが、今は暮色に消されてしまっていてもう見えない。忠と譲の過去はもう遥か彼方へと過ぎ去ってしまったようだった。

だいぶ長い間、ハルと話をしてしまった。そろそろ宿を探さなければならない。ハルも右手首に巻かれている茶色のベルトの腕時計を気にし始めている。

わたしは立ち上がり、

「随分と引き留めてしまってすみませんでした。あと、お茶、御馳走様でした」

コップを差し出しながらわたしが頭を下げる。ハルも腰を重たそうにして立ち上がると、

「いえいえ。大したお話ができなくて済まなかったですねえ」

「そんなことないです。いろいろと貴重なことが聞けてよかったです」

わたしがそう云ってもう一度礼をすると、ハルはそれじゃあ、と云って地蔵堂の方へ歩いていった。どうやらそちらに自宅があるらしい。

野良猫は人を見ると、逃げていくが、少し走ったあと、こちらを見る。そして、また逃げては振り返る。そういう面白い生き物であるが、ハルもそれと似た仕草をした。少し歩いてはこちらを振り返り、そのたびにぴょこぴょこと何度もお辞儀をしてくる。わたしはハルの後ろ姿が見えなくなるまでその場で手を振り続けた。

公園から大通りへの道は大体判った。道がそんなに入り組んでいないため、灯りのある方へ歩いていけばいい。

わたしはトランクを持ち、とぼとぼと車が一台通れるくらいの小道を歩き始めた。わたしの他には通行人はおらず、寂しい帰り道となった。

西の山から赤い波のように夕焼けが流れ落ちている。柘榴《ざくろ》でも割ったように赤色が雲を砕いて地面にまで雪崩落ちていて、それが博一の血のように思えたわたしはふと怖くなり、足を早めた。

※

「ここの牡蠣は美味しいですよ」

市内の旅館に着き、いぐさの香る十畳ほどの部屋に通されるなり、仲居からそう云われた。

「はあ。そうなんですか。でも、わたしは牡蠣は苦手で……」

わたしは目を外に遣りながら、気のない返事を口にした。

部屋からは立派な桜の樹が見える。華はもうないのだが、新しい葉が闇を緑色で濡らしていた。樹の下には夜桜用のライトがあるのか、下から灯りを当てられている新緑は光を滲ませて、そこだけ淡く緑の刷毛を掃いたように見える。

「苦手な人でもここの牡蠣は大丈夫っていうお客さんは多いんですよ。食べてみましょうよ。ね。そうしましょう。サービスしますから」

葉桜を観ていて真剣に受け答えをしなかったのがいけなかったのか、押し切られる形になり、夕食では生牡蠣が出されることになってしまった。仲居によると、鳥海山《ちょうかいさん》からの伏流水が海中に湧き出る地域で獲れる岩牡蠣は絶品らしい。

仲居の言葉通り、夕飯の御膳には大ぶりな生牡蠣が置かれていた。御膳からはみ出すほどに大きな牡蠣で、岩のような形と色をした殻の中には、乳白色の艶立つ大きな身が、ぷりん、と座っている。

わたしは牡蠣の、貝柱の下あたりにある、葡萄の粒のような形をした緑色のぷっくりとした部分が苦手なのだ。どうもグロテスクに見えてしまい、食べるのに躊躇してしまう。

しかし、せっかくのサービスを無下にするのも気が引けた。なので、仲居が部屋から出ていくのを見届けると、わたしは牡蠣の緑色の部分だけを取り除いて、他は食べることにした。その部分以外ならば、何とか食べることができる。

わたしは他の料理を食べ終えたあと、掌よりも大きな牡蠣に取り掛かることにした。箸で問題の箇所を慎重に取り外し、それをすまし汁の入っていた器に入れて蓋をする。他の部分はレモンをたっぷり搾って、一口で食べた。

日本海をそのまま食べているような、強烈な磯の香りが口の中に広がり、鼻を抜けていく。濃厚なミルクのような味は確かに美味かった。あの緑色をした部分さえなければわたしも牡蠣を好きになっていただろう。

御膳を下げに来た仲居は、

「牡蠣はどうでした？　美味しかったでしょう？」

答えを期待するように目を輝かせていたので、わたしは、

「ええ。好きになりました」

仲居が汁物の器の中身を覗き見ないことを祈りながら、そんな嘘を吐いた。

風呂を頂き、浴衣になって部屋に戻ると布団が敷かれていた。一人になると、静けさが耳につく。

他の部屋にも客はいるようだったが、壁が厚いのか、ほとんど何も聞こえてこない。微風にそよぐ桜

の葉だけが清流のせせらぎのような音を立てて、わたしの耳をなぞっていた。

トランクから有栖川有栖の『女王国の城』を取り出して再読しようとしたが、落ち着かない。静かになると、俄かに数時間前のハルとの会話が耳に甦ってくる。事件に巻き込まれないように、と細心の注意を払っていたつもりだったが、今回もそれは叶わなかったらしい。いや、逃げようと思えばそれも可能だろうが、わたしは昔から、何か不可解なことがあるとそれが気になってしまう性質《タチ》なのだ。どうして博一の首が切られたのか、という謎を解かない限り、わたしは落ち着いて旅をすることができない。

ハルに話しかけられる寸前、わたしは何かを思いついた。それが何だったか、静まり返った部屋の中で、一人、腕を組みながら考え始める。澄んだ葉擦れの音が流れるたびに、陸奥《みちのく》の夜を覆った静寂が波紋となって広がる。その静けさがありがたかった。

十時近くになり、窓から見える桜の樹に引っかかるようにして月が昇った頃、わたしはやっと自分の思いついた仮説を思い出した。

どうして首が切断されたか。そのことを考えるときに注意しなければいけないことをわたしは考えていたのだった。それというのは、殺した人間と首を切断した人間は果たして本当に同一人物なのか、ということである。博一を殺した人間と、その首を切った人物は同じなのだろうか。つまり、忠が博一を殺したまではいいとしても、他の誰かが死体から首だけを持ち去ったのではないか。そう考えれば、忠が首を切った理由について考える必要はない。

しかし、わたしは自分の考えが荒唐無稽すぎることに気づいた。死体から首を切り取った犯人がいたとしても、その人物は何を狙ったのだろうか。残虐な考えだが、単純に首を欲していたとしても、すぐに棄ててしまっている。首が目的ではない。

だとしたら、忠を庇《かば》うために首を持ち去ろうとしたのか。いや、それは違うだろう。現に忠は第一容疑者として捕まってしまっている。忠を容疑者から外すために首を切ったのだとすれば、彼のアリバイのある時間に首を切った、といった風にもっと巧妙に細工をしたはずだ。または忠に首を切ることができない理由があったとすればこの方法は有効だが、そういうこともなさそうである。

捜査の攪乱を狙ったのだとしても不十分である。首が見つからない、というならばまだしも、すぐに発見されてしまっている。捜査を本気で混乱させたいのならば、もっと入念に首を隠すだろう。

他の可能性としては、連続首切り魔でもいて、その犯人に罪をなすりつけたいという狙いがあったということも考えられる。しかし、今回はそういう事件は起きていない。首だけを切り落とす理由にはならない。

また、誰かが博一を殺し、忠が首を持ち去った可能性もあるが、それはないだろう。忠に何のメリットもない。首を切る理由がどちらにせよない。

わたしは博一の命を奪った人間と首を切った犯人が別という考えを頭から追い払った。

だとすればどうして？　何故、博一の首は切られなければならなかったのか。そして、本当に忠が犯人なのだろうか。わたしの胸に落ちた疑惑の一滴が、黒く滲んでどんどんと広がっていく。

この事件には表立っていない、何か、があるような気がした。ただし、わたしはなかなかその核心に迫れない。それがもどかしかった。

仕方がない。わたしは諦めていつものように睡眠薬を飲んで寝ることにした。今までは夢に事件の解決を頼るようで引け目を感じていたが、今回はそういう気持ちはない。そもそも、わたしが現実だと思っているのは本当に現実なのだろうか。そして、夢だと思っているのは夢なのだろうか。かの江戸川乱歩も云っている。『うつし世はゆめ、よるの夢こそまこと』と。だとすれば、夜に見る夢にこそ真実がある。

睡眠薬を飲むと、眠気が津波のように押し寄せてきた。わたしはふらつく手で灯りを消して布団の中に入った――。

※

夢は白い。無臭の煙の中にいるかのように、あたりは白い靄で覆われている。どこからか光は射し込んでいるのだが、ぼやけていてわたしの視界を白く隠していた。

今までに経験した通りの夢である。

だから、わたしの目の前に何の脈絡もなく地蔵が出てきても驚かなかった。しかし、その地蔵の首が椿の華のように、ぼたり、と落ちたときにはびっくりして夢の中だというのに声をあげてしまった。

胴体から離れた首は、徐々に大きくなりながらわたしに迫ってくる。微かに笑みを浮かべた地蔵の顔だけが近づいてくる様は安物のホラーのようであるが、やはり恐ろしい。わたしは目を背けようとしたが、執拗《しつこ》く視界に入ってくる。

首――。

それが今回の事件を解く鍵なのか。ただ、それだけならばわたしも充分に承知している。どうして首が切られたのか――その理由を知りたかった。

すると、地蔵の首はすうっ、と靄の中に消えていき、今度は何故か、夕飯のときに食べた牡蠣が出てきた。あの大粒の牡蠣である。一つの巨大な牡蠣がわたしの目前まで迫ってきた。

牡蠣？　それが今回の事件に関係しているのか？

夏に旬を迎えるという岩牡蠣は鶴岡市の特産物ではあるが、今回の殺人事件とは何の繋がりもないように思える。しかし、しぶとく牡蠣はわたしの視界に入ってきた。

そのうち、わたしが夕飯のときにやったように、緑色の部分だけが不意に分離した。見えない手によって、取り除かれたように見える。牡蠣そのものではなく、その行為が鍵になっているとでも云いたげだ。確かにわたしのやったことは遺体から首だけを切り取ったものと似ている。

首だけを取り除く？

わたしの脳裏に、ぴりっ、と弱い電流のように何かが走った。

違う。首ではない。犯人が本当に持ち去りたかったのは、首ではなく、別の部位だ。

ハルと会っているときにわたしは首切りの理由について考えたが、見落としていた点が一つだけあった。それは首から上に犯人に不都合な事実が隠されていた場合である。わたしは凶行のときの傷だけを候補に挙げていたが、他にもあるのではないか。例えば、手術痕があるとか、化粧をしていた、といったものだ。

しかし、警察が手術痕のような大きな瑕疵《かし》を見落とすはずがない。だとすれば、博一が化粧をしていて、それを洗い流すために首を切って犯人が持ち去ったと考えるのはどうか。

ただ、そんなことをして利益を得る人間はいるだろうか。そうだとして、博一に化粧をさせる意味は何だろうか。アリバイを作るといった類の目的は見えてこない。

すると、目の前でじっと動かなかった巨大な牡蠣が囃《はや》し立てるように動き始めた。化粧という可能性に気づいたわたしを称えているようだった。

化粧？　確かに首から上に関する事柄であり、頭部を調べられては困ることである。しかし、博一が化粧をしていたという事実はない。

だとすれば、他の可能性だ。次の日に頭部が見つかっているということは犯人が隠したかったのは、化粧のような簡単に落とせるような事実のはずである。わたしは頭部の部位を順々に思い浮かべてみる。顎、髭、唇、鼻、目――。

わたしは、はっ、として目の前に浮かんでいる牡蠣を見た。牡蠣は先刻のように、意志を持って動いて自ら緑色の部分だけを剝ぎ落とした。

その瞬間、わたしはある事実に辿り着いた。たった一ヶ所だけ、一日もかけずに落とせて、なおかつはっきりとした証拠が残る部分がある。化粧や髭ではない。目に見えない部分でたった一ヶ所だけ、犯人が首を切り落とさなければならなかった理由を秘めた箇所がある。

それは眼球だ。

いや、正確に云えば、目ではなく、目に入っていた、コ、ン、タ、ク、ト、レ、ン、ズ、である。犯人はそれを隠すためにわざわざ首を切ったのだ。

そう考えると犯人は忠ではない。忠は博一が生まれてからずっと刑務所暮らしだったからだ。博一の目に入っていたコンタクトレンズの存在を気にしていた人物、それは律子しかいない。

博一の目が悪かったという話は聞かなかった。けれども、わたしはハルからあることを聞いていた。それは博一が起きたときと寝る前に、律子におまじないをかけてもらっているという話である。それはもしかしたら、毎朝、律子が博一にコンタクトレンズを入れていたのではないか。寝る前のおまじない、というのはコンタクトレンズを取るためのものだ。それがおまじないの正体なのではないか。

しかも、それはただのコンタクトレンズではない。度の入っていない、しかも色の入ったそれである。十歳の博一は、まさかそれが本来は視力を矯正するものだとは思わず、いじめられないためのおまじない、という母親の言葉を信じた。度の入っていないカラーコンタクトレンズは目に入れられても何の効果もないから、本人は気づかない。しかし、律子には毎朝博一にカラーコンタクトをつけなければいけない理由があったのだ。

博一の目が特殊な色をしていたという話は聞いていない。もしも、派手なカラーコンタクトを入れていたとしたら、ハルあたりが気づくはずだ。けれども、そういう話は出てこなかった。ということは、逆なのだ。色をつけるためにカラーコンタクトをしていたのではない。律子は博一の瞳の、ある色を消すためにカラーコンタクトをしていたのだ。

それは色というよりは、血と云った方がいいかもしれない。博一は父親の血を受け継いで、瞳が青みがかっていたのではないか。それを隠すために律子は毎朝、おまじないと称してカラーコンタクトを入れていた。そして、博一が寝る前にもおまじないと云ってカラーコンタクトを外していたのである。

そう、忠の疑いは正しかった。博一は忠の子供ではない。死んだ譲の遺伝子を受け継ぐ子供だったのである。

わたしはハルが云っていたある言葉を思い出す。譲は異人さんみたいだった、という言葉だ。ハルは背格好や髪の色が日本人っぽくなかったと云っていたが、もしかしたら、目の色も青味がかっていたのではないか。わたしは前に、東北の一部には、遺伝子に外国の血がなくても青みがかった瞳を持つ人々がいる、という話を聞いたことがある。譲もそのタイプだったのだろう。そして、それは不運にも博一に遺伝した。

博一の瞳の色を知ったとき、律子は驚いただろう。不貞の明白な証拠がそこに現れているからだ。だから、博一が外に出始めたあたり、つまりだいぶ幼少の頃から、おまじない、と称してカラーコンタクトを入れた。博一の目の色が青い、ということを世間から隠すためだ。カラーコンタクトは現行法では医者の処方なしには使用できないが、インターネットなら買うことができるし、もしかしたら馴染みの店でもあるのかもしれない。律子はいくらかの金を握らせて業者からカラーコンタクトを密かに入手し、博一に毎日つけていたのだ。そうすることで、博一が譲の子だということを隠匿し続けた。

その企ては成功したかのように思えた。けれども、忠が出所してきてしまった。家政婦ならば、その人が家に来る前にカラーコンタクトを入れて欺くことができるが、忠は無理である。父親である以上、博一と一緒にいる時間が長い。さすがに忠の目を盗んでカラーコンタクトを入れることはできない。

律子は悩んだ。このままでは自分の浮気が発覚し、最上家を追い出されてしまう。財産を失うどころか、不貞を訴えられ、莫大な借金を背負ってしまうかもしれない。そんな恐怖が鋭利なナイフのように律子の胸を抉った。そして、律子は博一を殺すことを、いや、自らの不義を隠すことを決意したのだった。

事件の当日、律子は出所祝いをすると称して博一と買い物に出かけた。博一はまさか優しい母親が殺人鬼に豹変するとも知らず、その誘いに乗った。律子は地蔵堂の前で我が子を手にかける。律子の頭の中には、もしかしたら前科持ちの忠が誤認逮捕されるかもしれない、という計算があったかもしれない。

そこまでは律子の計画通りだったが、予想外のことが起きる。それは主婦が犬の散歩に来てしまったことだ。律子は人の気配に慌てる。博一を殺すだけではいけないからだ。律子は博一の目から、不貞の証拠とも云える、カラーコンタクトを取り除かねばならなかった。多分、律子は自分を責めた。殺す前にカラーコンタクトを外しておけばそんなことにはならなかったからだ。

律子が烈しく後悔する中、人の足音は確実に近づいてくる。多分、そのときの律子の指は烈しく震えていたのだろう。殺人を犯した事実と、近づいてくる人の気配に怯えて、とてもじゃないが、目を傷つけずにカラーコンタクトだけを外すことなどできなかった。かといって、眼球を抉り出して持ち去るわけにもいかない。目の秘密を気づかれる心配があるからだ。そのため、律子は苦肉の策で、その場にあった枝切鋏で博一の首を切り取って、持ち去ったのだ。息子の命よりも自分の立場を優先させた無慈悲な母親にとって、首を切って持ち去るという悪魔的手段は魅力的なものに見えたのだろう。

期せずして首なし死体となった博一は、首なし地蔵と相俟って、怪奇的な噂が広まるのに一役買うことになる。幸か不幸か、律子の思惑とは別に、義康の呪いという噂が街に蔓延してしまったのである。

博一の目からカラーコンタクトを丁寧に取り外した律子は、首を棄てた。いつまでも持っていては自分が犯人だと云っているようなものだからだ。そして、証拠を隠滅した律子は何食わぬ顔をして警察に連絡を入れ、被害者のような振りをする。あとの顚末はハルから聞いた通りだ。

律子にとって博一を失うことは、最上家との繫がりを喪失することを意味する。けれども、浮気が発覚して追及を食らうよりはよいと判断したのだ。金だけが物を云う世界で生きてきた律子にとって、不貞発覚による損害への恐怖の方が、我が子への愛情よりも深かったのだろう。博一の死を知って気を失ったという人並みな母親の顔の裏には、息子を殺してまでも我が身を守りたいと思う一人の女の非情な心があったのだ。律子は見せかけだけの夫である忠より、博一の本当の父親である譲より、そして、血を分けた博一よりも、何より自分を愛していたのだろう。欲に塗れた律子にとって博一は最上家から金を搾取する道具でしかなかった。だからこそ、それが不都合なものになった瞬間に切り棄てたのである。

たった十歳にして母親の欲望の犠牲となった博一の魂が哀れに思えた。不幸という点では、家臣たちの策略によって父親との縁を切られ、挙句の果てに無残に殺された義康と同じである。わたしには博一と義康の人生が重なって見えた。

そう思ったとき、わたしは目を覚ました――。

※

旅館を出たときには曇っていただけだったのだが、地蔵堂への途上で雨が零れ落ちてきた。雨といっても煙のように細い。しかし、暦上では夏なのに、細い雨には冬のような冷たさと暗さがあり、県内第二位の人口を誇る城下町から色を奪っている。地蔵堂の黒い屋根も雨に暗色で溶け込んでいて、昨日よりも悲しく見えた。

そう見えるのは、わたしが夢の中で悲痛な真相を見てしまったせいかもしれない。博一への同情が景色を感傷的に見せていた。地蔵堂の敷地内にある植え込みには、どこからか菫《すみれ》が数輪紛れ込んでいるのだが、この細雨にさえも堪え切れなかったのか、その華は薄い青色で散ってしまっている。本物の華よりも、葉に溜まった水滴に映り込んだ色の方が鮮やかであり、父親の温もりを知らないまま、無慈悲な母親の手によって葬り去られてしまった博一の哀れな魂がそんな形で砕け散ったような気がしてならなかった。

帽子を被っているのでこの程度の雨はさほど気にならないのだが、わたしは何となく地蔵堂の脇の杉の樹の下に入った。風が出てきたようで、灰色の雨に襞《ひだ》を与えて流れ、地蔵堂の輪郭を暈している。しばらくそうしていたのだが、やがて、視界の先に青色の傘が見え始めた。無彩の景色の中で、その色だけが鮮やかな色彩だった。

傘はだんだんとこちらに近づいてくる。誰かと思ったのだが、

「あら、またお会いしましたね」

くるり、と回った傘の下から、知っている顔が覗いた。ハルである。ハルは菊の花束を抱えていた。ハルは傘を持っていないわたしを気遣って、持っていた傘を差しだしてきた。自分は家が近いから大丈夫だという。

しかし、わたしは丁重に断った。恐らく、この悲しい地を二度と踏むことはないから、傘を返すこ

とはできない。

難しい顔をしているわたしに気づいたのか、ハルは、

「何かありましたか？」

柔らかな声色でそう訊いてきた。まさか夢で事件の真相を見たとは云えず、わたしは黙って首を振った。

するとハルは、持っていた菊を一輪抜いて、わたしに渡してきた。

「博一ちゃんのために、一緒に献花してくれませんかねえ。昨日、星川さんと別れたあと、ふとそんな気になったんですよ。誰も華を供えないいんじゃ寂しいでしょう？」

そういえば、幼い命が奪われたというのに誰も華を供えていない。本来ならば、母親である律子が息子の魂の安らかな眠りを願って、華や好きだったものを供えるのが普通だろう。そんなところにも律子の非情さが出ているようで、わたしはますます虚しい気分になった。

「是非とも献花させてください」

わたしはハルの申し出を引き受けたあと、

「その前に一つだけお訊きしたいことがあるんですが、いいですか？」

ハルはきょとんとした目をしてわたしを見て、いいですよ、と答えた。

「譲さんは異人さんのようだと昨日おっしゃっていましたが、もしかして、瞳の色も普通の人とは違ったんじゃないですか？」

ハルはわたしがどうしてそんなことを突然訊いたのか判らないようで、ぽかん、としていたが、頬に痩せた指を添えてしばらく考えたあと、

「云われてみればそうですねえ。他の人と違って、ちょっと青みがかっていて綺麗だったのを憶えています。それがどうかしましたか？」

「いえ――」

ハルの言葉を聞いて、わたしはあの仮説が正しかったことを確信した。やはり博一には譲の目の色が遺伝していたのだ。

わたしはハルからもらった一輪の白菊を握りしめて、地蔵堂の前に立った。清浄な華は雨に濡れ、銀色の珠を作って自らを着飾っている。手を伸ばすように広がった菊の花片は、博一を弔う燈明だった。ハルはいつか博一からもらった薔薇のお礼を、菊へと代えて返しているのだという気がした。

わたしは地蔵堂にそれを手向け、ハルと肩を並べて手を合わせた。不幸にも若くして命を落とした義康と、そして何より、どうして自分が死ななければならなかったのかさえも知らなかったであろう博一の魂の安寧を祈らずにはいられなかった――。

一度旅館に戻り、座布団の上に座ったわたしを強い眠気が襲った。今までの疲労が溜まっているせいかもしれない。いつもの入眠儀式を行うまでもなく、瞼が重くなってきて、段々と視界が暗くなってきた。そして、また白い靄が立ち込め始める。

しかし、わたしはそこで目を醒ました。視界の端に新聞が映ったからだ。テーブルの上に今日の朝刊がぽつんと置かれている。

見えない意志に操られるようにして、わたしはその新聞を何気なく捲った。すると、一気に眠気が飛んだ。

新聞の片隅に、この世で一番見慣れた名前があったのである。第三回アガサ・クリスティー賞の受賞者として、わたしの名前が堂々と載っていたのだった——

道行5　アガサ・クリスティー賞殺人事件

白い靄の奥——

頬を伝う女の涙のような何の穢れもない清廉《せいれん》な直線を曳きながら、一筋の流れ星が滑り落ちていった。

連城三紀彦《れんじょうみきひこ》の訃報が全国を駆け巡った真夜中のことである。連城といえば、伝説の雑誌、幻影城《げんえいじょう》でデビューし、トリッキィな作風と抒情性溢れる文章で男と女の情を描き、一世を風靡した作家である。近年は闘病生活にあり、作品が途絶えていたが、新作を待ち望んでいたファンは多く、突然の死に日本中のミステリファンは涙した。

事件というものは得体の知れない生き物のようなものである。如何にして生まれ、どんな展開を見せ、どのような結末を迎えるのか。それはどんな名探偵でも、ベテランでも予想がつかない。世間の目を惹く事件とは、そういう性格を帯びているものである。その例に漏れず、この奇妙な物語も、六十五歳の若さにして人生に幕を下ろした天才作家の死から始まることになる――。

※

北の方では紅葉の便りが届き始めていたが、明治神宮外苑前の銀杏並木は秋の気配を少しも寄せつけず、青々とした葉を広げて雲間から射し込む陽射を緑色に染めていた。空は薄鼠色に曇っていて、夏の烈しさを失った陽射はどこか物憂げに翳っているのだが、深緑の葉を抜ける間にその色を擦《こす》りつけられているのか、地面に落ちた陽光は緑色を帯びているように見える。

この年の夏、一件の狂った事件が起きていた。教師志望の男が教員試験に落ちたことを理由にして、試験官を一人、刺し殺していた。男は三回目の受験だったが、三回とも面接で同じ試験官に当たり、「キミは教師には向いていないな」と云われたのが引き金となったらしい。供述によれば、この試験官がいる限り、自分は教師になれないと思い詰めたようだった。教師になるための殺人――その恐ろしくも短絡的な動機に、人々は恐怖した。人殺しの動機は星の数ほどあるが、今回のものは逆恨みもいいところである。猛暑がアスファルトだけではなく人間の良心までも溶かしていた。

日本を包む天気図も狂いが生じていた。季節外れの台風が白い渦を巻きながら列島に近づいている。獰猛な獣の白い爪先が沖縄諸島にかかり始めた二十二日の昼過ぎ、明治神宮外苑と道を二つ挟んだところに建っている明治記念館ではある対談の場が設けられていた。向かい合って座っている二人の男性は、日本ミステリ界を牽引しているベテラン作家の有栖川有栖《ありすがわありす》と、この年に第三回アガサ・クリスティー賞を受賞した新人作家の三沢陽一《みさわよういち》である。

自作の中に登場する探偵役の江神二郎《えがみじろう》同様に髪を長く伸ばした有栖川は菩薩のような優しい表情を浮かべ、場を和ませていた。三沢も前日に覚悟を決めてきたのか、さほど緊張している様子は見られない。傍らでは、早川書房の小塚麻衣子《こづかまいこ》と、岩崎輝央《いわさきてるお》が二人の対談を見守っているのだが、思いの外、話が弾んでいることにほっとしているようだった。

「お好きな作家は誰ですか？」

とても五十を越えているとは思えない瑞々しい口調で有栖川が問いかける。

待っていたかのように三沢は間髪入れず、こう答えた。

「連城三紀彦さん、泡坂妻夫《あわさかつまお》さん、山田風太郎《やまだふうたろう》さんの三人が特に好きです」

有栖川は少年のような無垢な表情で、

「何の文句もありません」

お互い、にっこりと笑い合った。場に和やかな空気が流れ、椅子とテーブルくらいしか置かれていない殺風景な部屋が一瞬のうちに明るくなったようだった。

正式な対談ではあるものの、嫌な緊迫感はない。それは有栖川が一流の作家であると同時に、一流の話し手でもあることを証明していた。巧みに三沢の中にある引き出しを探り、中に仕舞い込まれているものをタイミングよく出していく。そのため、こういった場に慣れていない三沢でも口籠ることなく答えられているのだ。

好きな作家の話題はこの手の対談においては定番ではあるが、訊くタイミングがよかったし、何より、何の文句もありません、という返事が三沢を安心させ、その後の対談を順調に進めるための潤滑油となった。

「大坪砂男《おおつぼすなお》さんの『天狗』はこの世で最も優れた短篇だと思うんですけど、あまりにも隙がなさすぎて馴染めないんですよね。その点、連城さん、泡坂さん、山田さんの作品群は素晴らしい上に、どこか愛敬があると思うんです。欠点というわけじゃないんですけど、隙のようなものがあって。だから、この三人が好きなんでしょうね」

有栖川は三沢の言葉にじっくりと耳を傾けている。

「日本人特有の美意識に、不足の美っていうのがあるじゃないですか？　どうやら僕もそれを持っているっぽいんですよね。半分は物事を完璧にできない自分に対する言い訳ですけど」

「それはいい言い訳ですね。わたしも使わせてもらいます」

有栖川が話に乗ることで、対談はさらに盛り上がる。

口が滑らかになった三沢が続けて、有栖川ミステリとの出会いを語り始める。

「高校生のときに、とりあえずミステリの年間ランキング上位の本を読んでみようと手に取ったのが有栖川さんの『双頭の悪魔』だったんです。一気に読みまして、そこから〈学生アリス〉シリーズの『孤島パズル』、『月光ゲーム　Yの悲劇'88』という感じでさかのぼっていきました。ああいう、マリアのような素晴らしく可愛い女性や江神さんみたいな超人的な方がいるんだと憧れて、ミステリ研究会に入ったんですけど」

有栖川は白い歯を見せて、

「あんなのはいないです」

また空気が柔らかくなった。

有栖川は不思議に青年を思わせる。顔立ちもさることながら、それは恐らく、爽やかで明るくて歯切れのいい人柄のせいだろう。関西生まれ関西育ちの作家は少なくないが、有栖川は特にそれを意識させる、生粋の浪速っ子を思わせる。

できることなら何度でもこういった対談の場を設けたい。少なくとも三人はそう願ったはずだ。それほどまでに心地いい雰囲気だった。しかし、その願いがたった数時間後に一生叶わないものになるとは三人とも想像できなかった――。

※

明治記念館の蓬萊《ほうらい》の間は嘘のような白い光で溢れていた。実際に谷松《たにまつ》刑事は自分がその白さの中にいることが信じられず、何度も瞬きをした。しかし、瞼が瞳に闇を与えている間も、谷松は白い幻を見せられていた。瞬きという僅かな闇さえも許さないほどに、蓬萊の間の白は強烈な流れで目に飛び込んできて、現実へと引き戻す。

高い天井からは三つの大きなシャンデリアがぶら下がっている。その光自体は柔らかいのだが、テーブルクロスの白に反射すると、途端に凶器のような鋭さとなって目を刺してくる。見事としか云いようのない「蓬萊山」の綴錦織《つづれにしきおり》が飾られているのだが、それも白という色の中に溺れていた。

うちのヤツのウェディングドレスもこれくらい白かったのだろうか。

谷松が結婚したのはもう二十五年以上も前のことである。式の当日の妻の様子を思い出そうとしても、なかなかうまくいかない。ウェディングドレスを着ていた新妻としての記憶はほとんどなく、子育てをしている逞しい母親、もしくは二人の子供を育て上げ、のんびりとワイドショーを観ている主婦としてしか谷松の脳裏には再生されないからだ。本当に妻はウェディングドレスを着たのだろうか、という気さえしてくる。

谷松がそんなことをぼんやりと考えていると、背中を誰かに突《つつ》かれた。

「谷さん、谷さん」

振り返ると、ライトグレイのスーツを着た後輩の竹田《たけだ》刑事がまだあどけなさの残る笑顔を見せていた。二十五なので、立派な青年なのだが、顔を造っている線が柔らかく、まだ十代の少年のように甘く見える。

「このスーツ、どうです?　オシャレじゃないですか?」

竹田が自慢するように自分のスーツの襟を正した。遠目には平凡なスーツなのだが、よく目を凝らしてみると、千鳥格子の模様をしている。そのスーツに、ライトブルーのシャツとラベンダーカラーのソリッドタイが華やかさを足していた。ベージュの革靴もよく似合っており、一分の隙もない完璧な着こなしだった。

それに比べて自分はどこにでも売っているような安物の紺色のスーツに安っぽい白シャツである。それに、綻びが見える青いネクタイがさらにみすぼらしさを醸し出していた。

「お前、このために一度、うちに帰ったのか？　服装に気を遣っても捕まえた犯人は褒めちゃくれないよ」

恰好を褒めるのがシャクに思えた谷松はそんな皮肉をぶつけた。しかし、竹田は気にする様子も見せず、

「犯人に褒められようとは思ってないですよ。でも、せっかくのパーティーなんですから、少しはオシャレをしてこないと失礼じゃないですか」

「馬鹿。俺たちは正式に招待されてるわけじゃないんだぞ。代理だ」

「そうでしたね。でも、ラッキーだなあ、こんな場所に来られるなんて」

きょろきょろと竹田が会場内を見渡す。二百人近くはいるだろうか、風情のある着物を着ている女性もいるし、タキシードなり派手な柄シャツなりを着て授賞式らしい雰囲気を作り出すことに貢献している男性もいる。

「俺は全然ラッキーだとは思わないがな」

谷松と竹田がアガサ・クリスティー賞の授賞式に来ているのには理由がある。本来は谷松たちの上司がこの場に来るはずだったのだが、緊急の会議が入ってしまい、その代理を頼まれているのだ。十ほど歳下の上司は、普段は冷たい態度ばかり見せているくせに、こういったことには律儀なようで、せっかく招待されたのに欠席するのは失礼だ、と云い始め、谷松たちに代理を頼んだのだった。

せっかくの有給をこんなことに使うのは嫌だったが、上司からの命令では仕方ない。文句を云えば、金縁の眼鏡を煌めかせながら、東大仕込みの嫌味を投げてくるに違いない。それだったら、素直に従った方がいいと谷松は思ったのだった。

「谷さん、式が始まりますよ」

横にいた竹田が突いてきた。谷松は判った、と小声で云い、壇上に目を遣る。

ざわついていた蓬萊の間が水を打ったように静かになり、式が始まった。早川書房の社長である、早川浩《はやかわひろし》が挨拶をする。挨拶の内容は馴染みのあるものだったが、谷松が驚いたのは、それを副社長の早川淳《はやかわあつし》が英訳していることだった。どうやら、アガサ・クリスティー賞財団というものがイギリスにあるらしく、何人かのイギリス人が出席しているらしい。そういえば、背の高い外国人が多い気がする。

それに続いて、有栖川が登壇し、講評が述べられる。ミステリは門外漢な谷松だったが、有栖川の話は興味深かった。てっきり、欠点がない作品が賞を受けるのが常識だと思っていたのだが、有栖川の話によると違うようだった。三沢の作品は一番最初の投票では一番点数が低かったらしい。それがじわじわと評価を上げて受賞作になるのだから、選考会というのは谷松が思っている以上に面白そうである。警察の会議のように結論が最初から出ているような退屈なものとは違う。

しかし、あの有栖川ってのは生徒から慕われている教師みたいな人だな。

谷松は有栖川に関心を持った。校長や教頭や教育委員会といった権力者たちからは煙たがれているが、生徒たちからは絶大な人気がある人懐っこい教師というのがこの世には存在するらしい。息子の小学校の頃の担任がそうで、あまり学校のことを話したがらない子供なのに、にこにこしながらいくつかのエピソードを聞かされたことがある。有栖川もその手のタイプのように思えた。

実は谷松は俗に、センセイ、と呼ばれている人たちが唾棄するほど嫌いである。時折、政治家や医師などと直接会わねばいけない仕事があるが、そのたびに谷松は嘆息を漏らす。部下でもないのに顎で人を使うし、何をするにでも上から目線で接してくる。ああいう人たちは感情の仕組みが自分とは違うのだと谷松は本気で思っている。金に汚いと噂の弁護士と会ったときなど、三分ほど約束の時間に遅れただけなのに、いくらかの損失が出たのであとから請求させてもらう、と真顔で云われてしまい、実際にあとで五千円の請求書が届いて歳下の上司から三十分も嫌味を聞かされる羽目になった。

そのとき、ふと、隣にいた竹田が、

「有栖川先生みたいな人に勉強を教えてもらいたかったですね。先生というよりもお兄さんという感じがして親しみが持てます」

谷松の心を読んでいるかのようだった。竹田のこういうときの勘の鋭さは抜群である。

それを捜査で生かしてくれよ、と思いながら谷松が頷くと、竹田は続けて、

「実際に有栖川先生が開いている創作塾も大好評らしいですからね。場所が大阪じゃなくて東京だったら、僕も入塾してましたよ」

「創作塾なんてものがあるのか」

有栖川ならいい講師だろうと谷松は思い、ますます興味が増した。

「なあ、あの人の代表作はなんだ？」

小声で竹田に耳打ちする。竹田は苦笑いしながら、

「そんなことも知らずに授賞式に来たんですか。有栖川先生といえば、〈作家〉シリーズと、〈学生〉シリーズが有名ですよね。幽霊が主役の『幽霊刑事《デカ》』という傑作もありますが、やっぱり〈学生〉シリーズがオススメですかね。今のところ、長篇が四つ、短篇集が一つ出ていますが、ハズレは一つもありません」

「一つも？　それはすごいな。読んでみるか」

竹田は有栖川のファンらしく、さらに詳しい情報を付け足す。

「すぐに読むことをオススメします。去年出た短篇集のあとがきによると、〈学生〉シリーズはあと長篇一作、短篇集一作で完結するらしいので。駄作が一つもないまま完結するミステリのシリーズなんて珍しいからわくわくしますね」

そこまで話したとき、近くのピンクの色無地を纏った婦人が白い目で竹田を見てきた。自然と声が

大きくなってしまったらしい。二人は口を噤《つぐ》み、再び壇上に目を向けた。

次に早川浩から、盾と賞金目録が受賞者の三沢に渡された。黒い中折れ帽を被った三沢はだいぶ緊張しているのか、足取りが覚束ない。盾と目録を手にして、たくさんのフラッシュに目を細めながら必死に笑顔を作ろうとしているのがおかしかった。

いよいよ三沢のスピーチである。有栖川の講評は興味を惹く内容だったが、三沢のスピーチは定型文句ばかりで面白味に欠ける。しかも、何でもないところで一度、躓《つまず》いた。新人作家はそんなものか、と谷松が思っていたとき、三沢の口から驚くべき言葉が零れた。

「次の作品は本日のこの場を舞台にしたミステリの予定です」

会場が驚きで固まる。谷松もぎょっとして壇上の三沢を凝視した。

「誰が被害者になり、誰が犯人になるのか。それはまだ秘密ですが、被害者にも犯人にもなりたくないという方はわたしに優しい言葉をかけるなり、お褒めの言葉をください。極力配慮させて頂きます」

という三沢の言葉で、蓬萊の間の静寂は破け、満場の拍手と笑いで包まれた。

会場を埋めているのはミステリ好きばかりである。皆、なかなか凝った趣向だと思って、大笑いしながら手を叩いている。誰しもが、被害者や犯人といった単語を現実のものとは思っていないようだった。

だが、そういった出席者とは違い、谷松は唖然としていた。刑事という職業から解放されてここに来ているというのに、被害者だの犯人だのという血腥い単語を聞くことになるとは思わなかった。

本当に殺人事件が起きたらどうするんだ。

心の中で憤っていると、隣にいた竹田が、

「面白そうですね。僕も被害者にしてもらいにあとから挨拶に行ってこようかな」

本気とも冗談ともつかない声で云う。

谷松は自分よりも一つ頭の低い竹田の頭を叩いたあと、

「本当に事件が起こったらどうする。またあの嫌味な上司に文句を云われるぞ」

「でも、事件なんて起こりそうもないじゃないですか。受賞者があんなこと云ってるんですよ？　これで事件が起こったらそれこそ小説以上に小説的ですよ」

「それはそうだが……」

それでも、谷松の黒い予感は拭えなかった。家庭を顧みずに刑事一筋で三十年近く勤めてきた勘が何かを谷松に告げようとしていたのだが、すぐにパーティーの雰囲気に飲み込まれてしまった。

いつの間にか乾杯が終わっていて、蓬莱の間は花が咲いたように賑やかになった。煌びやかな場から浮かないように、谷松と竹田も烏龍茶を飲んでいた。一応、休暇中なので酒を飲んでも構わないのだろうが、泥酔するのはさすがにまずい。

十八時半にスタートしたパーティーは最初の盛り上がりを見せ始めた。時刻は十九時少し前である。あちこちで嬌声が上がっていて、いつも谷松が体験している事件の現場とは程遠いゆったりとした雰囲気が蓬萊の間に満ちている。その空気にすっかり溶け込んだ竹田は呑気にも白い皿いっぱいに料理を盛りつけてきて、舌鼓を打ち始めた。

「このスモークサーモン、美味いですよ。あと、このビーフソテーも」

口を食べ物でいっぱいにしながら、谷松に喋りかけてくる。食べカスが飛んできて、谷松はやれやれと思いながら、白いハンカチで頬を拭った。

「少しは遠慮したらどうだ？　代理なんだぞ」

体に染みついた仕事上のクセだろう、谷松はまるで誰かの目から隠れるようにサンドウィッチを少しずつ齧りながら呆れた声を出した。

「せっかく、タダで美味いものが食えるんですから。食べておかないとソンじゃないですか」

帆立貝をフォークで刺して口へ運ぶ。どうやら、普段は食べられない高級食材ばかりを狙っているようだ。

竹田は自分が刑事だということを完全に忘れたようなのんびりとした声で続けて、

「それにしても、あの受賞者の三沢っていう男、全然作家って感じがしないですねえ」

美味しいものを食べて上機嫌なのか、柔和に顔を綻ばせる。

「どういう意味だ？　見た目はそれっぽいぞ？」

黒い中折れ帽にブラックスーツ。それに紫のストライプの入ったシャツに黒に近い茶色のネクタイ。それに、新品と思しき光を反射させている革靴。谷松からは作家っぽく見えたのだが、竹田の目にはそう映らなかったらしい。

「一見、そう見えますけどね。でもね、近くで見て、僕は確信しましたよ。こいつはすぐに消えるって」

「二流作家ってことか？」

竹田は数十メートル先で挨拶回りをしている三沢をちらりと見たあと、

「ええ。まず、先刻のスピーチ。あんな何でもないところでつっかかるなんて駄目ですよ」

「それは俺も思ったが……でも、初めてのスピーチなんだろ？　少しくらいトチるのは当たり前なんじゃないのか？」

「いえね、僕もそう思ったんですけど、先刻、編集の人が三沢に、控室では完璧だったのにどうしちゃったんですか、と云っていたんですよ。どうやら三日前からスピーチの練習をしていて暗記していたらしいです。それなのに本番ではあの有様ですよ。小者ですね」

「手厳しいな」

谷松は心の中で、自分には甘いくせに、と付け足した。

「それにね、作家に限らず、一流の人ってのは服装もきちっとしてるもんです」

「三沢の服装は二流なのか？　とてもそうは見えんが」

「ぱっと見はそう見えますけど、違いますよ。さっき、間近で見たんですけどね、一つ問題があるんですよ」

「へえ、なんだ？」

ファッションに興味のない谷松は生返事を返す。

「ジャケットですね。ボタンが取れかけてるんですよ」

「ふうん。他には？」

「それだけです。それだけですけど、他が完璧なだけに欠点が目立つんですよ。ファッションっていうのは一つでも間違いがあっちゃいけないんです。そこらへん、三沢は判っちゃいませんね」

そこまで聞いて、谷松は自分の身形を見直してみた。ジャケットの袖の部分は擦り切れているし、パンツもこの前、引っ掛けてしまい、解《ほつ》れが目立つ。靴に至っては長く履きすぎていて、踵《かかと》がすり減っている。三沢のことは云えないな、と谷松は苦笑した。

「なかなか厳しいな、お前のファッション・チェックは」

「せっかくいいスーツなのに、あの取れかけのボタンが台無しにしてる。僕はそういうのが許せないんですよ」

本気なのか、冗談なのか、竹田の声が大きくなる。

「僕みたいにきちんと着こなしてほしいですね」

「ああ、そうだな」

興味なさそうに谷松が返事をすると、

「そういえば、三沢は名刺も駄目でしたね。百合の花がカラーで印刷されてるんですけど、趣味の悪いことに花弁がペンになってるんですよ。ちょっとした遊び心なんでしょうけど、あれじゃ、完璧な百合の絵が可哀想だ」

「お前が美術にまで造詣が深いとは思わなかった」

「僕は美を愛する人間ですからね。ファッションも絵もうるさいですよ」

胸を張る竹田に、谷松は小声で、

「それくらい熱心に仕事もやってほしいもんだな」

「え？　何ですか？」

どうやら、竹田の耳には入らなかったらしい。

「いや、何でもない」

谷松がサンドウィッチを食べ終え、料理を取りに行くと、巨軀《きょく》の男性とすれ違った。谷松も大柄なタイプであるが、それよりも一回り大きい。立派な髭を蓄えていて、貫録と独特の雰囲気がある。その男性の傍らには、スポーツグラスっぽい眼鏡をかけた青年が寄り添っている。

マグロのカルパッチョを取って、隅のテーブルに戻り、椅子に腰かけ、

「おい、あれは誰だ？」

目線だけで、さっきの二人を指した。

竹田は即座に、

「東直己《あずまなおみ》先生とご子息ですよ」

そんなことも知らないんですか、とでも云いたげに眉根を寄せた。

谷松は、無知で悪かったな、と心の中で毒気づきながら、

「そんなに有名な作家なのか？」

「有名も有名ですよ。『探偵はバーにいる』って知りません？　その原作者さんですよ」

そういえば、そんなタイトルの映画の話を妻がしていたのを聞いたことがある。妻はその映画に出演している松田龍平のファンで、三度も映画館に足を運んだらしい。

竹田は真っ白な椅子の背凭れに寄りかかりながら、

「どうやら、次のアガサ・クリスティー賞の選考委員らしいですね」

口を大きく開けて、牛フィレの欠片《かけら》を美味しそうに食べた。

「選考委員が来年から替わるのか？」

口をもごもごとさせながら、竹田が頷く。ごくり、と咽喉を鳴らして食べ物を嚥下したあと、

「有栖川先生と交代みたいですね。文学賞ではよくあることですよ」

「ふうん。ところで、どうしてご子息が一緒にいるんだ？」

「よく判りませんけど、息子さんが助手的なことをしているんじゃないかと思うんですけど」

「助手っていうよりはボディーガードみたいだな。何か格闘技でもやってるんじゃないのか？　筋肉の締まりがいい」

「そんな話を聞いたことがありますよ。キックボクシングだったっけな？」

「なるほどな」

「作家って職業も大変ですね。いちいちこういうパーティーには来なきゃならないんですから」

竹田の云う通りである。自分が思っている以上に作家という職業も過酷なものなのかもしれない、と谷松は思いながら、黄色いオリーブオイルのかかったカルパッチョの一切れを口に投げ入れた。新鮮なマグロの甘味とレモンの酸味の利いたソースが味覚を愉しませてくれる。さっきまでは刑事という肩書きが頭から離れず、食べ物を愉しんでいる余裕はなかったが、少しずつ心に余裕が生まれ始めているのを感じていた。

竹田といえば、仕事を忘れたかのように、次々と料理をたいらげ、そのたびにパーティーに出席している人たちについて雑学を披露してくる。

「早川書房の社長の早川浩さんはもう七十を越えているはずなんですけど、お元気ですね。授賞式のときのスピーチも堂々としてましたし」

「七十？　とてもそんな風には見えないな」

自分が七十になったときはどうなっているのだろうか、とふと谷松は思う。きっと、縁側で日向ぼっこをしながら、緑茶を啜っているのがお似合いだろう。それに比べ、早川浩は若々しい。まだまだ先頭に立って早川書房を引っ張っていくだろう。

「といっても、さすがにそろそろ疲れが見えているみたいですけど」

竹田が視線を遠方のテーブルへと投げる。パーティーが始まってからもう一時間以上が経つ。パーティー慣れしている早川も疲れたのか、椅子に座って同年代の人々と談笑している。

その人だかりの向こうに別の集団がいた。ぴしっとしたスーツを着ている人もいれば、ジーンズに長袖シャツだけというラフな格好の人もいる。

「おい、向こうはどういう集まりだ？」

谷松の問いかけに、竹田は目を細めてそちらを見たあと、

「あれは多分、評論家の人たちですよ。さっき、そんな話が聞こえてきましたから」

「評論家も来ているのか。へえ」

輪の中心にいるのは、高級そうな洒落た薄茶のチェック柄のジャケットを着た男性である。谷松は竹田と違い、ファッションには明るくないが、ああいった色のスーツは若者が着ると服の格式に敗けてしまうし、かといって年配だと馴染みすぎて枯れた印象を与えてしまうことくらいは知っている。その点、評論家らしい男性は、スーツと対等に渡り合っていて、調和が取れていた。綺羅《きら》を飾るとはまさにああいうことを云うのだろう。

また、髪型もユニークで、後ろ髪が綺麗に巻いている。谷松は子供の頃、音楽室に飾られていた大昔の作曲者たちの肖像画を思い出した。ベートーヴェンやモーツァルトに似ていて、貴族のような気品がある。

よく見ると、三沢も評論家たちの輪の中にいて、その男性と将棋の話でもしているのだろうか、金と銀と飛車のうち、どれが好きかという話をしている。三沢が飛車が好きだと答えると、男性は我が

意を得たり、とばかりに微笑んだ。

こんな場所で将棋の話か。

谷松も将棋くらいは指すので、金や銀や飛車がどういったものかは知っている。だが、パーティーに来てまでするような話題だろうか。将棋が爆発的なブームだという話はない。ミステリ界隈だけで将棋がブームになっているのだろうか。

不思議に思いながら視線を他に向けると、他にもいくつかの集団が談笑しているのが見えた。この時間になると、人々は四、五人ほどの集団を作り、それぞれの業界の話題で盛り上がっている。

谷松の視線に気づいたのか、竹田は、

「早川社長は演劇雑誌を出しているので、劇団関係にも知り合いがいるらしくて、そっち方面の人たちもいましたよ。あと、証券会社の支店長とか、大学教授とか」

「ふうむ。人脈が広いな」

「有名出版社のパーティーですからね。これくらいは集まるでしょう」

「俺にはよく判らない世界だな」

さして興味なさげに云い、カルパッチョについていたソースをフォークで掬うようにして取り、一舐めした。程よい酸味が口いっぱいに広がり、何のために自分がここに来ているかを忘れさせる。

パーティーは少しの破綻もなく進んでいた。笑い声が絶えることなく上がり、祝いの場に相応しい雰囲気が出来上がっている。谷松もだんだんとパーティーの空気に慣れてきて、それまでとは違った視線で会場を見るようになった。

出席している年代の幅はかなり広い。笑うとまだ幼さが露呈して子供のように見える若い男もいるし、女子高生同様の甲高い声で笑っている女もいる。かと思えば、どこかの会社の重役だろうか、礼服を制服のように纏った堅物そうな男性もいるし、淡いクリーム色の地に紅葉が散っている品のある着物を着ている女性もいる。それぞれが独自の艶《あで》やかな光を持っていて、こういった特殊な祝いの席に出席したことのない谷松の目には目映《まばゆ》いばかりだった。

「ここに並んでいる料理、全種類を制覇したいですね」

竹田が空になった皿を持って席を立つのは七度目である。ここまでくると、谷松も何も云えなくなり、自分の分も取ってきてくれと頼むようになった。会場自体がほろ酔い気分になったかのように、緩んだ空気で満ちている。さすがにアルコールは飲んではいないが、谷松もその空気に酔い始めていた。

腕時計に目を落とす。十九時二十五分。

何とか代理も無事に済ませることができそうだ。

谷松がほっとして、竹田が持ってきてくれた皿を手に取る。

「谷さん、たまには菓子パンじゃなくて、贅沢なものを食べましょうよ」

こんがりと焼けたビーフソテーが谷松を見上げている。確かに、ここ数年、こういった手の込んだ料理を口にしていない。うちに帰っても、近所のスーパーで売っているような出来あいの惣菜が冷たくなって谷松を迎えるだけである。

「そうだな。たまにはこういうのも……」

谷松が厚い肉にナイフを入れる。竹田はナイフで切り分けるのも面倒だと思ったのか、箸で肉をつまみ、一口で頬張った。

このときから数十分間、二人は自分の職業を忘れていた。谷松は、それまでは刑事特有のぴんと張った糸のような緊張感のある視線でつい会場中を睨んでいたのだが、この数十分だけはそれが緩んだ。古い映画の、フィルムとフィルムの継ぎ目のようなほんの僅かな気持ちの隙である。意地の悪い神様はその間隙を見逃してはくれなかった。

谷松が空になった皿を持って、別の食べ物を取りに席を立った、その瞬間、蓬莱の間の安穏とした空気を一人の男の叫び声が破った。

「だ、誰か！　有栖川さんがトイレで死んでる！」

※

蓬莱の間は目映い光に満ちていたが、控室は灯りの質が違った。外にはもう夜が訪れているというのに、天井から下がっている小さな灯はまだ夕暮れを染みつかせ、橙色の影に似ていた。「はぎ」という名前の二十畳ほどの部屋はその柔らかな光に包まれていて、夕方のようにぼんやりとして見える。

ただ、その中で、谷松の二つの目だけが鋭く光りながら一人の男を凝視していた。

本来ならば署に連行して事情を訊くべきだろうが、その場に刑事二人がいて何もしていないのではあとから同僚たちに笑われてしまいそうだ。そのため、鑑識たちが到着する前に谷松たちだけで簡単に話を訊いておこうとしたのである。

有栖川の死体を発見したのは、世界で最も背の高い翻訳家である、アレクサンダー・O・スミスだった。東野圭吾、伊藤計劃《けいかく》、宮部みゆきといった錚々《そうそう》たる顔ぶれの英訳を手掛けており、国内外からの評判も高い。

ひょろりとした細身であるために、実際の身長以上に背が高く見える。元々、二メートル以上あるのだろうが、谷松の目にはもっと高く見えた。生育のいいもやしというものが存在するかどうかは知らないが、谷松は細さと高さから、育ちすぎたもやしのようだと思った。

「死体を発見したときのことを詳しく教えて頂けますか？」

谷松が訊ねると、アレクサンダー・O・スミスは死体発見のときのことを流暢な日本語でこう語った。

「十九時五十八分です。はい、その時間に間違いありません。トイレに入る直前に、何時くらいになったのか、と思って時計を見ましたから。もちろん、わたしの腕時計は一分も狂っていません。翻訳っていう仕事は些細なミスが致命傷になります。ですから、日常の小さなことにも気を配るようになってしまいまして……はい、ですから、今日も朝、出かける前に腕時計が狂っていないか確かめたんです。

そのときの状況ですか？　トイレに入って用を足そうとしたとき、個室の白いドアに握り拳大の黒い文字が書かれているのが目に入ったんです。いえ、詳しく云えば、ドアの色と同じ白い紙が貼りつけてあって、そこに黒い大きな文字で『死体あり』と書かれていたんですが。余興にしては度が過ぎていると思いまして、恐る恐る、ドアを開けたんです。そうしたら、有栖川さんの死体が蓋の閉まった便器の上に座っていまして……。ええ、首には青いビニール紐がかかっていました。触ってはいません。死体にはまったく触ってはいません。わたしもミステリの翻訳をやっているので、さすがに現場保存が第一だと知っていますから。それですぐに蓬莱の間に戻ってきたんです。

刑事さん、もしかして、わたしは第一容疑者というやつですか？　そうですよね。第一発見者を疑え、が鉄則ですからね。でも、わたしではありませんよ。わたしと有栖川さんは初対面でしたし、第一、わたしは有栖川さんの大ファンでしたからね。もうかれこれ有栖川さんの著作を十年以上読んでいますが、五年前に出た、『乱鴉《らんあ》の島《しま》』なんか、とてもよかったですよ。当時の社会背景を巧く使っていて興味深く読みましたし、それでいて最後はクイーンばりのロジックが炸裂するんですから。本格ミステリの大傑作でしょう。タイトルも素晴らしいですね。いかにも本格という匂いを漂わせて。有栖川さんはタイトルに非常に拘《こだわ》っているという話を聞いたことがあるんですが、納得ですね。もちろん、他にも傑作はたくさんありますよ。わたしはできることならばその傑作群を翻訳して全世界に広めたいと思っていたくらいなんです。そんなわたしがどうして有栖川さんを殺すんです？」

竹田らの聞き込みによると、有栖川は十九時二十五分頃に席を外していた。数分戻って来なかったが、外まで出て煙草を吸っていると思っていたため、誰も不審がらなかったし、パーティーが始まっていたこともあり、どこにいるかを完全に把握している人はいない。ただし、一階のエントランスボーイの証言により、有栖川は外へ出ていないことが判った。また、一階と二階とは金色の手すりの大きな階段で結ばれているが、エントランスボーイによると、パーティーの時間内に有栖川は降りてきていないという。

谷松が次に「はぎ」の部屋に呼んだのは早川浩だった。アレクサンダー・O・スミスの直前にトイレに行ったと公言していたからである。

「トイレに行った時間とそのときのことをお話しして頂けますか？」

早川ははきはきとした口調でこう語る。

「十九時四十八分ですね。私がトイレに行ったのは。本当に四十八分だったかって？　四十八分ですよ。間違いない。トイレに入ったときにちょうど携帯にスパムメールが来ましたから。その着信時刻が十九時四十八分。これ以上に正確なものはないでしょう？

そのときに文字は書かれていたかって？　そりゃ、なかったですね。いくら何でも大きな黒文字を見逃すほどボケてはいません。はっきりと断言できます。ありませんでした。白い紙が貼られていただけなら判らなかったでしょうね。色が似ていてドアと同化していたでしょうから。でも、文字があったなら話は別です。

刑事さん、私が嘘を云っているとお思いでしょう？　私が有栖川さんを殺していて、アリバイ工作のために文字がなかったと証言していると、そう思っているんじゃないですか？　しかしね、よく考えてみて頂きたい。私がそんな嘘を吐いても何の得もないんですよ。アレクサンダー・O・スミスさんの直前にトイレに行ったのは私なんでしょう？　それなら、文字はなかった、と証言しても、私が第一容疑者であることには変わりないじゃないですか。むしろ、文字はあったけど個室までは覗かなかった、と証言した方が幾分かいいでしょうね。私もミステリについては一般の方よりも詳しいですから、それくらいは考えられますよ。まあ、小便器のすぐ後ろに個室が並んでいるので、そう証言するのは無理がありますが。

そもそも、わたしがどうして有栖川さんを殺さないといけないんです？　アガサ・クリスティー賞の選考委員を快く引き受けてくださっていましたし、うちの編集部とも何の諍《いさか》いはなかったと聞いてますよ。何しろ、有栖川さんは業界に敵はいませんでしたからね。作家というと一癖ある人も多いんですが、有栖川さんは違いましたな。いつも謙虚でとても人ができていました。だから、有栖川さんを殺そうと思っている人はいなかったでしょうな。私もその一人です。私は有栖川さんの一ファンでしたしね。鉄道マニアぶりが存分に発揮された、アリバイ講座がある『マジックミラー』を読んだときの衝撃は忘れられないですね。クラシカルなトリックを使ってあるんですが、もう一つ仕掛けがあって、思わず唸ったもんです。わたしの思い出の一冊ですね。職業柄、数千冊のミステリを読んできましたが、『マジックミラー』は思い出の一冊ですよ。この作品だけで私の中のミステリライブラリーに有栖川さんの名前が刻まれました。そんな私がどうして有栖川さんを殺すんです？」

明治記念館は都会の真ん中にあるが、周囲を緑で囲まれているせいか、夜になると閑寂とした空気に包まれる。濃くなった夜陰が遠くの建物の燈や、信号機の燈や、様々な燈を鮮やかに掬い取り、明治記念館はもう闇に埋まっていた。

二十一時半を回った頃、「はぎ」に三沢が呼ばれた。有栖川が蓬萊の間から出たのは十九時二十五分であるが、その直後にトイレに行ったと公言しているのが三沢だった。三沢は血の気の引いた顔に脂汗を滲ませながら、谷松の前に座った。

「有栖川が席を外した直後にトイレに行ったのはあなたですね？　そのときの時間、及び、状況を詳しく訊きたいんですが」

疑うような目で三沢を見ると、おどおどとした口調でこう語り始めた。

「僕が蓬萊の間を出たのは十九時三十五分くらいでしょうか。一緒にいた岩崎さんに訊いてもらえれば詳しい時間が判ると思います。どうして席を外したか、ですか？　ちょっと人に酔ってしまって……こんなにもたくさんの人と話すのは初めてですし、僕はこういう派手やかな場所は苦手なんです。だから、少し気分が悪くなってしまいまして、外の空気を吸いたくて……いえ、一階には降りていません。トイレに行って、洗面所で顔を洗っただけです。そのときに個室のドアに黒い文字はあったか、ですか？　多分、なかったと思いますよ。刑事さんも現場を見たから判ると思いますが、あのトイレは入ってすぐに洗面所があって、小さなスペースのようになっています。そして、その先に小便器が三つ並んでいて、後ろに二つの個室があります。僕は洗面所で顔を洗っただけなので、便器の方には行っていませんが、洗面所から個室のドアは目につきますからね。白地に黒い文字が書かれていたなら、気づいたはずです。

刑事さん、僕は容疑者の一人なんでしょうか？　有栖川さんが姿を消した直後にトイレに行ったのは確かに僕です。僕が疑われるのは仕方がないことでしょう。ですけど、僕は殺しちゃいませんよ。いくらなんでも、こんな疑いのかかる状況で有栖川さんを殺すわけないです。今日、デビューしたばっかりの若輩ですけど、一応、ミステリ作家の端くれです。それくらい、計算できます。

それにね、刑事さん。僕が何故有栖川さんを殺さないといけないんですか？　有栖川さんは僕の作品を選考会で推してくれたんです。感謝こそすれ、恨みなんて持っていませんよ。数時間前の対談で話したように、僕がミステリにどっぷりと浸かるきっかけをくれたのは有栖川さんの〈学生〉シリーズなんです。本当に思い出深いシリーズで……え、刑事さんはお読みになったことがない？　それは損してますよ。ちょっと待ってくださいね、今、出しますから。

……ああ、あった。これが記念すべき〈学生〉シリーズの一冊目、『月光ゲーム』です。どうぞ、差し上げますからお読みになってください。え？　いつも持ち歩いているのかって？　そうです。僕はいつもジャケットの内ポケットに『月光ゲーム』を一冊忍ばせているんですよ。人に薦めるために。まあ、これも有栖川さんの〈学生〉シリーズに出てくる登場人物の真似なんですけどね。あっちは中井英夫の『虚無への供物』ですけど。

その〈学生〉シリーズですけど、去年、シリーズの完結が予定されていると知って、楽しみにしていたんです。それに、対談をしていて改めて有栖川さんを尊敬していたんです。いえ、尊敬じゃないですね。ご本人は嫌がるでしょうけど、崇拝に近いものがありました。先刻差し上げた『月光ゲーム』の文庫なんて、数え切れないくらい買ってますからね。もちろん、布教用にです。仲良くなった人には、とりあえず、薦めるんです。薦めるというよりも、新宗教の強引な勧誘に近いものがありますかね。ほら、キリスト教系の新宗教の方々って無料で聖書を配っているでしょう？　それと同じで僕も無料で〈学生〉シリーズを人に配布しているんです。そんな活動をかれこれ十年くらい続けてますから、計五十冊くらいは配ったかなあ……。

それくらい、僕は有栖川さんの〈学生〉シリーズを愛しているんです。いえ、それを描く有栖川さんに惹かれていたんです。〈学生〉シリーズに江神二郎という非常に後輩から慕われている不思議な先輩が出てくるんですけど、ご本人はまさにそのままだな、と思いました。どこの世界にも、必ずいるじゃないですか。妙に人を惹きつける人物って。有栖川さんはそういう人でしたね。僕もそんな人になりたいと思ったくらいです。そんな僕が、どうして有栖川さんを殺すんです？」

有栖川の死を悼むかのように、明治記念館はひっそりとしていた。谷松の部下や鑑識が到着し、内部はどたばたとしているはずなのだが、建物が持っている歴史が包み込んでしまうのか、闇の喪服を纏って静かに佇んでいた。パーティーの最中に席を外したと思われる人間以外は連絡先を聞いて帰宅させたため、その分、人の気配が消えて静かになっているのかもしれない。

三沢の次に呼ばれたのは、東だった。竹田から、東は日本を代表するハードボイルド作家だと聞いていたが、向かい合ってみると、そういった小説に登場する人物のような厳《いか》つい印象はなかった。恰幅がよく、立派な白い髭を生やしているため、ぱっと見ただけでは確かに堅気《かたぎ》には見えないかもしれないが、瞳は純粋な色をしていて、人柄の好さが滲み出ている。サンタクロースの恰好をすれば子供に受けそうだな、と谷松は余計なことを思ったくらいだ。東は足を少し引きずるようにして「はぎ」の間に入ってくると、ゆっくりとした動作で谷松の前に腰を下ろした。

「東さんがトイレに行った詳細な時刻は判りますか？　それと、そのときのトイレの状況、詳しく云えば黒文字があったかどうかをお訊きしたいんですけど」

谷松の隣にいた竹田が丁寧に訊くと、

「十九時四十分過ぎから四十五分の間でしょうか。もっと正確な時間が判ればいいのでしょうけど、そこまで詳しくは判りません。申し訳ないです。蓬萊の間を出るときに息子に声をかけて、時間を教えてもらったんですが、四十分を少し過ぎたくらい、としか。ちょうど、蓬萊の間を出るときに、三沢さんとすれ違いましたから、訊いて頂ければ詳しい時間が判るかもしれませんね。ですから、トイレに入ったのは四十二、三分くらいでしょうか。用を足してすぐに出てきました。

え、そのときに、文字があったかどうか、ですか？　なかったはずですよ。はずです、というのは、私はお酒には目がないもので……酒の神様に対して卑怯なことをしているような気がして休肝日を作らないようにしているくらいです。なので、かなりアルコールが入っていましたね。いいえ、酔っぱらっていたとは思いませんが、一応、お伝えしておいた方がいいかと。しかし、文字というのは派手なものだったんですよね？　それなら、さすがに酔っていたとしても気づくはずです。しかも、死体あり、なんて書かれてたら、早川書房の人なり、式場の人なりに伝えますよ。あまりにも悪質ですからね。

　刑事さん、わたしも容疑者なんですか？　まさかハードボイルドを書いていて本物の警察の方に尋問されるとは思っていませんでしたね。こんなことなら、もっと警察を恰好よく描いておくんだったな……。普段は探偵ばっかりに活躍させてますからね。『熾火《おきび》』なんて作品では道警のことをだいぶ酷く書きましたし、『誉《ほま》れあれ』でも反目している二つの警察署を書いちゃいましたし。だからといって、警察が嫌いで刑事さんに嘘を話しているわけじゃないですよ。先刻の証言は全部本当ですし、わたしは有栖川さんを殺してなんかいません。

　選考委員の交代劇の裏側にわたしと有栖川さんの確執があるんじゃないか、とお疑いですか？　御冗談を。そんなことありませんよ。あれは早川書房の意向でしたから。わたしは関与していません。詳しくは早川書房の方に訊いてみてください。

　わたしは有栖川さんの著作については詳しくありませんが、でも、人柄はとても好きでした。故人になったからお世辞を云ってるんじゃありません。本音です。授賞式のときに少しお話をさせて頂きましたが、人の好さが言葉の端々に現れていて……。どうしてそれが判るか、ですか？　わたしは猫を二匹飼ってるんですが、獣は人の本質を見抜く目に優れてるんです。セールスマンのような作り笑顔を売り物にしている嫌な人間には寄りつこうとしない。逆に強面《こわもて》でも優しい人にはすぐに懐きますね。ですから、猫を飼っていると自然にそういう業《ごう》のようなものが身についてきて、ついつい、猫の目で人を見てしまうんです。その目で見たとき、有栖川さんは猫に好かれるタイプだなあ、と思ったんですよ。酒を酌み交わしつつ、ゆっくり話をしたかったですね。そんな風に思っていたわたしが、どうして有栖川さんを殺すんですか？」

――谷松と竹田の二人は庭園を眺めながら、紫煙を燻らせていた。明治記念館は館内が総て禁煙であり、ともに一階の庭園の入り口か正面玄関でしか煙草は吸えない。正面玄関は数台のパトカーが止まっていて赤ランプが目にうるさいので、二人は庭園の方を選んだ。

千坪くらいはあるだろうか、少しの隙間もなく芝生が植えられた広大な庭園には、数千本の樹々が空から零れ落ちてくる闇に抗《あらが》うように緑色の枝を広げている。

「死因が出ました。ビニール紐を頸部に巻きつけられたことによる絞死。頸部が水平に圧迫されたことによって、気道が閉塞させられて呼吸が出来ないようにされたようです」

「ありがちな絞殺だな。時系列はどうなってる？」

「死亡推定時刻は十九時半から二十時の間です。その間の人物の行き来は整理するとこうですね」

竹田が煙を吐き出す。煙は緑色に染められた微風に漂った。

その煙が空に飲み込まれるように消えるのを見届けたあと、竹田は、

「有栖川先生は十九時二十五分に席を外していた。その後、時系列純に三沢さん、東先生、早川社長、アレクサンダー・O・スミスさんがトイレに立ち寄っている。で、早川社長がトイレに立ったのは十九時四十八分ですが、このときには黒い文字はなかった。アレクサンダー・O・スミスさんがトイレに入って文字、及び、有栖川先生の死体を発見したのは十九時五十八分。つまり、四十八分から五十八分の十分間に何者かが有栖川先生を殺し、文字を書いて立ち去った、というわけですね」

谷松は頷き、左手で赤い箱を振ってキャビンを一本取り出すと、

「その十分だ。事前に黒い文字の書いてある紙と貼りつけるテープを用意しておけば、十分もあれば事足りる」

煙草を咥えると、竹田がすっとライターで火を点けてくれた。普段の竹田はお世辞にも気が利くタイプとは云えないが、煙草に関してだけは妙に律儀である。煙草を切らしていると、すかさず、吸いますか、と差し出してくれるし、今のように自然に火をくれる。煙草を吸っている人間でないと判らないタイミングだ。谷松が竹田とコンビを組んでいるのはそれが理由の一つなのかもしれない。

「十分で人を殺すなんて、できるんですかね？」

ポケットにライターを仕舞いながら竹田が訊く。

「できるな。単純に絞殺するだけなら七、八分で人は死ぬらしいぞ。それに何も、死体を解体しているわけじゃないんだ。後ろから紐で首を絞めればそれで充分だ」

「なるほど。死体を運ぶっていっても、ほんの二メートルくらいですしね。会場からトイレも一分半

もあれば行き来できますし」

　納得しながら云い、竹田は仕事中とは思えない緩んだ視線で空へと解けていく紫煙を見送っている。煙草を吸うと大抵の人間は数歳上に見えるものだが、竹田の場合は逆で、まるで高校生が背伸びをして煙と戯れているように見えた。

「そういえば、ガイシャは喫煙者だったらしいな」

「ええ。同じ愛煙家としては犯人を許せませんね」

　竹田は冗談っぽく云い、続けて、

「ちなみに凶器となったビニール紐、及び貼ってあった紙などからは指紋は検出されなかったそうです」

「さすがに指紋を残すようなヘマはしないだろうな」

　指紋から犯人が割り出せるような容易な事件でないことは谷松にも判っていた。何しろ、ここに集まっているのはミステリの専門家たちだ。さすがに注意を払うだろう。

「調べによると、四十八分から五十八分の間に蓬莱の間から出た人間は三人だそうです。犯行があったときにトイレに行けたのはこの三人に限られますね」

「ちょっと待て。二階は蓬莱の間だけじゃなくて、他の部屋もあっただろう？　そこの客がトイレに来ていたという報せはないのか？」

　犯人が外部の人間ということもある。谷松はその可能性に気づいたのだった。

だが、竹田は首を振り、

「明治記念館の二階は三つのエリアで形成されていて、それぞれにトイレがあります。一つは富士の間エリア。もう一つは鳳凰、丹頂、紅梅エリア。三つ目が蓬萊、孔雀のエリアです」

「なら、孔雀の間を利用していた客がトイレに入って有栖川を殺した可能性もあるだろう?」

「それが孔雀の間は今日は利用されていなかったんですよ。だから、蓬萊の間の近くのトイレを利用したのはあのパーティーの客たちだけと考えるのが普通だと思います」

谷松は納得し、

「なるほど、判った。で、その時間に席を外した人の名前は?」

「作家の森晶麿《もりあきまろ》先生と青柳碧人《あおやぎあいと》先生、そして、早川書房の高塚奈月《たかつかなつき》さんです」

竹田はとんとん、と腰ほどの高さの鉄製の灰皿に灰を落とした。

谷松は、ふむ、と小さく呟いたあと、

「高塚奈月という女性には今回の犯行は無理だろうな。女性が男性用トイレに入るのはさすがに不自然だ。ガイシャも女性が後ろから来たら、おかしいと思うだろう。それに、死体にはトイレの中で移動した跡があったんだろ?　女性の力では厳しいだろうな」

谷松が煙に乗せて声を吐き出す。

その声に竹田も同意し、

「でしょうね。となると、森先生と青柳先生が有力な容疑者でしょうか」

「だろう。それで、その二人は有名人なのか？」

「本当に谷さんは何も知らないんですね」

竹田は仰々しく吐息を漏らし、

「森先生は栄えある第一回アガサ・クリスティー賞作家ですよ。代表作の〈黒猫〉シリーズは大人気です」

「黒猫ねえ。不吉なシリーズだな」

「谷さん、ポーの『黒猫』も知らないんですか？」

呆れた声を出す。谷松はポーだの黒猫だのはまったく知らないが、下手に返事をすると長くなりそうなので、谷松は話題を強引に変えた。

「青柳っていうのは？」

「数学ミステリの〈浜村渚《はまむらなぎさ》の計算ノート〉シリーズが代表作でしょうね。漫画化もしていて、学生さんに受けていると聞いてますよ」

「黒猫に数学か。俺には縁のない世界だな」

「そうかもしれませんけど、お二人ともかなりの有名人ですよ。これからもっと売れてきて、直木賞あたりを獲っちゃうんじゃないかな」

「そんな人でも人を殺すときは殺す。それがこの世の怖いところだ」

「とはいっても、とても殺人を犯すとは思えないんだけどな」

う～ん、と唸りながら竹田が煙草を吸い込む。

谷松も煙草を少し吸い、

「人気作家二人か。殺人をしそうにはないんだがなあ」

「そうですよね。しかも、二人には有栖川先生を殺す動機はなさそうなんですが」

「俺たちが知らないだけかもしれん。人を殺す動機はこの世に溢れてるからな」

ふう、と大きな息を吐く。谷松はこれまでにも想像を超える動機にたくさん出くわしてきた。朝食を作らない妻に苛立って包丁で刺した夫、犬が嫌いだからという理由だけで隣の家の犬小屋に火を放った老人、娘が自分の知らない男と友達になっただけで嫉妬に狂って首を絞めた父親――事件の裏側には狂った動機がいくらでも存在する。三人にも有栖川を殺すだけの隠れた動機があるのだろう、と谷松は思った。

「その二人は呼び止めてあるんだろうな？」

「もちろんです。今からでも事情を訊くことはできますよ」

「なら、さっさとやっちまおう。ちんたらしてるとまた嫌味を云われる」

谷松はまだ半分以上残っている煙草を灰皿に押しつけて、張ってある水に落とした。仄《ほの》かに赤みを帯びた煙草が水に触れた瞬間に、じゅ、と小さな悲鳴を漏らす。その音を聞き終えると、谷松は竹田に背を向けて建物の方へと歩き出した。

「ちょっと待ってくださいよ。これ一本だけ吸わせてください」

「事件が解決したら一本と云わず、一箱奢《おご》ってやるよ」

背を向けたまま谷松は云い、竹田を置いて建物の中に入ってしまった。一人残された竹田は、

「奢ってくれるっていってもなあ。煙草一本も無駄にしたくないんだよなあ……」

名残り惜しそうに半分ほど残っている煙草を捻じり潰すように消すと、慌ててそのあとを追った。

※

ブラインドの隙間から見える月は縁を少しだけ欠いていた。二日前がちょうど満月で、そこを境にして闇に蝕《むしば》まれるように少しずつ萎んでいっているのだが、不思議に美しく見える。そう見えるのは、和歌をやっている同僚が、平安時代の和歌には十五夜ではなく十三夜と呼ばれる少し欠けた月がよく出てくると云っていたことを思い出したからかもしれない。一人の作家の死には相応しい綺麗な月だと谷松は思った。

目を外から室内に戻したとき、部屋のドアがノックされた。静かにドアを開けて、ぺこりとお辞儀をして入ってきたのは森だった。刑事たちを前にして緊張しているのか、それとも有栖川の死に心を痛めているのか、痩《こ》けた頬に翳が落ちていて、表情が暗く見える。元々痩せぎすなのだろうが、暗い表情のせいで余計に細く見え、谷松は修行僧のようだと思った。いや、そう見えたのは表情に翳があるせいだけではない。どこか、小説に生涯を捧げているかのようなストイックさがあり、森を覆って

いる空気が求道者のように廉直なのだ。

「早川社長がトイレに行ってからアレクサンダー・O・スミスさんが死体を発見するまでの間の約十分間に犯行は行われたと思われます。あなたはその間に席を外していましたね？　そのときのことをできるだけ詳しく教えてください」

谷松が問うと、森は小声ながらもしっかりとした声で、数時間前のことを話し出した。

「わたしは十九時五十分少し前に蓬萊の間を出ました。といっても、ほんの三分くらいですよ。入口の受付に預けた荷物の中に名刺入れを入れちゃったことに気づいて取りに行っただけなので。やはりこういう場の名刺交換は大切ですよ。いろいろな出版社の方が来てますからね。その方々との名刺交換は一種の営業です。それをやらないと仕事をもらえません。え？　〈黒猫〉シリーズがあるから大丈夫だろうって？　〈黒猫〉シリーズなんて、よくご存じですね、刑事さん。でも、他にも書きたいことはたくさんあるんですよ。体の中から泉のように溢れてくるんです。それを発表しないとわたしは溺れてしまいますよ。ですから、こういった人付き合いは大切なんです。

話が脱線しました。すみません。そのときのアリバイですか？　青柳さんも一緒だったので聞いて頂ければ。一緒に受付に行ったのは不自然ですか？　ちょうど、泡坂妻夫さんの〈亜《あ》愛一郎《あいいちろう》〉シリーズの話で盛り上がっていたんですよ。最近、ドラマ化されて話題になったやつです。その話を途切れさせたくなかったので、二人で話しながら受付に向かったんです。こういった話は中断すると興醒めですからね。テンションを上げたら、そのまま話し続けるに限ります。

それに、三分で有栖川さんを殺して戻ってくるのはちょっと無理だと思いますよ。完全に不可能ではないですが。何はともあれ、青柳さんがアリバイを証明してくれると思います。え？　共犯じゃないかって？　まさか。それなら、受付の方にも訊いてみてください。わたしたちは会場と受付の間を行き来しただけなので、もしかしたら、その間の行動を見ているかもしれません。

それに、わたしには有栖川さんを殺す動機が皆無ですよ。有栖川さんとお会いするのは三回目です。二回ともこのパーティーです。あまりお話ししたことはないんですけど……でも、作品はもちろん、存じ上げていました。〈作家〉シリーズも〈学生〉シリーズも当然読んでましたし、ノンシリーズもチェックしていましたよ。わたしはここ数年だと、児童向けに出た『虹果《にじは》て村《むら》の秘密《ひみつ》』が好きですね。わたしは今年でもう三十四なんですけど、子供の頃にこういうジュブナイルを読んでおきたかったですね。そうすればもっといいミステリ読者になっていたような気がします。あとがきで有栖川さんも、本格ミステリへの導入になってくれれば、というようなことを書いていらっしゃいましたが、まさしく本格ミステリの入門書の手本のような作品ですよ。子供向けなのにミステリ部分がしっかりしてるんです。いや、子供向けだからこそ、力を入れたんでしょうね。本格ミステリへの愛情が伝わってくるような好著でした。ミステリっていうのはトリックだけじゃないんですよね。それ以外の部分がしっかりしていないと本物の本格ミステリとは云えないんですよ。そのことを教えてくれました。是非とも全国の図書館に入れてもらって、小さな子たちに読んでほしいなあ。そうすればミステリ読者が増えるのに。

ああ、アレクサンダー・O・スミスさんは『乱鴉の島』、早川社長は『マジックミラー』、三沢さんは〈学生〉シリーズのファンなんですか？　なるほど。皆さん、いいところを突きますね。それらは日本のミステリ史上に燦然と輝く名作群ですから。ミステリを書く上では有栖川さんの作品は教科書的存在ですよ。わたしたちの世代はみんな読んでるんじゃないでしょうか。わたしもその一人です。有栖川さんがいなかったら、わたしはミステリ作家になっていなかったでしょうね。それくらい、影響を受けています。そちらの若い刑事さんは判っていらっしゃっているようですね。それなら、わたしが有栖川さんを殺していないと信じてくれるでしょう？　ここまで作品に心酔していたわたしが、い、い、どうして有栖川さんを殺すんです？」

森と入れ違いに「はぎ」の間に姿を見せたのは青柳だった。森とは歳も近く、親しい仲らしいが、谷松の目には対照的に映った。森は堅い印象を受けたのだが、青柳は柔らかい気配を纏っている。ぴしっとした感じではなく、パーティー用の崩れた雰囲気のスーツを品よく着こなしており、淡い紫色の入った眼鏡も似合っていた。作家というよりはクラブにでもいそうなオシャレな青年である。左胸に挿さっている、ネオンの灯りを切り取ってきたような薄紫のポケットチーフには夜の匂いがあった。

「十九時五十分くらいに森さんと一緒に蓬萊の間を出たらしいですね？　実はその間に犯行が行われたとわたしたちは見ています。そのときのことを詳しく教えてください」

谷松が強い口調で云うと、青柳はポケットチーフを触りながら、

「俺たちはほんの数分だけ蓬萊の間から出ました。しかし、本当に数分ですよ。森さんが受付に預け

てあるバッグの中から名刺入れを取り出したのに付き合っただけですから。それからすぐに俺たちは会場に戻ってきました。共謀してるんじゃないかって？　まさか。お疑いなら、受付の方に訊いてみてくださいよ。俺と森さんが来たって証言してくれますから。

え？　雑学をよく知っているから、それを使って何かトリックを仕掛けたんじゃないかって？　いやいや、刑事さん。それは現実と虚構がごっちゃになってますよ。俺は学生時代は確かにクイズ研究会に所属してましたよ。だから、無駄な知識は他の人よりもたくさん知っています。それは本当です。けどね、いくら雑学が多くても、実際に事件に使えるものなんて限られてますよ。そりゃ無理ってもんです。それに、そんなことを云ったら、今日、集まっている皆さんはミステリが得意分野なんでしょ？　トリックならその方々の方がよく知ってるんじゃないかなあ。俺もミステリを書いてますけど、こういう事件は扱ってないんで専門外ですね。

何より、俺には動機がありませんよ。有栖川さんとは何度かお会いしたことがあります。こういったパーティーで数回ですけど。そのたびに思うことがあるんですよね。有栖川さんは荒木《あらき》飛呂《ひろ》彦《ひこ》さんと同じ能力を持ってるんじゃないのか、ってね。え、刑事さんは荒木飛呂彦さんをご存じない？『ジョジョの奇妙な冒険』の作者さんですよ。ネット上で、『ジョジョの奇妙な冒険』の荒木飛呂彦さんが若すぎるっていう定番ネタがあるんですけど、有栖川さんはそれに近いものがありましたね。いつお会いしても若々しいんですよ。あれで五十過ぎですか。信じられないですね。やっぱり、ミステリへの愛情が若さを保つ秘訣なんでしょうかね。そういう点も含めて、有栖川さんは俺の憧れの作家さんでした。俺もあれくらい若さを保ちたいものです。もちろん、作品のファンでもありましたよ。作品とご本人、両方のファンですね、俺は。ただ、俺が注目していたのは、有栖川さんのミステリガイド本でしたね。世界の有名な密室を紹介した、『有栖川有栖の密室大図鑑』というものがあるんですが、あれを読むと必ずそこに言及されている作品を読みたくなるほどの良書で、俺も読み耽りましたよ。有名作品からマニアックなものまで隈なく取りあげられていて、わくわくしながら読みました。あと、アンソロジストとしての才能を発揮したのが、『有栖川有栖の本格ミステリ・ライブラリー』ですね。読みたくても読めなかった名作がこれでもか、というくらいに収められているんですから、大興奮ですよ。特に、名作と云われながらも幻だった、ロバート・アーサーの『五十一番目の密室』が読めたのは嬉しかったなあ。有栖川さんの住んでいらっしゃる大阪の方を向いて何度も頭を下げたくらいです。よく発掘してくださったと感謝しましたね。他にも知らなかった名作が盛りだくさんでした。作家としても優れてましたけど、そういう才能もあったんだなあ。まさしく、ミステリのために生まれてきたような方でした。もしかしたら、神様が現世にミステリを広めるためにああいう人を送り込んだんじゃないかなあ、なんて馬鹿なことを思うくらいですよ。あ、でも、神様がいるんだったら、殺したりはしないか。有栖川さんの死は日本ミステリ界の損失ですよ、まったく。

ああ、語りすぎましたね。すみません。好きなものとなると、つい、喋りたくなっちゃうんですよ。とにかく、これほどファンだった俺が、どうして有栖川さんを殺すんです？」

――「はぎ」から見える玄関先の樹々は風に揺らぐことなく静止している。先刻までは微かに空気が動いていたのだが、今はつと風が凪《や》み、明治憲法草案審議の御前会議も開かれたという明治記念館の瓦屋根が時の流れを飲み込んだかのように、ただ黒く夜の気配を凍りつかせている。時刻は二十二時半を回っていて、さすがに外も肌寒くなってきているようだった。空には暗雲が流れ始め、それに巻き込まれるようにして僅かに縁を欠いた月があった。

暗い空気が流れているのは空だけではない。「はぎ」の間にも停滞した重苦しい雰囲気が満ちていた。

「森先生と青柳先生についてですが、受付の方が証言してくれました。アリバイありです」

「どういうことだ、これは。容疑者がいなくなっちまったじゃないか」

谷松が苛立ったように椅子に背を預ける。木製の上品な椅子は、きしぃ、と軋み声をあげた。

「念のため、早川書房さんの高塚奈月さんのアリバイも調べましたが、こっちもシロですね。会場から出ているのは事実ですけど、明治記念館のスタッフさんと一緒でした」

「スタッフと一緒？　何でだ？」

竹田は手帳を見ながら、

「どうやら、食事をしていたときにソースがスーツについてしまったらしいんですよ。それを拭き取るのにスタッフさんと一緒に蓬萊の間から出たそうです」

「そうか。こっちもアリバイありか」

谷松は肩を落とし、太い腕を組むと、静寂を集めている白い壁を睨みながら考え込み始めた。正面に座っている竹田も、真似をするようにして、足を組んで思案し出した。部屋には他の警官もいるのだが、二人の間に張りつめている静けさを壊すのを嫌って、押し黙っている。

季節がようやく暦を思い出したのか、ふと、赤く色づいたケヤキの葉を窓の外に流した。色づきがあまりよくないのか、中途半端に染まった葉には秋へと踏み出し切れていない季節の躊躇《ちゅうちょ》が窺える。夜色に溺れるようにしながら、紅葉の欠片はゆっくりと地面に落ちていく。

窓からその葉が見えなくなったとき、竹田が確かめるような口調で、

「自殺ってことはありませんよね……？」

小さい声で訊いた。

「それはないな」

谷松は断言し、

「ビニール紐からは誰の指紋も検出されなかったんだろう？　有栖川が自殺したんなら、その指紋がついてなきゃならん。手袋をしていなかった有栖川の指紋がつくはずだからな。それに、紐を使ったとはいえ、座った状態で自分の首を絞めるのはかなり難しいぞ」

「ですよね。何より、有栖川先生には自殺する動機がありませんし。帰りの新幹線のチケットも取ってあったみたいですしね」

「文字の問題もある。自殺する人間がどうして『死体あり』なんて張り紙をしないといけないんだ？」

はずなんですが……」

「やっぱり自殺の線はないですね。そうすると、やっぱり、森先生、青柳先生、どちらかが犯人の

困惑を誤魔化すように、竹田は皺くちゃになったメモ帳にペン先をこつこつと当てている。

「その二人には完璧なアリバイがある。受付の証言も取れたんなら、共犯の線も薄いしな。そもそも、関係者には誰にも動機がないじゃないか」

初めて経験することだった。大なり小なり、人という生き物は他人から悪意を持たれている。どんな聖人君主でも人から嫉《そね》みを受けてしまうこともあるだろうし、逆に死刑囚に好感を抱く刑務官もいると聞いたことがある。職業上、人をクロかシロかで判断しなければいけない立場に長年置かれているが、人間はそう簡単に割り切れるものではないことを谷松は知っている。大抵の人は灰色であり、クロとシロに明瞭に分かれることはほとんどないといっていいだろう。

ただ、今回は例外だ。谷松が刑事に成り立ての頃、直属の先輩から、どんなに真っ白そうな人間でも叩けば襤褸《ぼろ》は出るもんだ、と教え込まれ、それはこの三十数年間、心のどこかに響いているのだが、今度ばかりは勝手が違う。どんなに強い力で叩いても、有栖川という白い布は襤褸を出してはくれない。襤褸どころか、灰色にすらならずに白さを深めていくだけだ。こんなことは初めてだった。

戸惑っている谷松の頭に、上司のねちっこい嫌味が響いてくる。平均よりもワン・オクターブほど高い声で小言を云われると、いつまでもそれが耳にこびりついてしまい、数日は悩まされる。そうならないためにも、早く解決しなければならない。谷松を動かしているのは、刑事としてのプライドで

も有栖川への憐憫でもなく、上司の嫌味から逃げるためというつまらない理由だった。

「関係者はもう帰しちゃったのか？」

疲れた声で訊くと、

「ええ。今晩の滞在先と連絡先は訊いてありますけど」

同じく疲労した声で竹田が答える。竹田も谷松と同じように、過去に上司から受けた苦言を思い出して何とかそこから逃れようとしているようだった。

谷松は組んでいた腕を解き、コーヒーのおかわりを注ぎに行こうとした、そのときだった。

「大変だよ、谷っさん」

ノックなしにドアが開かれ、顔馴染みの若白髪の多い鑑識官が入ってきた。梅田《うめだ》という鑑識官は谷松よりも十以上若いはずなのだが、気苦労が絶えないのか、それとも激務が続いているのか、頭の半分に霜が降りている。そのせいで、しばしば谷松と同年代に見られていた。周囲がそう接しているうちに谷松も梅田も同級生のように思えてきて、今はお互いに昔馴染みの友達のように対等な関係を保っている。

「どうした？　何か見つかったのか？」

「見つかったよ。面白いものが」

梅田は切れ切れの息を整えたあと、

「黒い大きな文字、あったでしょ？」

竹田も席を立って近くに来て、

『死体あり』ってやつですね」

「そうそう、それ。それなんだけど、面白いことが判ったんだよ」

「なんだ。もったいぶらずに云ってくれ」

谷松が急《せ》かすと、梅田は自慢げに、

「あれ、没食子《もっしょくし》インクで書かれたものだったんだよ」

「もっしょくし？」

谷松と竹田の声が重なった。

その反応に満足したのか、梅田はにやりと笑みを浮かべ、何の断りもなくテーブルの上の竹田のコーヒーを手にした。

「焦《じ》らすなよ。何だ、その、も……何とかっていうインクは」

梅田は冷めたコーヒーを啜ったあと、

「四世紀くらいには発明されたと云われている特殊なインクだね。耐久性と耐水性に優れていたから、ヨーロッパでは一四〇〇年以上に亘って標準的な筆記用インクとして用いられてきたんだ。うちらがいつも使っているインクに切り替わったのは、実はつい最近のことなんだよ」

「ほう。そのインクが使われていたのか。で、肝心の特性は？」

もう一度椅子に座り直しながら、谷松が訊くと、

「簡単に云えば、時間とともに色が濃くなるインク。没食子インクに含まれている鉄が空気に触れることによって酸化して、時間の経過とともに色が深まるんだよ」

「――?」

その特性がどう事件に絡んでくるのか、谷松にはイマイチ判らず、沈黙してしまった。没食子という単語が暗号のような難解さで谷松の頭の中を彷徨っている。

しかし、竹田は意味を把握したようで、疲れの消えた声で、

「そうか。色が濃くなるってことは、もしかして、最初は無色だったりするんですか?」

「当たり。竹田くんは察しがいいね」

コップを置きながら、簡潔に梅田が答えた。それでようやく谷松にも事件の真相が見えてきた。

「つまりはこういうことか。あの文字が書かれたのは、四十八分から五十八分の十分間ではなく、それよりも前ってことか。ずっと前に文字は書かれていたが、透明で見えなかったというわけだな」

「でも、そうだとしても、ドアに紙が貼られていたら誰か気づくんじゃないですか?」

「いや、紙の色はほぼドアと同色だった。使われていたテープも透明だ。注意しなければ気づかないだろう」

梅田は、そうそう、というように何度か頷き、谷松の次の問いかけに先回りして、

「ちなみに、没食子インクを作るレシピは今やネット上を探せばいくらでも転がっているから、誰でも犯行は可能だねえ。さらに付け足すと、書いてから何分後に文字が浮き上がってくるかもそれなり

に調整できるはず。もちろん、紙の上に文字を書いた場合だけどね」

谷松はやっとどうして犯人がわざわざ白い紙を貼って、その上に文字を書いたのか理解できた。黒文字を残すためだけならば、ドアそのものに書いてしまえばいい。けれども、それでは没食子インクが数分後に浮かび上がってこない可能性がある。明治記念館のトイレのドアが何でできているか判らないからだ。だから、紙を貼るという選択肢を取ったのだ。

「谷さん、ということは、アレクサンダー・O・スミスさんがトイレに行く前に文字は書かれていた可能性が高いということですよね？」

「ふむ。そういうことになるな。アレクサンダー・O・スミスが文字を書いた可能性もあるが、犯人ならばそんなことをするはずがない。しかも、特殊インクを使う意味もない」

「ですよね。アレクサンダー・O・スミスさんの前となると……三沢さん、東先生、早川社長の三人ということになりますが」

「三沢さんが蓬莱の間を出たと云っているのは、十九時三十五分。東が十九時四十分過ぎから四十五分。早川が十九時四十八分。このうちのどこかで殺しが行われたってことだ」

「ちょっと待ってよ、谷っさん」

二人の会話を聞いていた鑑識官が割り込んできた。鑑識官はコーヒーの余韻を掬い取るように薄い上唇を舐めたあと、

「大体の話を聞いて思ったんだけどさ、谷っさんたちは何か大きなミスをしてるんじゃないの？」

「ミスだと？」

谷松が梅田を睨む。しかし、梅田はゆらゆらとした表情でその視線を躱して、

「だってさ、ガイシャが蓬莱の間を出たのは十九時二十五分くらいなんでしょ？　で、死体が発見されたのは十九時五十八分。ガイシャはその間、どこにいたわけ？」

その問いには谷松ではなく、竹田が対応した。

「煙草を吸っていたんでしょう。ガイシャは喫煙者ですし、吸う人なら三十分くらい吸いますよ」

「そこがおかしいって云ってるんだよ」

「おかしいですか？　確かにパーティーの最中に二十分以上も抜けるのはよく考えてみれば奇妙ですけど……」

梅田が大きく首を振った。白髪が仄かな光を掬って針金のように鈍く光った。

「違うんだって。ガイシャはどこで煙草を吸ってたっていうんだい？」

「どこって、そりゃあ、庭園の入り口か正面玄関だろ？」

先刻まで煙草を吸っていた谷松が即答する。館内が基本的に全面禁煙と聞き、うんざりしながら庭園入口へ向かったのだった。

「じゃあ、ガイシャは二階の蓬莱の間から一階へ降りたってことになるけど？」

「あっ」

谷松は咄嗟に声を漏らしてしまった。その声に遅れて、竹田も虚を突かれたような顔になった。谷

松と竹田の頭の中に、それまで見えていなかった不自然な点が像を結んではっきりと姿を現した。

有栖川が一階に降りていないことはエントランスボーイの証言で明らかになっている。ということは、有栖川は煙草を吸いに行っていない。いや、禁煙となっている二階で吸っていた可能性もあるが、そんなことをしていればスタッフに見つかってしまうだろうし、二階のどこかに煙草の匂いがついてしまい、発覚するはずである。そもそも、有栖川がそんなことをする意味がない。ということは有栖川は煙草を吸っていないということになる。

ならば、何もせずに二十分から三十分も二階にいたのか。それは考えにくい。パーティー会場を抜け出して一人で二階をぶらつく理由が有栖川にはない。

だとすれば、有栖川は十九時五十八分よりもだいぶ前に殺されたと考えるのが妥当だろう。梅田はそう指摘したのだった。

「そうか……インクの件がなくてもそれは明らかだったのか」

谷松が愕然としたように呟く。心の中ではこんな簡単なことに気づけなかった自分を罵倒していた。こういう抜けている点があるからこそ、いつまで経っても昇級できずに歳下の上司に顎で使われてしまうのだ。

「となると、犯人は――」

谷松の頭が今までの遅れを取り戻すように急速に回転を始める。三沢、東、早川――その中で有栖川の殺害が可能だったのは――？

パトカーの赤ランプが消えた外は、月明かりの青い闇に濡れていて寂然《じゃくねん》としている。窓にかかっているブラインドが、流れ込んでくる月光を切って幾筋もの蒼白い鎖にしていた。月の鎖で空と繋がれた部屋は冷たい牢獄に似ていた。少なくとも、まだ事件という檻に閉じ込められている谷松の目にはそう映った――。

※

不眠症を患って眠りに就けない新宿の街は、平日の夜十時過ぎだというのに真昼のように騒がしかった。ネオンが幾重にも連なり、薄い闇に夜の虹をかけている。その七色の橋から滑り落ちるようにして、新宿駅西口近くの小さな路地に赤提灯が垂れ下がっていた。鄙びた提灯には、酒蔵かんちゃん、と豪快な文字が泳いでいる。店内はカウンター席が十席ほど、それに加えてテーブルが十三脚ほどあり、奥には座敷がある。二メートルくらいしかない狭い入口のわりには店の中は広い。

平日の深い時間だからだろうか、店内には人影がほとんどなく、こぶしのきいた演歌が静寂を埋めている。真冬の日本海を歌った女性の声の通りがあまりにもよいため、店内は烈しい吹雪と荒れ狂う波飛沫《しぶき》が入り混じる白い嵐の幻に覆われていた。

その声を背中に受けて、カウンターでビールを飲んでいる二人の客がいた。

「まさか本物の警察に事情聴取を受けるとは思っていませんでしたねえ」

自宅で猫を飼っているせいか、心なしか猫背の笹川吉晴《ささがわよしはる》は煤けた木製のテーブルにジョッキを置き、壁中に貼られている手書きのメニューに目を遣って、カウンターの向こうの店員に馬刺しを頼んだ。既にテーブルの上には正方形の器に入った高菜と、底の白い皿に盛られた〆サバと、今にも跳ねそうな小アジの唐揚げ、そして、いかにも酒の肴といったイカの干物が置かれている。

〆サバをひょい、と箸で摘み、口へ運んだのは、笹川の隣にいる千街晶之《せんがいあきゆき》だった。気品のある薄茶のジャケットがこういった庶民的な居酒屋の空気から少し浮いている。

笹川と千街はともに第一線で活躍している文芸評論家である。笹川はホラー系文学作品についての評論の第一人者でもあり、格闘技までカバーしている守備範囲の広い評論家であるが、中でも得意としているのはＳＦミステリだ。千街は現在のミステリ評論の中心人物であるが、幻想ミステリを特に好物としていて、笹川の得意分野であるＳＦミステリと重なる部分があり、こういった集まりの帰りに二人は馴染みの店で酒を酌み交わすのが通例だった。

背筋をぴん、と伸ばした千街は、姿勢を少しも崩すことなく、味を確かめるようにゆっくりと〆サバを咀嚼すると、

「評論家になって十五年以上経ちますけど、初めての体験でしたね、わたしも。でも、思ったよりも厳しくなかったですね」

同意すると、笹川も大きく頷き、

「ですね。もっと怖いところだと思ってたなあ。鬼みたいなのが机をバンバン叩いて脅してくるんじ

ゃないかと戦々恐々としてたんですけど」

笑い声をあげたが、それも一瞬のことで、すぐに真面目な顔つきになって、

「しかし、有栖川さんが殺されるとはねえ……本当なら、今夜は千街さんにミステリドラマについて御高説を賜りたいと思っていたんだけどなあ」

千街はミステリマガジン誌上にレビューを掲載するほど、映像化されたミステリに精通している。映画からドラマ、アニメに至るまで網羅していて、同業者からも一目置かれているくらいだ。笹川が話を聞きたがるのも判る。

だが、今晩は状況が状況だ。有栖川が殺され、まだ犯人も捕まっていないというのに安閑とそんな話をするわけにもいかないと笹川は思っているようだった。

けれども、千街はけろり、とした表情で、丸いレンズの奥の目を笹川に向けた。

「それなら、ミステリドラマについて話をしましょうか」

笹川はぎょっとして、

「有栖川さんを殺した犯人がまだ捕まってないのに？　さすがに不謹慎すぎやしませんかね？」

「犯人はあと数時間もしたら捕まりますよ。いえ、自然と判る、と云った方が正しいでしょうか」

「判る？」

千街を見る笹川の眼差しに真剣味が増した。千街はタチの悪いジョークを云うような人間ではない。

「もしかして、千街さんには犯人が判ってるんですか？」

「ええ、まあ」

曖昧に答えたとき、二人の間に店員の手が伸びてきて、馬刺しが置かれた。千街は早速、青い縁の白い小皿に醬油を垂らし、そこにショウガをのせた馬刺しを少しつけると美味しそうに頰張った。笹川はその様子を見守りながら、千街の次の言葉を待っている。

千街は馬刺しを飲み込んだあと、

「あの文字、おかしいですよね？」

唐突だったが、事件の概要を様々な人から漏れ聞いていた笹川には何のことだかすぐに判った。

「『死体あり』って文字ですか。あれは確かにおかしいですね。犯人がここに死体がありますよ、なんて主張するはずがないですからね。となると、あれは犯人が自分が優位な立場に置かれるために行ったトリックということになりますねえ。警察は早川社長が去ったときからアレクサンダー・Ｏ・スミスさんがトイレに入ったときまでの間に殺人が行われ、文字が書かれたと思っているらしいですけど、逆ってことになるのか」

これくらいの推理は評論家にとっては初歩のレベルなのだろう。すらすらと笹川が答えた。

千街も首肯して、

「書いたときは透明なのに、数分後に文字が浮き上がってくる特殊なインクがあると聞いたことがあります。犯人はそれを使ったのではないでしょうか」

「ああ。なるほどなあ。そうすると、三沢さん、東さん、早川社長あたりが容疑者ということになるんですかね」

笹川は片肘をつき、掌の上に顎をのせて考える仕草をしている。評論家らしい恰好ではあるが、堅苦しさはなく、どこか愛敬のようなものがある。口調にもそれは現れていて、推理を披露していても、いわゆる名探偵じみた驕《おご》った感じは受けない。

「しかし、早川社長が有栖川さんを殺すのは無理だと思いますねえ。刺殺や銃殺ならともかく、紐による絞殺でしょう？　いくら歳のわりに元気だといっても、早川社長は七十近いですからね。抵抗されたら敵《かな》いませんよ。史上最強の柔道家と呼ばれた木村政彦《きむらまさひこ》や、生ける伝説と謳われた塩田剛三《しおだごうぞう》といった武人ならともかく、普通の人には無理でしょうねえ」

格闘技にも通じている笹川がそう分析する。

「でしょうね。わたしもそう思います」

笹川に賛同したあと、千街は小アジの唐揚げを口に運んだ。さくっ、と小気味いい音が二人の間に響く。

「東さんも無理だ。今日は体の調子が悪そうでしたからねえ。あれではとてもじゃないが有栖川さんを絞殺することはできないでしょう」

「でしょうね。わたしもそう思います」

千街が先刻とまったく同じ言葉を返す。テンポのよさに引き摺られるようにして笹川が続ける。

「と、なると残ったのは三沢さんですか。彼が犯人ということになるけど……うーん」

腑に落ちないという顔をした。しかし、千街は少しも表情を変えることなく、

「どこか気になるところでもあるんですか？」

「二点ほど。まず一点目は三沢さんが犯人だとすれば、どうしてこんな初歩的なトリックを使ったんでしょうねえ。あまりに杜撰《ずさん》でミステリ作家らしくないですよ」

眉を寄せながら云い、笹川は思い出したように馬刺しに手を伸ばした。

笹川が馬刺しにショウガをのせていると、千街は平然とした声で、

「時間ですよ」

「え？」

馬刺しを口に持っていった笹川の手が止まる。ぽたり、と醬油が落ちて黒子《ほくろ》のような丸い粒をテーブルに作った。

「三沢さんは時間がほしかったんだと思います」

「時間？　時間といっても、そろそろ刑事たちもトリックに気づく頃でしょうから、数時間くらいしかありませんよ？　そのためにわざわざトリックを使ったというんですか？」

そこまで一息で云い、ぱくり、と桜色をした一切れを口に投げ入れた。

千街はそれを見遣り、

「その数時間があれば充分です。それだけあれば、宿泊先のホテルで『アガサ・クリスティー賞殺人事件』が書けます。スピーチで云っていましたよね、次作はそうすると」

「それを決行するためにほんの少しだけ容疑者から外れたわけですか。ふむ、判らないでもないですけど」

「まだ腑に落ちませんか？」

「そうですね。だって、動機という犯罪に必要なものが欠けているじゃないですか。三沢さんには有栖川さんを殺す理由がない」

しかし、千街は既に答えを用意してあったようで、

「三沢さんにはちゃんとした動機があるんですよ」

「有栖川さんを殺す動機が？　まさか。だって、自分の作品を推してくれた恩人ですよ？　どうして殺さなければならないんです？」

「わたしが持っている答えは想像に過ぎません。正答は三沢さんが今、書いているであろう『アガサ・クリスティー賞殺人事件』を読めば判るでしょう。もしかしたら、わたしたちを探偵役にして事件を描いているかもしれませんね。パーティーのときにご挨拶しましたし」

ぽかん、としている笹川を置いてけぼりにして、悪戯っぽく千街が笑った。事件の裏側に隠された真相を総て知っているかのような、神秘的な笑みである。その上品な微笑みの上を、古びた居酒屋の息遣いとなった演歌が妙に重い厚みをもって流れていった——。

※

「探偵役？　わたしたちがですか？」

「ええ。作家は事件を描くのが専門です。評論家はそれを紐解くのが仕事です。ならば、現実の事件に残された謎をわたしたち評論家が解いてもおかしくはないでしょう？」

一瞬、冗談めかした声になった。

「それはそうかもしれませんけどねえ……」

笹川が暈しながら云い、醤油皿にこびりついているショウガを箸で摘まんで舐めるようにして食べた。千街の口から零れた、探偵役、という単語が頭の中でぐるぐると回って、疑問符を作り出しているようだった。

声を元の調子に戻した千街は、至って冷静に、

「——数ヶ月前、教師志望の男が試験官を刺し殺した事件を憶えていますか？　教師になりたくて殺人を犯した事件です」

笹川がこくこくと頷く。

「今回の事件の動機の構造はあれと似たようなものですよ」

「三沢さんが作家になるために有栖川さんを殺したっていうんですか？　クリスティー賞に落ちていたならともかく、三沢さんは今回の受賞者ですよ？　理屈が通らない」

馬刺しとショウガを嚥下した笹川はそう反駁したが、千街はまったく動じることなく、

「じゃあ、今朝のニュースを見ましたか？　連城三紀彦さんが亡くなった訃報です」

「え、はあ。もちろん」

急に話題が変わり、笹川は動揺した声を出した。

「その二つを合わせるんです。連城三紀彦さんは人間関係や動機を常識の逆にして、様々な傑作を生み出してきました。今回の事件もそれと同じように考えなくてはなりません」

「連城三紀彦的に考えるということですか？」

千街は微笑しながらイカの干物の切片を一齧りしたあと、視線を笹川の方に捻じり、

「そうです。教師になるために殺人を犯した、を、連城三紀彦的に変えるんですよ。つまり、今回の場合、作家になるために殺人を行ったんじゃないんです。三沢さんは有栖川さんを殺すために作家になったんです」

「殺すために作家になった？　そんな馬鹿な」

思わず笹川の声が大きくなる。だが、すぐに演歌歌手の歌う日本海の荒波の幻影に消えた。

笹川は店内に流れている演歌に敗けないような大きな声で、もう一度、

「そんな馬鹿なことってありますか。人殺しをするために作家になるなんて……有栖川さんに近づく機会なんて他にもあるじゃないですか。創作塾に潜入するとか」

「創作塾は大阪で開催されていますから、仙台在住の三沢さんが参加するのは不自然です。それに、それじゃ、間に合わないと三沢さんは思ったんでしょう」

淡々と云い、またイカの干物を摘まむ。

「間に合わない？　何に？」

「有栖川さんの新刊ですよ。〈学生〉シリーズの新刊が出る前に、三沢さんは確実に有栖川さんを殺したかったんです。隠し玉的にいきなり新刊が出て、〈学生〉シリーズが完結してしまう可能性がありますからね。それを防ぎたかったんでしょう」

笹川は混乱した声で、

「ちょ、ちょっと待ってくださいよ。三沢さんは〈学生〉シリーズに恨みでも持ってたんですか？むしろ、聞いた話だと本格ミステリを読むきっかけのシリーズだったらしいですけど」

千街は静かな横顔でそれを受け止め、

「だからこそです。三沢さんの動機はまさしくそこにあったんですよ。笹川さんは〈学生〉シリーズにどんな印象を持っていますか？」

「そうですねえ。傑作揃いの完璧なシリーズものの一つだと思ってますよ」

それを聞いた千街は頬を綻ばせた。

「でしょう？　だからこそ、三沢さんはそれを破壊したかったんです」

「どうして？　ファンだったら、完璧なシリーズの終幕を祝福するべきでしょう？」

「違うんですよ。三沢さんの美学は違うんです。それを理解するためにはいくつかのことを思い出して頂かなくてはなりません」

「――」

笹川は次の言葉を促すようにして千街の顔に視線を縫いつけている。

視線を避けるように、千街は高菜を一口食べたあと、

「まず、わたしが不審に思ったのは、三沢さんのスピーチです。面持ちから緊張していたのは判りましたが、何でもないところで一度、躓きました。まるで意図的にやっているかのように」

「わざと一度だけ間違えた、ということですか？」

「ええ。さらに三沢さんの今夜の恰好です。いかにもパーティーの主役らしい着飾った格好でしたが、おかしなところがありました」

「ボタン――ですか？」

自信なさそうに笹川が答える。

「そうです。ボタンです。一張羅と思しきスーツなのに、ボタンが取れかかっていました。あれは奇妙です。他がぴしっとしているだけに、あの取れかけのボタンのせいでだらしなく見えてしまいます。三沢さんと対面したとき、わたしはまず、そこがおかしいと思いました」

「云われてみれば確かに。主賓ですからね。写真として残ることも考えたら、直すのが普通でしょうねえ」

笹川はうんうん、と何度か頷いたあと、小アジの唐揚げを自分の皿に取り、レモンを搾って口に入れた。

パリパリとした音が響く中、千街は話を続ける。

「次にわたしが変だなと思ったのは、三沢さんの名刺です。百合の花が咲いていたカラーの名刺ですね。憶えていらっしゃいますよね？」

口をもごもごとさせながら笹川が頷く。

「あの絵もおかしいんですよ。精緻な絵にもかかわらず、花弁だけがペンに変えられていました。遊び心といえばそれまでですが、スーツの件があったので、わたしは疑問に思ったんですよ。だから、わたしは三沢さんにある問いを投げました」

「ああ、あの将棋の話ですか。金と銀と飛車のどの駒が好きかという」

数時間前のことを思い出しているようだった。あの場には笹川もいて、その話を聞いていた。

「そうです。実はあれ、将棋じゃないんですよ」

「将棋じゃない？　じゃあ、何なんですか？」

千街は目を細めて、

「京都三名閣ですよ」

その瞬間、

「――そうか。そういうことだったのか」

笹川が細い溜息のような声を漏らした。手に持っていた箸を置き、千街の方に体を向けると、

「金、銀、飛車は将棋の駒じゃなかったんですね。金閣、銀閣、そして、飛雲閣の三つを指していた

んですね」

「当たり、です。となると、三沢さんがどうして飛車、と答えたか判ってくるんじゃないでしょうか」

笹川は無言のまま、木目が波のように走っているテーブルを凝視している。想像力の火がテーブルの中に消えている答えを焙《あぶ》り出すのを待っているかのようだった。

やがて、

「飛雲閣は京都三名閣の中でも特殊でしたね。造りが非対称でアンバランスな外観をしている。屋根や壁も賑やかに拵《こしら》えられていて、一見、複雑怪奇に見える建物だったはずです」

千街はじっとしたまま、笹川の声に耳を傾けている。

「自由奔放で不完全にも思えるはずなんですが、不思議に落ち着きさえ感じさせる。不完全の美だ」

「そうです。金閣や銀閣とはそこが決定的に違うんです」

「飛車と即答した三沢さんは、そこに惹かれているということですか。まてよ。ということは、スピーチも、スーツのボタンも、名刺の百合も、まさかわざとそうしたということですか?」

千街は直接その問いには答えず、

「不足の美という言葉をご存じですか?」

「不足の美? わび茶の祖と云われる村田《むらた》珠光《じゅこう》が説いたものですね」

さすがに知識の幅が広い。さらっと笹川が答えた。

それを聞いた千街は微笑み、

「その後、珠光を師と崇める、武野紹鷗《たけのじょうおう》がその思想を引き継ぎ、それがかの千利休へと受け継がれます。千利休はひび割れをわざと正面にした花入れを用意するなど、不足の美を極めようとしました」

「なるほど、三沢さんの美意識はまさにその不足の美だということですね。言葉に詰まったのもスピーチを不完全なものにするため。取れかけのボタンは新品のスーツの完璧さを壊すため。百合の花弁をペンにしたのも花を完全にしたくなかったから。そういうことになりますね」

少し声を大きくして笹川が答える。千街は口許に笑みを結んで、

「そうすると、どうして有栖川さんを殺したか判りませんか?」

「完璧なシリーズである、〈学生〉シリーズを未完で終わらせることによって、不足の美を与えようとしたというわけですか! 未完にすることによって、完全な美を与えようとしたんですね!」

興奮気味に云う笹川に対し、千街は平静を保ちながら、

「そういうことです。敢えて未完で終わらせるために、三沢さんは有栖川さんを殺したんですよ。そのために作家になったんです。そして、スピーチで次の作品は今日を舞台にしたものにする、と宣言した。あれは自分の人生の終章を用意した覚悟の表れなのだと思います。恐らく、限りなく完璧主義者に近い、不足の美に囚われた三沢さんは、最後の最後にアガサ・クリスティー賞殺人事件を書き上げて死ぬつもりなのでしょう。そうすれば自分の人生は完全に近い状態で終わりますからね。もしも、書かずに捕まってしまったら、不足の美どころか、ただの不測の事態になってしまいますから、そう

ならないためにあのトリックを使ったんだと思います。それともう一つ、意味があった。今なら、お判りでしょう？」

笹川は鹿威《ししおど》しのように大きく顔を上下させ、

「そうか、あの稚拙なアリバイ・トリックは自分の作品を不足の美にするための一つだというわけですか。完全なトリックは三沢さんの美学に反しますからね。殺人の汚名を被ることで自分の人生にも欠落が生じる。それは自分に不足の美を与えることでもあるわけか……」

千街が無言のまま、笑って頷く。だが、笹川はまだ信じられないという風に首を振り、

「しかし——。狂っている……あまりにも狂っていますよ、千街さん。これじゃあ、死んだ有栖川さんがあまりにも憐れだ。それに、こんなことのために人生を棒に振った三沢さんも実に滑稽だ」

「そうかもしれません。ただ、人生はそんなものなのかもしれませんね。もしも、連城三紀彦さんの死の報せがなかったら、三沢さんは犯行を思い留まったかもしれません。ですが、授賞式の当日に連城三紀彦さんの死を知ってしまいました。連城三紀彦さんは歴史に残る傑作も多く残していますが、未刊の作品が数多くある、いわば、三沢さんにとっては不足の美の見本のような人だったわけです。その人の訃報を目にした三沢さんはこう思ったはずですよ。当初の計画通り、有栖川さんにも不足の美を与えなければならない、と。三沢さんにとって、それは神が自分に仕向けた最後通牒のように見えたのでしょう。それに加えて、今夜の月です」

千街が店の入り口の方を指差した。

「月？　満月の夜は犯罪が多くなると聞いたことがありますが、今夜はそうでしたか？」

笹川が小首を傾げる。

「いいえ。一昨日が満月だったので、今夜は少し欠けています。だからこそ、三沢さんは凶行を決行したのでしょうね。月までも不足の美を備えている。三沢さんにとって、舞台の設定は総て整っていたというわけです」

それを聞いた笹川は苦虫を嚙み潰したような顔をして、

「月までも三沢さんをせっついたというわけですか。神様ってやつは残酷ですねえ……」

瞳には暗い翳がある。運命に弄ばれた有栖川と三沢に対して、哀憐の情を催しているようだった。

けれども、千街は冷ややかな顔をして、頭上で流れている演歌が途切れた瞬間に、悟りきったようにこう呟いた。

「何もかも運命の一捻りのせいですよ」

それだけ云って、千街はビールを飲み干した。居酒屋にはいつものようにまた演歌が勢いよく流れ出し、今度は年配の男性の声が雨について歌い始め、濁流となって千街の言葉を飲み込んでいった——。

※

早川書房から程近い京王プレッソイン神田の五階から見える街並みは、薄く濁っていた。霞んだ景色を破るように、信号機が点滅している。十二時近くなった東京は疲弊し切っているかのようで、明滅を繰り返す赤信号は街の乱れた呼吸のように見えた。息切れを起こして、夜空へと向けて喘《あえ》いでいるようでもあった。

だが、それ以上に呼吸がおかしくなっているのは三沢だった。『アガサ・クリスティー賞殺人事件』の終章を書き終え、死を目前に迎えた三沢の動悸は乱れ、心臓が早鐘を打ち鳴らしている。

怖くはなかった。

死ぬのは怖くない。昨年、有栖川の『江神二郎の洞察』のあとがきを読んだときから、三沢は死ぬことを覚悟して筆を進めてきたからだ。有栖川の命を奪うことに躊躇いがなかったといえば嘘になるし、自分の命が惜しいと思ったことも何度かある。ただ、最終的には、人を殺すことに対する良心の呵責や命を断つことへの恐怖よりも、不足の美を完成させることが優先した。そのために数ヶ月を費やしてきたかと思うと、不思議とすっきりとした気分になっている。

それでも体の方は正直で、一つの終わりへと向かうことを阻んでいた。心音は警告音のように烈しく頭に響いてくるし、一秒も休まずに数時間もパソコンの画面に向かっていたせいもあるが、視界がぐらぐらと揺れて死ぬことを止めようとしている。

それでも死ななければならない――。

カーテンを完全に開けると、三沢は夜空に目を向けた。天上にまで昇った月はやはり縁を闇に殺《そ》がれている。完全な満月ではないことを確かめ、三沢は満足した。

死ぬには相応しい夜だと思った。十月二十二日は何もかもができすぎている。連城三紀彦の訃報に不完全な月——三沢にとって舞台装置が揃いすぎていた。天の啓示だとさえ三沢は思った。不足の美を完遂させるのに申し分ない。むしろ、ここで死なずに生き残るのは不足の美に対する冒瀆だとさえ思う。犯行を自白する作品を遺して命を断つことが、最も不完全で美しい。心の底から三沢はそう思っていた。

三沢は左手で震える右手を抑え、剃刀をぎゅっと握った。刃が微かな明かりを反射させて、月の破片に見える。月の欠片を凶器にし、その死の果てに連城と有栖川の魂があると考えれば何も怖くなかった。

今からそちらへ参ります——。

心の中でそう呟いた瞬間、三沢の右手は剃刀と同化して一つの凶器となり、一人の男の憐れな魂を掻き切っていた——。

そして、その死すらもかき消すように夜に広がった白い靄は総てを飲み込んでいき、あとにはただ純白な静寂だけが残った。

本書は書き下ろし作品です。

アガサ・クリスティー賞《しょう》殺《さつ》人《じん》事《じ》件《けん》

二〇一四年九月二十日　印刷
二〇一四年九月二十五日　発行

著者　三《み》沢《さわ》陽《よう》一《いち》

発行者　早川浩

発行所　株式会社　早川書房

郵便番号　一〇一-〇〇四六
東京都千代田区神田多町二ノ二
電話　〇三-三二五二-三一一一（大代表）
振替　〇〇一六〇-三-四七七九九
http://www.hayakawa-online.co.jp

定価はカバーに表示してあります

印刷・株式会社精興社　製本・大口製本印刷株式会社

ISBN978-4-15-209481-0 C0093

乱丁・落丁本は小社制作部宛お送り下さい。
送料小社負担にてお取りかえいたします。

ハヤカワ・ミステリワールド

壁と孔雀

小路幸也

４６判上製

警視庁ＳＰの土壁英朗は仕事の負傷で休暇を取り、２年前に事故死した母の墓参りに赴く。北海道にある母の実家は、祖父母と小５の異父弟・未来が住んでいた。しかし初めて会う未来は自分が母を殺したと告げ、自ら座敷牢に籠もっていた。その真意とは？　さらに町では謎の事故が相次ぐ。信じるべきものがわからぬまま、英朗は家族を護るため立ち上がる。